シェーマス・ヒーニー

Seamus Heaney

アイルランドの国民的詩人

ヘレン・ヴェンドラー【著】
Helen Vendler
村形明子【編訳】
Akiko Murakata

ヒーニーとヴェンドラー（アイルランド・スライゴーで、1987年）

アルファベータブックス

シェーマス・ヒーニー

アイルランドの国民的詩人

Originally published in English language by HarperCollins Publishers Ltd
under the title SEAMUS HEANEY

This edition published by arrangement with
HarperCollins Publishers Ltd,London
through Tuttle-Mori Agency, Inc., Tokyo

編訳者前書き

本書は原書 Helen Vendler, *Seamus Heaney* (Cambridge, MA : Harvard University Press, 1998) を底本とする日本語初訳（版元、翻訳権は HarperCollins, London）である。原書は一九九五年度ノーベル文学賞を受賞したアイルランドの詩人を最もよく知る友人、同僚による本格的ヒーニー論。入門書、参考書としても決定版というべき本書の著者は、近・現代英米詩批評の大御所、ハーヴァード大学英米文学科教授（A. Kingsley Porter University Professor）。一九七五年スライゴーのイェイツ記念夏期学校で、当時無名だったヒーニーの自作朗読を聞き、その才能に感動したヴェンドラー教授は、彼の携えていたゲラ刷りを借りて詩評を書き、一九七九年詩人を招聘教授として一年、八二年創作、イギリス・アイルランド近・現代詩講義担当教授として毎年半期、八四年修辞学・雄弁術担当教授として五年、それぞれハーヴァード大学と契約を結ぶ仲介の役割を果たした。

『ニューヨーク・タイムス』紙、『ニューヨーカー』誌等の書評欄、『ニューヨーク・レヴュー・オブ・ブックス』紙で健筆を揮ってきたヴェンドラー女史には、本書出版時点で、一九八〇年以来五冊の詩評集（そのうち三冊は一九九五年の出版）がある。それら所収のヒーニー論もそのすぐれた洞察は定評があるが、本書は新たに書き下ろしの力作である。

ヒーニーの初期三詩集『ナチュラリストの死』、『闇への扉』、『冬を凌ぐ』を第一章「名もなき人々」、それ以降の六大詩集を、それぞれ第二章『北』＝「考古学」、第三章『フィールドワーク』＝「文化人類学」、第四章『ナチュラリストの死』から『ステーション島』へ＝「他者性と分身」、第五章『山査子《さんざし》の実《み》提灯』＝「寓話」、第六章『ものを見る』＝「軽み」、第七章『水準器』＝「その後」と特徴づけて章分けを構成する。さらに各章末に、詩人が自らの性癖と自認する「再考」に名を借りたコラムをもうけ、その章における彼の関心のその後の展開をそれぞれ示唆する繋ぎを用意して詩人の作風の変遷を明らかにし、全体の流れの統一を図る。このきめ細かな心配りが、各章を活躍中の詩人の進行形の創作活動にダイナミックに連携する。

「（詩は）私たちの集中力が私たち自身に返ってくる焦点となる」（『言葉の力』）というヒーニー自身のことばを受けて、ヴェンドラーは抒情詩の役割――「時間的に延長された象徴的形式を用いて、ある地理的地点と歴史的時代の出来事に捉えられた私的な精神と心情を適切に、真実をこめて提供すること」――を再確認する。その上で、「ヒーニーの抒情詩が彼自身、そして彼の国、彼の時代に対してそれを行ないながら、その基盤となる特有の文学的遺産を豊かにしてきたこと」を、読者に伝えることが本書の目的である。

ヒーニーが一九八八年オックスフォード大学詩学教授に選出されたように、ヴェンドラーは一九九三年ケント大学でT・S・エリオット記念講演を行ない、九五年にはケンブリッジ大学モードリン・カレッジのパーネル・フェローとして招聘され、ヒーニーと公開対談を行なう等、イギリスに留まらず、世界各地から講演や朗読会に招かれて名声を博している二人である。二〇〇二年にはケンブリッジ大学クレア・ホール主催「人間の価値に関わるタナー記念連続講演」でヒーニーの連続二日講演後、最終日にはヴェンドラーも参加してセミナー討論が行なわれた。

このように、世界的詩人を、同じく国際的評価の高い、しかも詩人の最良の理解者、評者として自他ともに許す長年の親友、同僚が専門的に論ずる本書は、日本の読者にとっても他の追随を許さぬヒーニーの最良の案内書、研究書となるであろう。本書ならではの利点の一つは、著者が詩人と同じ部局で同僚の間柄であった期間に書かれたので、直接質問をして本人から答を得、研究に資することができた点である。

それが貴重な特権と顧みられるのは、二〇一三年八月三〇日、ヒーニーの心臓発作による急逝、という不幸に見舞われたからに他ならない。イェイツ夏期学校で久しぶりの再会、数日を共に過ごして帰国早々、葬儀参列のためアイルランドへとんぼ返りしなければならなかったヴェンドラーの胸中は、察するに余りある。『ニューヨーク・タイムス』で訃報に接し、私がお悔やみメールを出したのはその出発直前だったにもかかわらず、彼女は詩人のマリー夫人への遺言が、ラテン語の筆記で "Noli Timere (Do not be afraid)（怖がらないで）" であったことを知らせてくれた。それが手術室からの電子メールであったことは、後から知った。

編訳者は京都大学在職中、一九八六―七年長期在外研究の出発点として、大浦幸男名誉教授・日本イェイツ協会会長のダブリン、トリニティ・カレッジ名誉学位授与式に参列、ご夫妻、同協会有志とイェイツゆかりの地を巡り、イェイツ夏期学校に参加、ケンブリッジ大学でホワイトヘッド関連資料調査後、明治一九―二〇年（一八八六―七）フェノロサ、岡倉覚三の欧米視察の跡を辿り、冬学期からハーヴァード大学でヴェンドラーの「スティーヴンズ」とヒーニーの「現代アイルランド詩」のゼミを受講した。その幸運なご縁で、帰国後二人の恩師の相次ぐ京大招聘が実現した。当時からお二人の連係は緊密だった、と記憶している。

来日はヒーニーが一九八八年関東ポエトリー・セミナー講師、九〇年国際アイルランド文学協会国際大会招聘詩人・京都大学後援会招聘学者、九七年読売新聞社主催「フォーラム　二十一世紀への創造」講師、そして九八年日米交流基金特別招聘学者として四回、ヴェンドラーは一九八九年京大後援会招聘学者として初めて訪れた。

京都大学招聘学者として、ヴェンドラーは京大でイェイツ、スティーヴンズ、シェイクスピア、京都アメリカン・センターと共催で現代アメリカ詩に関する講演、故小林萬治神戸大学教授を介して神戸でも講演、ヒーニーは京大で国際アイルランド文学協会国際大会と共催の自作朗読会、アメリカン・センターと共催でロバート・フロスト、ブリティッシュ・カウンシルと共催でイギリス現代詩に関する講演を行なった。

ヴェンドラーは東京でも、故徳永暢三大妻女子大学教授の仲介、日本英文学会、アメリカ文学会東京支部と共催でアメリカ現代詩に関する講演を行ない、その縁で同氏監訳『アメリカの抒情詩―多彩な声を読む』（彩流社、一九九三）が刊行された。この初来日については村形が「ヴェンドラー教授東遊録」（『英語青年』、一九八九年五月）で滞日記、その後『アルビオン』（京大英文学会、一九八九、九六）書評で近刊書を紹介している。

本書は原著出版当初から著者の快諾を得て企画、ヒーニーからも賛同と励ましの手紙をいただいていたが、編訳者が二〇〇四年停年退職直前、日本フェノロサ学会第四代会長（初代会長は大浦幸男京大名誉教授）を拝命、二〇〇八年フェノロサ没後百周年記念法要（墓のある三井寺で）・記念大会（雇主の東京大学で）の挙行及び記念出版として『フェノロサ夫人の日本日記―世界一周・京都へのハネムーン（一八九六年）』（二〇〇八）の刊行、翌年会長引退興行として早稲田大学大会併催坪内逍遥記念演劇博物館特別展示「フェノロサと能―『鷹の井戸』をめぐる輪舞曲」の監修などで中断された。前掲『日本日記』の続編「フェノロサ夫人の東京日記、一八九七～一九〇一」連載（月刊『望星』、誌面［二〇一一年十二月―一三年三月］、電子版 Web Bosei［二〇一三年四月―一四年四月］）と、その単行本出版を目指す努力が、今も継続中である。

大浦幸男先生は三井寺フェノロサ没後百周年法要の翌朝、その無事を見届けて下さったかのようにご逝去、導師をおつとめ下さった福家俊明三井寺長吏もその暮れ遷化、来賓ご挨拶をいただいた西島安則京都大学元総長・京都市立芸術大学元学長もその後逝去された。ヒーニーにも先立たれた今、訳者も彼の享年を一歳越える後期高齢者の仲間入りをするに至った。ヴェンドラーは昨夏イェイツ・セミナー出講のため、ボストン空港に到着後意識が乱れ、救急車で入院、その後半年ご自宅静養を余儀なくされた。前置きが長くなったが、現代最高の詩人と批評家双璧の一人を失った以上、三十年近いご縁を、残された者がお互い命あるうちに生かすべき正念場といえよう。

遅ればせながら、本書をヒーニー没後三周年記念追悼版として出版するに至った由縁である。最終段階、原書刊行以後没年に至るヒーニーの年譜アップデートの過程で、ヴェンドラーによるヒーニー悼詞「わが追憶のシェーマス・ヒーニー」(『ニュー・リパブリック』誌電子版(二〇一三年一〇月四日)に出会った。同誌寄稿編集者でもある著者の許可を得て、前半のみ何とか、滑り込ませることができた。国葬並みとはいえ、ダブリンの葬儀の簡素な設えで柩に手向けられた、一束の白い花の役目を果たしてくれれば幸いである。

以上の経緯から、本書を以下のような二部構成とする。Ⅰ．一九九八年刊行の原著の翻訳と編訳者「前書き」。Ⅱ．原著刊行後、二〇一三年八月ヒーニー逝去に至る1．年譜(続)、2．ヒーニー晩年の三詩集(『電灯』[二〇〇一]、『郊外線と環状線』[二〇〇六]、『人間の鎖』[二〇一〇])論、3．シェーマス・ヒーニーの『蘇ったスウィーニー』―そのプロットと詩―、4．「わが追憶のシェーマス・ヒーニー」(前半)。

著者引用のヒーニー作品(詩・評論とも)の翻訳はすべて訳者のオリジナル訳である。但し、出典のタイトル表記は初出時のみ原題を記し、既訳のあるタイトルはそれに準じたが、訳者独自のタイトルもあることをお断りする。但し、頁の表記は、著者の序文の断り通り、英語原典のそれなので、注意されたい。年譜には、以上の方針がほぼ踏襲されている。著者原注は該当頁の脚注に、訳注は各章ごとに文末注とした。ルビは原則として、初出に限る。

謝辞

先ず翻訳許可を快諾して下さり、実行がかくも遅れたにもかかわらず、終始温かく見守り、励まし、質問に答えて下さった著者の変わらぬ友情と尽きせぬ温情に感謝したい。ご新刊出版の度にご恵投下さるので、専用の本棚が必要な位であるが、読破するにはほど遠い。昨年の新刊詩評論集 *The Ocean, the Bird and the Scholar: Essays on Poets & Poetry*（大洋、鳥、学者）から、ヒーニーの「『蘇ったスウィーニー』―そのプロットと詩」を、早速本書に使わせていただく許可もご快諾いただいた。その翻訳権につき、初出 *That Island Never Found: Essays and Poems for Terence Brown* (2007) ed. Nicholas Allen and Eve Patten の版元、ダブリンの Four Courts Press に敢えて直訴して速やかな快諾をいただいたことは、本書の複雑な版権問題の理解に苦しみ、悶々としていた最中、地獄に仏の想いであった。

ヴェンドラー教授はまた、今回の邦訳出版のために、原書刊行以後出版されたヒーニー晩年の三詩集について追加の論評を新たに書き下ろして下さった。ヒーニー年譜のアップデートに加えて、この追加の新序文、「わが追憶のシェーマス・ヒーニー」、著者最新のヒーニー論「『蘇ったスウィーニー』―そのプロットと詩」からなるⅡは、没後三周年記念追悼版としての本書の意義を証明してくれるものと信ずる。今回の邦訳について、弁護士の令息デイヴィッドが「誇りに思う」と言われた由、「私も同感」とメールを下さった。

ヴェンドラー邦訳に先鞭をつけた彩流社が当初第二弾を引受けられたが、予期せぬ事情で中断、最終段階でアルファベータブックスに引継がれることになった。ともかくもヒーニー没後三周年内に、刊行にこぎつけることができたのは、その間の紆余曲折を思えば夢のようである。

一九九〇年国際アイルランド文学協会京都大会会場校を代表して開会式の司会をされた、多田稔大谷大学大学院教授（当時）が翻訳出版の相談役としてご協力下さったことに、心から御礼申し上げたい。拙訳素稿、ゲラに目を通して下さった上、懇切なコメントとともに詳細な注を付していただいた。イェイツ協会先輩のこのご支援がなければ、とてつもなく息の長い孤独な仕事を、最後の一年で何とか完結させることはできなかったかもしれない。ヴェンドラーのアメリカ現代詩、ヒーニーのロバート・フロスト両京都講演の司会を依頼した、元同僚渡辺久義京大名誉教授は、Ⅱの新序文に目を通して訳文が硬すぎる、と指摘されたが、多田先生がそれを柔らかく、読みやすくする上で、寄与して下さったことは確かであろう。版元交代、三校以降の改訂はすべて編訳者のものである。

もう一人貴重な協力を提供してくれた元同僚は、ロンドンの再生エネルギー研究所所長・ケンブリッジ大学モードリン・カレッジ・フェロー、Dr. John Constable である。アマゾンに発注後二年待っても入手できなかったヒーニー最後の詩集 *Human Chain* をロンドンの古本屋で購入、昨十一月京都大学思修館国際シンポジウム講師として来日の際、届けていただいた。彼はヴェンドラー、ヒーニー京大招聘中の有能な協力者で、今回ロンドン出版界に関する有益な情報提供者でもあった。

原序文中のアイルランド現代詩人・作家の訳注及び年譜のアップデート、アイルランド語固有名詞、日本語表記は、京都大学池田寛子准教授にお願いした。一九八六年イェイツ夏期学校での出会い以来、来日の度に私が再三京大に招いたアイルランド女流詩人、ヌーラ・ニゴーノル最初の朗読会で初対面の池田さんは、京大人間環境学研究科修論審査を経て私の停年後、公聴会用公開博士論文にも目を通したイェイツ協会後輩、新進気鋭の研究者である。母校総合人間学部英語教室（私以後九人目の女性教員）赴任を前にご多忙中、ご協力を得られたことは幸いである。スタイルの統一等を考慮して、編訳者が多少増補改訂を加えていることをお断りする。多田先生のご提供下さった訳注についても、取捨選択の上、同じく改訂を加えたが、大いに恩恵を被っている。いずれも、誤謬等あれば、最終的責任が私にあることはいうまでもない。

前掲国際アイルランド文学協会京都大会の開会宣言で、多田先生は大谷大学創立者清沢満之が東京大学でフェノロサの薫陶を受けたことに触れ、宗教哲学的系譜を示されたが、フェノロサの能や中国詩の訳稿が没後、メアリー夫人からロンドンの詩人エズラ・パウンドに渡り、さらに彼を介してアイルランドの詩人・劇作家イェイツの舞踊劇に及ぼした影響は、芸術文学の波及効果である。アイルランドと日本、そしてハーヴァード大学——一八七四年、フェノロサもクラスを代表する詩人として、創立三五〇・三七五周年記念祭のヒーニーのように、卒業式に自作の詩を朗読、九二年φ・β・κ協会同窓生のために、長詩「東と西」（ヒーニーは一九八四年、「アルファベット」）を朗読、世紀末の京都と東京で詩を詠み、漢詩を英訳、梅若実・竹世父子に謡を学び、その文学遺稿はパウンドの子孫を介してイェール大学バイネッケ・ライブラリーに収められたが、美術関係遺稿の大半はハーヴァードのホートン・ライブラリーにある。最後は「エマソン記念居住詩人」として在任中ヒーニーの住んだ、学寮アダムス・ハウスの簡素なスイート・ルームが修理改装され、二〇一五年ヒーニー記念室として公開されている。ヴェンドラー曰く、世界のヒーニーは「ハーヴァードのヒーニー」でもある。

末筆ながら、ささやかな拙ヒーニー論「ノーベル文学賞の二人—大江健三郎とシェーマス・ヒーニー」(注1)『異文化の出会い—国際化の中の個人と社会（京都大学総合人間学部公開講座）』（一九九八）を添えて、遅ればせながら詩人のご霊前に捧げる。祇園祭りの京都を「魔法の夏《マジックサマー》」と懐かしみ、嵐山の鵜飼舟の篝火の火影で「ダンテ」と呟いた詩人——ハーヴァードのラモント・ライブラリーで朗読会後、『山査子《さんざし》の実《み》提灯』に

A lantern of the winter's berry-
For the land of flowering cherry.
With warmest wishes
Seamus Heaney/ 26 May 1988/ in Harvard

と書き入れて下さってから二十八年、酷暑地獄の夏を凌ぎ、中秋の朧《おぼろ》望月を見上げながら、古都洛北で――

京都大学人間環境学研究科名誉教授
日本フェノロサ学会前会長
村形明子

ヒーニーと編訳者、1990: photo Marie Heaney

（注1）この論文の英語版は、Akiko Murakata, "Poetics of Contemporaneity: A Cross-Cultural Reading of Ôe Kenzaburo and Seamus Heaney" (*The View from Kyoto: Essays in Twentieth Century Poetry* [Kyoto: Rinsen, 1998]. ed. Shoichiro Sakurai, pp. 323-348).

ヴェンドラーの京都講演（スティーヴンズ論）も収録した、この論文集の編者櫻井正一郎京大名誉教授は、本書刊行最終段階で、伊藤武夫社長逝去に伴い廃業された京都の老舗 あぽろん社発行 *Seamus Heaney*：*Selected Poems* (1999) ed. Toshiaki Okamura をご恵投、本書IIに収録した「蘇ったスウィーニー」論所収の Vendler, *The Ocean, the Bird, and the Scholar* (2015) の書評 (*TLS*, March, 2016) を速達で届けて下さった。

目次

I

ベッティーナ・ヘネシー・ピノー、ジョー・ピノー
ジョージ・ヘネシー、ドロシー・ホーガン・ヘネシーに

彼らは長年わが親しい仲間、
いわばわが心と生活の一部だった

W・B・イェイツ

謝辞

何よりも先ず、かけがえのない詩と散文すべてを英語文学の宝庫に追加してくれたことに対し、シェーマス・ヒーニーに感謝する。長年にわたり、シェーマスおよびマリー・ヒーニーは、私が詩について訊ねた質問に丁寧な回答を与えてくれた。シェーマス・ヒーニーは本書の年譜に親切にも目を通し、ディスコグラフィを提供してくれた。彼はこの原稿を読んでいないので、残る間違いは私だけの責任である。

アイルランドの詩への私の関心は、ボストン大学のモートン・バーマン教授による（初期イェイツをふくむ）ヴィクトリア朝の詩の授業から興り、ハーヴァード大学でジョン・V・ケルハー教授による近代アイルランド文学の授業によって深まった。ケルハー教授はイェイツに関する私の学位論文を指導、それ以来ずっと私の知的努力を寛大に支援して下さった。また、私が一九七五年初めてシェーマス・ヒーニーの自作朗読を聞いたアイルランド、スライゴーのイェイツ国際夏期学校イェイツ委員会および校長に感謝しなければならない。

フォンタナ現代大家双書の編集主任フランク・カーモドが本書を私に委任した。それがなければ、本書が現在の形をとることはなかったかもしれない。『ニューヨーク・タイムス・ブック・レヴュー』、『ニューヨーク・レヴュー・オヴ・ブックス』、『ニューヨーカー』、『ニュー・リパブリック』、『ケンブリッジ・レヴュー』、『ハーヴァード・レヴュー』の編集者諸氏はヒーニーの作品評を私に依頼することで、より長期にわたる努力の成果を準備する役に立ててくれた――ここでは旧稿からの引用は一切ないが。エルマン記念講演『スタイルの改変』（*The Breaking of Style*）でヒーニーについて書く機会を与えてくれたことに対し、エモリー大学のロナルド・シューチャード教授に感謝する。

一九九五年、ケンブリッジのモードリン・カレッジで、チャールズ・スチュアート・パーネル記念講師としてアイルランド研究専門家会議の好意ある雰囲気の中でヒーニーについて講演し、シェーマス・ヒーニーと大学主催の公開対話に参加した時お世話になったのはイーモン・ダフィ教授であった。

ヒーニーが出版を始めてからその著作を論議してきた参考文献編纂者、学者、批評家、全集編集者、ジャーナリスト、インタヴュアーたちの仕事に心から感謝する。彼らはヒーニーの引喩、知的詩的出典、年代的発展を辿る基礎を築いたのみならず、彼の作品がこれまで論じられてきた条件――文学的政治的――を創り出すのを助けた。見解の異同にかかわらず、彼らは真剣で刺激的と思われた。

ヤッド・コーポレーションは一九九七年夏、本書執筆中、私にイフィジーン・オクス・ザルツバーガー居住権を与えてくれた。ヤッド・ディレクター、マイケル・サンデル博士、ハーヴァードの同僚で詩人のアンリ・コウル――私のヤッド訪問を推薦し、かけがえのない孤独、慰安、気の合った仲間と過ごす八週間が得られた――に感謝する。

ハーヴァード大学とスキドモア・カレッジの図書館は本書の完成に不可欠であった。

シェーマス・ヒーニーの詩から長い引用を許可してくれたフェイバー・アンド・フェイバー社、アメリカでの出版許可を与えてくれたファラー・ストラウス・ジルー社に感謝する。

献辞に名を記した私の弟妹、義弟義妹は著作する私を温かく支え、その成果を喜んでくれてきた。彼らの生涯にわたる愛情と励ましに感謝する。

年譜（一九三九―一九九七年）

一九三九年　四月一三日　北アイルランド、デリー郡の家族農場「モスボーン」に生まれる。父はパトリック・ヒーニー、母はマーガレット・キャスリーン・ヒーニー。子供九人の長男。

一九四五―五一年　アナホリッシュ小学校（カトリックとプロテスタント児童共学）に通う。ヒーニーにラテン語を教えたバーナード・マーフィ教諭が「ステーション島」Vに登場。

一九四七年　北アイルランド教育法が豊かでない家庭の児童に高等教育への道を開く。ヒーニーはデリーの聖コロンバ・カレッジに寄宿奨学生として、クイーンズ大学に国費奨学生として進学が可能になる。

一九五一―五七年　聖コロンバ・カレッジ在学中、シェーマス・ディーン（詩人・批評家、後にフィールド・デイ詞華集を編集）を知る。

一九五三年　四歳の弟クリストファーが自宅近くで交通事故死（詩「中間期休み」（'Mid-Term Break'）で回顧）。

一九五六年　英語、ラテン語、アイルランド語、フランス語、数学（各Aレベル）をAの成績で合格、ベルファストのクイーンズ大学進学奨学金を得る。

一九五七―六一年　クイーンズ大学を優秀な成績（英語・英文学専攻）で卒業、マクマレン・メダルを授与される。

一九五九年　最初の詩数篇が大学の文芸誌に掲載される。

一九六一—六二年　教師養成課程卒業資格を得るため、ベルファストの聖ヨセフ教育大学で学ぶ。

一九六二年　ベルファストの聖トマス中等学校で教える。小説家でもあるマイケル・マクラヴァティ校長が「歌の学校」（'Singing School'）5で回想されている。ヒーニーはパトリック・カヴァナの詩を読み、クイーンズ大学定時制大学院で学ぶ（一九六二—六三）。

一九六三—六六年　聖ヨセフ教育大学で教える。詩人でクイーンズ大学講師、フィリップ・ホブスボーム主宰のベルファスト・グループの会合——マイケル・ロングリー、ジェイムズ・シモンズ他詩人たちが互いの作品を朗読、批評し合う——に出席する。

一九六五年　ベルファストの聖メアリー教育大学卒業生（一九六二）、ティローン県アードボーのマリー・デヴリンと結婚。

一九六六年　長男マイケル誕生。『ナチュラリストの死』（*Death of a Naturalist*）出版。クイーンズ大学講師となる。

一九六八年　次男クリストファー誕生（亡くなった弟にちなんで命名）。

一九六八—六九年　カトリック教徒の市民権要求デモに州警察が出動。

一九六九年　『闇への扉』（*Door into the Dark*）出版。**八月**、ベルファスト、デリーにイギリス軍派遣（「歌の学校」4に言及）。サマセット・モーム賞の褒賞として夏の二ヶ月をヨーロッパで過ごす。

一九七〇—七一年　米国カリフォルニア大学バークレー校客員教授。

一九七一年　北アイルランドで予防拘禁が認められる。

一九七二年　**一月三〇日**　デリーで「血の日曜日」（一九二〇年一一月二一日の「血の日曜日」——ＩＲＡが非武装のダブリン城情報部隊イギリス士官一一人を殺害、そしてこの報復にイギリス軍がダブリン・クローク公園でフットボール試合の観客一二人を射殺した——参照）。イギリス軍落下傘部隊が無防備の市民権要求デモ参加者一三人を射殺、一二人を傷つけた。ヒーニーはニューリーの抗議デモ参加を「三部作」（**'Triptych'**）Ⅲで回想。ヒーニー一家はアイルランド共和国ウィックロー郡アシュフォードに近いグランモア・コテージに移住する。コテージ（劇作家シングの地所の旧門番住居）はシングの書簡編集者、アン・サドルマイヤー教授から賃借りした（数年後、ヒーニー夫妻が購入）。『冬を凌ぐ』（*Wintering Out*）出版。

一九七三年　長女キャサリン・アン誕生、「産褥」（**'A Pillowed Head'**）に詠う。

一九七五年　『北』（*North*）出版、Ｗ・Ｈ・スミス賞とダフ・クーパー賞受賞。ダブリンのキャリスフォート師範学校で教え始める、学科主任。ロバート・ローウェルと交友。

一九七六年　ヒーニー夫妻ダブリンへ転居、サンディマウント・ストランド近くに住む。

一九七九年　『フィールドワーク』（*Field Work*）出版。ヒーニーはマサチューセッツ州ケンブリッジ、ハーヴァード大学で一学期客員教授として米国再訪。

一九八〇年　『プリオキュペイションズ』（*Preoccupations*）（評論・論文集）出版。『選詩集　一九六五―一九七五』出版。

一九八〇―八一年　ＩＲＡ拘留者十人が刑事犯扱いに抗議、政治犯としての地位を要求するハンガー・ストライキで死ぬ。その一人（無名）――おそらくバラーヒィのフランシス・ヒューズ――が「ステーション島」（'Station Island'）Ⅸに登場。
「ステーション島」で追悼される他の党派殺人の死者はヒーニーの従兄弟コラム・マッカートニー（Ⅷ）とヒーニーの友人ウィリアム・ストレイザーン――非番の警官二人に殺された薬剤師――（Ⅶ）。

一九八一年　ハーヴァード大学から教授就任招請。キャリスフォート師範学校辞職。ブライアン・フリール（劇作家）とスティーブン・レイ（俳優）がデリーで演劇上演のため創立したグループ「フィールド・デイ」に加入。

一九八二年　ハーヴァード大学で年間一学期教える契約を開始。授業は創作ワークショップ、イギリス・アイルランド近代詩講義をふくむ。

一九八三年　中世アイルランド詩『スィヴネの狂気』（*Buile Suibhne*）を『彷徨えるスウィーニー』（*Sweeney Astray*）として出版。アンドリュー・モーションとブレイク・モリソン編『ペンギン・現代イギリス詞華集』にイギリス人として選ばれたことに抗議する「公開状」（An Open Letter）を『フィールド・デイ・パンフレット』二号として出版。

一九八四年　『ステーション島』（*Station Island*）出版。ハーヴァード大学でボイルストン修辞学・雄弁術教授に就任。母マーガレット・ヒーニー死亡、「拓かれた空地」（'Clearances'）で追悼。

一九八六年	父パトリック・ヒーニー死亡、「石の評決」（'Stone Verdict'）で追悼。
一九八七年	『山査子《さんざし》の実《み》提灯』（*Haw Lantern*）出版。ホイットブレッド賞受賞。
一九八八年	『言葉の力』（*Government of the Tongue*）（評論集）出版。一九八九―九四の五年間、年三回講義する、オックスフォード詩学教授に選出される。
一九八九年	『創作の場所』（*The Place of Writing*）（リチャード・エルマン記念講演）出版。
一九九〇年	『トロイアの癒し』（*The Cure at Troy*）（ソポクレースの『ピロクテーテース』翻案）出版、デリーでフィールド・デイ劇団が上演。『選詩集　一九六六―一九八七』出版。
一九九一年	『ものを見る』（*Seeing Things*）出版。
一九九四年	北アイルランドで一時的停戦、「トールン」（'Tollund'）で詠われる。
一九九五年	**一二月一〇日**　スウェーデン、ストックホルムでノーベル文学賞受賞。『詩の擁護』（*The Redress of Poetry*）（オックスフォード講演集）出版。
一九九六年	『水準器』（*The Spirit Level*）出版。コモンウェルス賞受賞。ハーヴァードでボイルストン冠講座教授を辞職、「エマソン記念居住詩人」(Ralph Waldo Emerson Poet in Residence)（隔年秋学期六週間、授業義務なし）に就任。

一九九七年

『水準器』、ホイットブレッド「今年の本」に選定される。七月、イギリス労働党の勝利後、北アイルランドの停戦更新。

—Ⅱに続編—

序文

「現実とは、ただそこにあるものではない。求めて、克ちとるべきものなのだ。」
パウル・ツェラーン[1]（フリンケル書店からのアンケートに答えて）

私が辿ろうとするのは、シェーマス・ヒーニーの一九六六年から一九九六年に至る詩人としての成熟の軌跡である。（一九三九年北アイルランド生まれの）ヒーニーが「生活崩壊と精神的荒廃の四半世紀」（受賞記念講演）と呼んだ歳月の間に創られた一群の作品に対して、ノーベル文学賞を授与されたのは一九九五年のことである。一九六〇年代後半以来、内紛に苛《さいな》まれていた北アイルランドの日常生活を彼は指していたのだ。六〇年代のカトリック系住民の（職、居住、選挙区の差別に抗議する）市民権要求デモ、これに対する警察の弾圧が騒動に発展し、アルスター政庁は一九七一年、その鎮圧のため市民数千人を裁判なしに拘束した。一九七二年「血の日曜日」、（英国）軍によるカトリック系非武装デモ参加者十四人の殺害は、ウェストミンスターの北アイルランド直接支配という事態を引き起こした。ＩＲＡ（アイルランド共和軍）急進派とアルスター民間警備隊双方のテロ活動がエスカレートし、一九九四年以来和平に向けた交渉が幾度か試みられたにもかかわらず、恒久的停戦は未だ確保されていない。こうした状況の下、（カトリックとして育った）ヒーニーは私的であると同時に公的な生活の詩人とならざるを得なかった。

ヒーニーの詩はアイルランド内外に多数の読者を持ち、読者層はあらゆる階級にわたっている。読者はその詩に深い家族的愛情、感動的な風景、活発な社会的関心を読みとることができる。彼の詩は少年時代から六十歳の今日に至るヒーニーの豊かな自分史を語り、その中には両親、親族、弟妹たちとの家庭生活からなる幼年時代、学友はじめ友人たちと過ごした思春期、結婚とわが子たちをめぐる壮年期、北から南のアイルランド共和国への移住、数々の旅、諸々の悲しみと死がふくまれている。各時期の詩が語り継がれるにつれ、それは過ぎ去った時代を照らすとともに修正の朱を加える。その自伝的回路の範囲で、彼の詩は北アイルランドの現代市民たることの意味――紛争、恐怖、裏切り、謀殺が住民に課した耐えがたい重圧――を終始一貫、驚嘆すべき詩的迫力をもって見つめる、強烈な社会参加の結実した集大成でもある。「北」のほとんど筆舌に尽くし難い集団的受難を何とか表現しようとする試みにおいて、ヒーニーは次々と想像力豊かな原型を編み出してきたが、同様にたゆまず、プロパガンダの二者択一的な立場表明に屈しがちな感情的態度に、知的反省をもたらそうとつとめてきた。

以上がヒーニーの詩の成果と思われよう。大多数の読者は、もし尋ねられたら、彼の詩に惹かれた要因として自伝的ないし政治的要素をあげるだろう。しかしこうしたテーマ的要素は、それだけで忘れられない詩の要因となるわけではない。その効果の多くは、ヒーニーが彼の詩のために見出した強力なシンボルに負うている。彼の評者たちは、図らずもそれら強力なシンボル――『北』における湿原から発掘されたミイラ、『ステーション島』におけるダーグ湖の巡礼者たち、『山査子の実提灯』におけるフロンティアや島の寓話――についてのみならず、その内側で語って来た。ヒーニーは彼のシンボルから、彼の時代のための速記法を創り出したのだ。しかし十分な想像力の産物たるシンボルだけでは、記憶すべき作品は生まれない。詩は、そのテーマやシンボルに劣らず、力強い表現力を持つ言葉と統語法《シンタクス》を必要とする。さらに詩は、それらがその伝達の手段として存在する感情を、「実行に移す」内部構造を要求する。

ヒーニーの言葉は装飾性と単純性がそれぞれ所を得ながら、並外れて豊かである。彼の統語法は厳しく簡潔であれ、不断に流動的であれ、婉曲性と表現力に富んでおり、内部構造の高度に発達した感覚は、詩の展開につれて音楽的「ツボ」をうまく押さえている。各詩集はいずれも先行する詩集と異なる課題に果敢に挑戦し、新たな創作形式に取り組む。そして彼のスタイルのあらゆる可能性を知り尽くした、と読者が思いきや、ヒーニーは新手法を繰り出すのである。彼の読者は、技術《テクニック》にはっきりそれと気づかない時でさえ、テーマやシンボルのみならず、言葉、統語法、構造によってその詩に喚び込まれてしまう。初期の評論「言葉を手探る」は、彼の全作品に通じるモットーと見ることができよう。

私自身のヒーニー作品との出会いは、一九七五年のことである。その年夏、スライゴーのイェイツ夏期学校[2]で講義していた時、同校恒例の詩の朗読会で、シェーマス・ヒーニーという私の全く未知らぬ三〇代の若者が演壇に登り、それまで聞いたこともないすばらしい詩を数篇朗読した。後で私は彼に近づき、詩評を書きたいので、それらの詩が近刊予定か、と尋ねた。実はゲラ刷りを持っている、とヒーニーは答え、それを私に貸してくれた。それこそ、当時——そして今——思うに、近代詩の歴史上鍵となる役割を果たした『プルーフロックその他』、『ハーモーニアム』、『ボストンの北』[3]に匹敵する、二十世紀の画期的詩集の一つに他ならない、『北』のゲラ刷りだったのである。

数ヶ月後、私は『ニューヨーク・タイムズ』に『北』の書評を書き、それ以来ヒーニーについて書き続けている。ヒーニーの作品に初めて接した時の私の驚嘆と手放しの礼賛は、決して例外的なものではない。彼の詩は今日世界中で翻訳され、愛読されており、ノーベル賞は（英語圏の諸国における数多い受賞に加えて）、彼の作品に与えられた諸外国の賞の一つにすぎない。この本の目的は、他の人たちだけでなく私自身に対しても、彼のすばらしい詩の力を説明することである。あらゆる詩がそうであるように、ヒーニーの詩も先人たちのインスピレーションに負うところがある。（イギリス、アイルランド、アメリカの伝統の中で）彼にとって最も重要な例をあげれば、『ベーオウルフ』[4]の作者、中世アイルランドの詩『狂気のスィヴネ』[5]の匿名の著者、ウィリアム・ワーズワス[6]、ジョン・キーツ[7]、ジェイムズ・ジョイス[8]、ロバート・フロスト[9]、パトリック・カヴァナ[10]、テッド・ヒューズ[11]がいる。古典詩人の中ではアイスキュロス、ヴァージル（ウェルギリウス）、外国詩人ではダンテ、オシップ・マンデリシュターム[12]、ズビグニェフ・

ヘルベルト[13]がいる。ヒーニーはこれら作家の多くについて詩に関する評論で論じており、研究者たちはヒーニーの詩における間テクスト関係の諸例を同定し始めている。紙面の制約上、私は影響にふれることはできないが、ヒーニーは現代詩人の中で最も博識な一人であり、諸々の影響をめったに見られない組み合わせで用いることにより、間違いなく彼自身のスタイルの創出に成功している。

またヒーニーの登場の背景をなす世代的前後関係の詳細にふれることもかなわないが、著名な幾人かの氏名を掲げることで、少なくともその一部を列挙することはできる。先輩としてジョン・ヒューイット[14]、ジョン・モンタギュー[15]、トーマス・キンセラ[16]、同輩にシェーマス・ディーン[17]、マイケル・ロングリー[18]、デレック・マホン[19]がいる。後輩にはトム・ポーリン[20]、ポール・マルドゥーン[21]、メーヴ・マガキアン[22]、キアラン・カーソン[23]がふくまれる。彼ら詩人たち――プロテスタント、カトリック、北、南を問わず――は、それぞれ二十世紀後半のアイルランドに独特の声をもたらした。また各自それぞれに、言語的ヴァラエティに富み、想像力豊かなアイルランド文学のニュー・ウェーブの一翼を担ってきた。文学史家たちは既にこの時代の見取り図を描き、批評家たちはそれぞれの地位を論じ始めている。後輩たちへのヒーニーの影響は、ほとんどイェイツのそれに匹敵するほどの威勢といってよい。しかしポーリンの表面の剛毅、マルドゥーンの謎めいたコメディ、マガキアンの「意識の流れ」のイメジャリー、キアラン・カーソンの都会的な長い詩行の発明は、側面攻撃の手法として成功したものといえよう。

抒情詩の作者は――パウル・ツェラーンからの私の題辞が示すように――、いかなる場合にも、彼が認識する現実とそれに対する彼の反応の両方を表象する象徴的なレベルを探求せざるを得ない。歴史的に、ギリシャ詞華集からポールグレーヴの『イギリス詞華選』に至るまで、抒情詩は見たところ、主に私的生活に関わってきた。しかしヒーニーは（ミルトン、ワーズワス、イェイツと同様に）、彼の場所と時代の政治的激動を免れることはできず、彼の抒情詩はやがて北アイルランドの過去何世紀にも及ぶ難局の色に染まらざるを得なかった。積年の大問題は宗教的帰属（カトリック対プロテスタント）、政治的帰属（ナショナリスト対ユニオニスト）、階級（経済的被支配層対支配層）、地域（農業対工業）、民族（ケルト対アングロ・サクソン）の相違として様々に分析されてきた。一九七二年ヒーニーは家族と（暴動と殺人の絶えない）ベルファストを離れ、南のアイルランド共和国に移った。しかし、意図的に他の主題を選び、（しばしば見事に成功を収めた）詩にもかかわらず、北アイルランドは依然として彼の作品に影を落とし続けた。彼の著作において、公的なものと私的なもの、悲劇と日常はせめぎ合う。

ノーベル賞受賞記念講演でヒーニーが述べたように、彼の著作活動はその生活同様、「各出発点が目的地というよりはむしろ踏み台となるような旅」（『詩の名誉』*Crediting Poetry*（1996）, p. 9）であった。この後の語りにおいて、私は彼の個々の詩集を飛び石として扱ったが、私の詩評に必要な限りでしか生活にはふれなかった。[注1] ヒーニーの生き生きと隠喩《メタファー》に富む知的な散文——『プリオキュペイションズ』（*Preocupations*, 1980）、『言葉の力』（*The Government of the Tongue*, 1988）、『創作の場』（*The Place of Writing*, 1989）、『詩の擁護』（*The Redress of Poetry*, 1995）、そしてノーベル賞記念講演を扱わなかったのは、紙幅の制限を超える恐れがあったからである。ソポクレース『ピロクテーテース』の彼の翻訳『トロイアの癒し』（一九九一）を論じなかったのも、同じ理由による。

ヒーニーに批判的な評者たちにも、ここでは反論しなかった。彼に対する非難はほとんどすべて主題に関わるものだった。家庭的役割以外を演じる女性の欠如を残念がったり、詩人に父権的態度をかぎつけたりするフェミニストもいる。「彼の旗幟」をより鮮明にする党派的声明を発しない、とヒーニーを難じる一方、彼の詩は明らかに暴力を慨嘆しながら、実はひそかに共和派的姿勢を支持している、と論じる政治ジャーナリストもいる。（詩の主題をあげつらうことは的外れだ、と私自身は考える。抒情詩の可否はテーマで決まるものではない。その成否は作者の回りの生

（注1） ヒーニーの最も詳しい評伝は Michael Parker, *Seamus Heaney: The Making of the Poet*（London: Macmillan, 1993）. ロンドンデリー／デリーに言及する時、私はヒーニー自身の慣用に従い、デリーとした。

活に対する彼の感情的反応を告げる言葉の正確さにかかっている。）添付した書誌の大部な著書のほとんどは、ヒーニーの作品に対する批判をふくむ批評的反応の一覧を提供している。彼の詩に対する一般読者、文芸批評家――アイルランド、イギリス、欧米における――の反応が圧倒的に肯定的であることは、いうまでもないであろう。私がここで主として示したいのは、ヒーニーがいかなる想像力豊かな、構造的様式的手法で、彼の主題をこのような世界的賛嘆をかちえるレベルにまで高めているか、である。

詩人がその主題をスケッチする象徴的レベルをいったん見出したなら――たとえば、キーツが視覚芸術と音楽が詩と張り合う対立関係をギリシャの壺を通じて絵画、ナイチンゲールを通じて音楽をスケッチすることによって考えることができたように――、彼はその象徴的なレベルを、時間を通じて延長する方法（詩は時間芸術であるから）を見つけなければならない。この延長する必要が詩の構造を創り出す（それは逐次的、対照的、対話的、クライマックス的等々かもしれない）。第一級の詩においては、この時間的構造自体が形式的に象徴的テーマを表現しなければならない。（すなわち、二つの状態を対照させる詩は二つの対照的なスタンザで書くことができよう――「眠りが我が精神を封じた」[24]の例――あるいはソネットの八行連-六行連対照、またはその対照的テーマを支える対話など他のどんな形式においても。）

選ばれた象徴的レベルと形式的にこれを支える時間的構成計画におけるその延長を超えて、詩人は彼の主題のために正しい「辞書」、統語法、感覚の焦点を見つけなければならない。その語彙は「感触」においてラテン系か、アングロ・サクソン系か。その文法は単純で素朴か、あるいは学識豊かで複雑か。それは目に見える風景のような詩か、音と対話に満ちた「聴覚的」な詩か。（以上は例にすぎない。詩は感触において「ラテン系」、「アングロ・サクソン系」の代わりに「フランス的」、「中国的」かもしれない。詩はキーツの「秋に寄せて」のように、視覚的なものから聴覚的なものへ移るかもしれないし、その逆もあり得る。）最後に、詩人はその素材の中に彼自身のペルソナと基調となる姿勢を見出さなければならない。彼は歴史的自身として、あるいは一般化された抒情的話者として現れるのか。彼は「客観的に」、あるいは特定できる政治的ないし社会的立場から語るのか。

すぐれた詩は、いずれもそれ自身を言語におけるユニークな実験として提示する。一つの実験は他の詩で繰り返すことはできない。それぞれは、キーツが一八一八年出版者ジョン・テイラー宛書簡で述べたように、「ある真理への想像力の正規のステップ」(注2)なのである。キーツの不定冠詞の用法——「ある真理」——は、あらゆる抒情詩の構成の暫定的性質を示唆する。各詩は語る、「この年、この時、この角度から、この焦点で、主題は私にとってこの見地において見え、それに対する私の反応はこの感情群から生じる。」いかなる瞬間における私的公的生活の全体的複合性にも匹敵し得る抒情詩はないから、抒情詩は態度の声明書として読まれるべきではない。むしろ、抒情詩は所与の日の神経のパターンを読むことのできるスクリーンなのだ（エリオットが『荒地』でいみじくも言ったように）。ヒーニーが（評論「言葉を手探る」で）詩人としての最初の試みについて語る時、次のように言っている。「私は言葉そのものを愛していたが、全体構造としての詩については全く分からず、一つの詩の成功がいかに人生における踏み台になり得るか、皆目経験がなかった」（『プリオキュペイションズ』、四五頁）。詩を作るために、言葉への愛につけ加えなければならないもの——彼が「技術」と呼ぶ特質——を学んだのは、後になってからだった。

> 私の定義によれば、技術は詩人の言葉の用法、韻律、リズム、言葉の質感《テクスチュア》の扱い方だけに関わるのではない。それは彼の人生に対する姿勢の定義にも関わる。……それは記憶や経験における感情の起源とこれらを芸術作品に表現する形式的試みとを仲介するダイナミックな気配りに関わる。……経験の意味を形式の管轄権内にもたらそうとする……全体的創造的努力なのだ。
> 〔『プリオキュペイションズ』、四七頁〕

（注2） Letter to John Taylor, 30 January 1818: in Robert Gittings, *Letters of John Keats* (New York: Oxford, 1970), p. 59.

「形式の管轄権」はそれぞれの詩によって異なる。ヒーニーは言葉を継ぐ。「私たちは最後の詩の訪れによって確認し、次の詩のとらえにくさによって脅かされるのである」(『プリオキュペイションズ』、五四頁)。

これはすべてデリー(この地名はヒーニーの用法に従う)とベルファストにおける一九六九年の暴動以前は真実だったが、その夏の政治的大変動が詩人としてのヒーニーの基本的目標を変えた。「あの時から、詩の諸問題は単なる満足のいく言葉のイコンの達成から、私たちの窮境にふさわしいイメージやシンボルの探求へと移った」(『プリオキュペイションズ』、五六頁)。この声明における複数形は強調しなければならない。歴史的窮境は、詩人が現実――題辞に引用したツェラーンの言葉――を多くのイメージ(部分的隠喩)や多くのシンボル(詩全体の象徴的構造)を通じて「探求」し、「克ちとる」ことを要求するが、そのいずれも公的私的歴史に全体としての空間的時間的創造的妥当性を持つことはとうていできないのである。それぞれの詩が多くの踏み台の一つにしかなり得ず、各詩が「ある」真実を指し示す――達成する、というよりむしろ――ことしかできないのはこのためである。同時に、彼の主題、感情、象徴的形式に忠実なことにおいて、詩人は抒情詩に特有な言語の豊かな質感、その発言を他のいかなる言葉の組合せでも言い得ないものにする音声学的「束縛の秘密」(『プリオキュペイションズ』、一八六頁)を忘れることができない。

ヒーニーに批判的な批評家たちは詩を政治的立場の声明として読み、それに対してあらがう。抒情詩を説明的評論のように読むことは根本的な哲学的誤謬である。この本の目的の一部は、詩をその本来の姿である暫定的象徴的構造として読むことである。ヒーニーの象徴的力の場のすべてが平等に十全に実現し得ている、とは限らないのは当然である。どの詩人もむらがあり、個々のどの詩集も出来不出来がある。しかしながら、ヒーニーのどの詩においても、企てられた美的で知的な実験は真摯なものである。内省的な詩人は年を経るにつれ、過去を現在に組み入れるので、そのより野心的な抒情詩における実存の重荷は時とともに重みを増す。理想的には、大規模な抒情詩――「リシダス」、「一九一九年」、「荒地」[25]——は読者に言い残されたことは何もない、現在の状況にふさわしいすべてとそれに対する話者の反応は表現しつくされた、との印象を与えたい、と願う。「歌の学校」(一九七五)から「ミュケーナイの見張り」(一九九六)に至るヒーニーの連続作品は、一連の象徴的取得によって、現在と過去ともに、まだ部分的ではあるが、より大きな足場を得ようと試みている。抒情詩の根本的目標——自己のはかなく、移ろいやすい現在を象徴的形式によってとらえ、永続させること——を裏切ることなく、包括的であろうとするこの試みを、私は称賛する。

以下の頁において、ヒーニーの最もすぐれた詩のいくつかを詳細にとり上げ、抒情詩の形成過程を実際に示し、形式が言葉においていかに実現されるか、検討する。「現実と正義を単一の思考にとらえること」——『ヴィジョン(幻想録)』におけるイェイツの抒情詩の希望の定義——は、ヒーニーがよく引用する言葉である。現実は物事がいかにあるか、正義は物事がいかにあるべきか、である。現実と正義双方に対する私たちの感覚は時とともに変化するので、ヒーニーはその詩「テルミヌス」で言うように、「再考」癖のある作家だ。

二つのバケツは一つより運びやすい。
私は二つの間で育った。

私の左手は鉄の標準分銅を載せ、
右手は量りを傾けて最後の一粒を加減した。

郡区と教区の境界に私は生まれた。

〔『山査子の実提灯』、五頁〕

ヒーニーのコメントは「私が考える時／いつも思い直すのに不思議があろうか」。知的道徳的地平線が広がるにつれて、ヒーニーの「再考」は彼の成長に不可欠となったので、私は各章末に「再考」と題する付記を補い、彼が後になってその章でとり上げた話題についてどう書くか、予見を記した。散文も、時とともに同様の変化を示している。彼の思考の基本的側面――たとえば、詩の社会的機能に対する永続的不安や美的形式と道徳的緊急性の葛藤――は変わらないが、そのような懸念を具体化する隠喩は各評論、各詩により変化するのは確かである。ヒーニーの一文、一スタンザを引用してそれがかれこれの政治問題に関する「彼の見解」を表わす、と称することが彼の精神の流動性、敏感さを裏切ることになるのはこのためである。ここで私は何よりも、変化に対する彼の怠りない柔軟性に誠実であろうとした。

〔左記引用と〕同題の評論において、ヒーニーは人間の窮地における、書くことの社会的機能に関する最も深遠な声明を発している。彼はヨハネの福音書から、姦淫の罪で捕らえられた女性を責める人たちを前にして、砂に字を書いたイエスのイメージを借りて次のように言う。

ある意味では、詩の効能はゼロである――未だかつて抒情詩が戦車を止めた例はない。別の意味では、詩は無限である。それは、咎める者も咎められる者もその前で言葉を失い、更生する、砂の上に書かれた文字のようなものである。

私の念頭にあるのは、ヨハネの福音書の第八章に記されたイエスの書いた文字である。〔弱者を苛む律法学者やパリサイ人に応えて、イエスは二度黙って身をかがめ、指で地面に書く。福音書はイエスが何を書くかにはふれないが、「あなた方の中で罪のない者が彼女に石を投げるがよい」というイエスの答えに加えて、その書かれた文字は「彼ら自身の良心に罪を悟った」群衆を立ち退かせる。〕

これらの文字跡は、詩――日常生活の中断でありながら、逃避ではない――のようである。詩は、この文字跡のように気ままで、この句のあらゆる意味で「待機」する。それは咎める群衆にも、咎められる弱者にも、「さあ、解決がつくだろう」とは言わないし、助けになろうとも、役に立とうとも提案しない。その代わり、起ころうとすることと私たちが起こってほしいと望むこととの狭間にあって、詩はしばし注意を引きつけ、気晴らしではなく純粋の集中、私たちの集中力が私たち自身に返ってくる焦点として機能する。［『言葉の力』、一〇七―八頁］

ここでのヒーニーの強調は、抒情詩のそれ――「私たちの集中力が私たち自身に返ってくる焦点」――である。抒情詩は語りやドラマではない。それは出来事を物語り、論議の争点を具体化することに主として関わるのではない。むしろその行為は、時間的に延長された象徴的形式という手段を通じて、地理的場所と歴史的時代の、変化する出来事にとらえられた私的な精神と心を、十全に真実をこめて提出することである。ヒーニーの抒情詩は――願わくは、以下の章が伝えてくれるであろうが――、それらが依存する明らかに文学的遺産を拡大しながら、彼自身、彼の国、彼の時代のためにそれをしてきた。彼はソネット、挽歌、歴史的詩、考古学的詩、連詩《シクエンス》を再考した。彼は風景詩における現象学的抽象の新たな鉱脈を開発した。彼は民衆の言語における三韻句法（terza rima）を革新し、「スクウェアリングス」において十二行詩（douzain）の可能性を追求した。彼は語源的にも統語法においても、アングロ・サクソン、ラテン、ロマンス諸語からの英語の言語学的遺産に対する鋭い感覚を以て書き、その結果アイルランド詩の英語を革新した。言語、シンボル、構造、ジャンルを革新してこそ、詩は注目すべきものとなる。さもなければ、忘却の深淵に落ちてしまう。この後の注釈において、私はヒーニーの意図を公正に要約しようと試みたが、それぞれの詩の独自性や特色も指摘しようとした。（詩の引用に続く頁の指示はすべて、その巻のフェイバー社版初版を指す。）

訳注

（1）**Paul Celan**（1920-70）. 旧ルーマニア王国（現ウクライナ）生まれの詩人。フランス・パリで没す。『死のフーガ』、『頌歌』などの作品がある。一九六〇年、ゲオルク・ビューヒナー賞を受賞。

（2）W・B・イェイツ（**William Butler Yeats, 1865 - 1939**）はアイルランドの代表的詩人。十九世紀末のアイルランド文芸復興運動の推進者、幅広い作風を駆使した「最後のロマン派詩人」。劇作家としてアベイ座を拠点として活動した。神秘主義にも強い関心を示し、日本の能の手法を取り入れたことでも知られる。一九二三年、ノーベル文学賞を受賞。生まれ故郷スライゴーでは、現在も毎年夏期学校が開かれ、世界中からイェイツ研究者たちが集まっている。

（3）以上三編の詩集はそれぞれ、『プルーフロックその他』（一九一七）がT・S・エリオット（1888-1965）、『ハーモーニアム』（一九二三）がウォレス・スティーヴンズ（1879-1955）のいずれも処女詩集、『ボストンの北』（一九一四）はロバート・フロスト（1874-1963）の第二詩集。それぞれ、著者が詩人として世に認められた初期の代表作。

（4）『ベーオウルフ（**Beowulf**）』八世紀初頭、古英語で書かれた叙事詩の最大傑作。若き日沼底の怪物を退治、老年悪龍を倒すが、自らも死ぬ勇敢な国王が主人公。一九九九年出版されたヒーニーの翻訳は英米でベストセラーになる。

（5）六三七年モイラの戦いで気が狂い、カトリック僧の呪詛で鳥に変えられた小国の武王の伝説。ヒーニーはそれを翻訳、『彷徨えるスウィーニー［英語名］』（一九八三）として出版、その刺激を受けたオリジナル連詩二十編「蘇ったスウィーニー」を翌年、詩集『ステーション島』に収録した。その縮小版を論じた最新論文をⅡに収録。

（6）**William Wordsworth**（1770-1850）イギリス・ロマン派の代表的詩人。湖水地方に住す。コールリッジと共に *Lyrical Ballads*（1798）を出版、後に英国ロマン主義運動における画期的な作品と高く評価された。

（7）**John Keats**（1795-1821）.『エンディミオン』、『ハイペリオン』、『ギリシャの古壷頌詩』、『ナイチンゲールへの頌詩』などの作品がある。すぐれた抒情詩を創出したが、肺結核で夭折した。

（8）**James Joyce**（1882-1941）. 二十世紀最大のアイルランド人作家、詩人。『若き芸術家の肖像』、『ダブリン市民』、『ユリシーズ』、『フィネガンズ・ウェイク』などの作品がある。アイルランドを描くため、生涯外国で暮らした。

（9）**Robert Frost.** 二十世紀アメリカの国民的詩人。ニューイングランドを題材とする作品で知られるが、哲学的なテーマを取り込んだ作品も残している。前掲注（3）参照。

（10）**Patrick Kavanagh**（1904-67）. アイルランドのモナハン州出身の詩人。一九三九年以降、ダブリンで暮らした。*The Great Hunger*（1942）がよく知られているが、晩年の詩に *Canal Bank Walk*（1958）がある。イェイツとヒーニーら若い世代のつなぎ役。

（11）Ted Hughs（1930－98）. 一九八四年から没するまでイギリスの桂冠詩人。アメリカ詩人シルヴィア・プラスの夫でもあった。ヒーニーと共編アンソロジー *The Rattle Bag*（1982）, *The School Bag*（97）を出版。

（12）Osip Mandelstam（1891-1938）. ポーランド生まれのユダヤ系ロシア詩人。反スターリンの詩を書き、流刑、強制収容所入り。

（13）Zbigniew Herbert（1924-98）. 第二次大戦中、レジスタンス運動に参加したポーランドの詩人、劇作家、エッセイスト。十七世紀英国の形而上詩人ジョージ・ハーバートの末裔にあたる。

（14）Harold John Hewitt（1907-87）. 北アイルランドの詩人。ベルファスト生まれ。一九二四年詩を書き始め、同年ベルファストのクイーンズ大学に入学、思想的には社会主義に傾倒。三〇年ベルファスト・ミュージアムに職を得、五七年イングランド、コヴェントリーのハーバート・アート・ギャラリーとミュージアムのアートディレクターとなる。七二年北アイルランドに戻り、七六年クイーンズ大学初の writer in residence（大学に籍を置く作家）となる。詩集に *The Day of the Corncrake*（1969）, *Out of My Time: Poems 1969 to 1974*（1974）等。

（15）John Montague（1929-）. アイルランドの詩人。アメリカのニューヨークに生まれたが、アイルランドのティローン（Tyrone）県で育つ。一九四六年ユニヴァーシティ・カレッジ・ダブリンで学んだほか、五三年にはフルブライトの奨学金を得てイェール大学に留学する。多くの詩集を出版し、九八年アイルランドの桂冠詩人に相当する the Ireland Chair of Poetry（アイルランドの詩の長）の任に就いた。

（16）Thomas Kinsella（1928-）. アイルランドの詩人、文学者。ダブリン生まれ。ユニヴァーシティ・カレッジ・ダブリン在籍中に自然科学から人文科学系へと専門を変える。一九五六年の初詩集以来、多数の詩集を発表している。アイルランド語詩の翻訳も手がけ、訳書として *The Táin* や *An Duanaire - Poems of the Dispossessed, an Anthology of Gaelic Poems* がある。アイルランド語と英語の二つの伝統をテーマとした論集として *The Dual Tradition* が知られる。最近の研究書に Andrew Fitzsimons, *The Sea of Disappointment: Thomas Kinsella's Pursuit of the Real*（UCD Press, 2008）。

（17）Seamus Deane（1940-）. 北アイルランドの批評家、作家。デリーのカトリック家庭に生まれる。シェーマス・ヒーニーと共に聖コロンバ・カレッジで学び、ベルファストのクイーンズ大学に進学。ケンブリッジ大学で博士号を取得。著作多数。*The Field Day Anthology of Irish Writing* の第一巻から第三巻までの編集に携わったが、アイルランドの出版物の決定的なアンソロジーと銘打たれたこの三冊に、女性の著作物や編集への関与が極端に少ないことが明らかになり、批判を受けた。

（18）Michael Longley（1939-）. アイルランドの詩人。ベルファスト生まれ。トリニティ・カレッジ・ダブリンに進学。二〇〇七－一〇年、アイルランドの「詩学教授」（Professor of Poetry）。無神論者を自認。妻は批評家のエドナ・ロングリー。多くの詩集を出版、受賞多数。詩集 *The Weather in Japan*（2000）はT・S・エリオット賞を受賞。ヒーニーは若手詩人の研究会に参加した一九六三年以降、ロングリーやデレック・マホンらとの交流を深めた。

（19）Derek Mahon（1941-）. 北アイルランドの詩人、ジャーナリスト。ベルファスト生まれ。アルスターのプロテスタント労働者階級の一人っ子として育つ。ダブリンのトリニティ・カレッジで学び、マイケル・ロングリー、エヴァン・ボーランド、ブレンダン・ケネリーらと親交を持つ。同時代の北アイルランド出身の詩人としてヒーニーとの深い相互の影響関係が指摘される。

（20）Tom Paulin（1949-）. 北アイルランドの詩人、文芸評論家。イングランドのリーズで生まれるが、幼少時に北アイルランド出身でプロテスタントの母とイングランド人の父と共にベルファストに移り住む。中産階級でユニオニストのバックグラウンドを持つ。シェーマス・ヒーニーと共にフィールドデイ・シアター・カンパニー（Field Day Theatre Company）の中心人物六人に名を連ねる。現在オックスフォードのハートフォード・カレッジで英文学を教える。

（21）Paul Muldoon（1951-）. アイルランドの詩人。三十冊以上の詩集を出版し、主な受賞にピューリッツァー賞詩部門での受賞やT・S・エリオット賞がある。一九九九―二〇〇四年、オックスフォード大詩学教授。現在プリンストン大学教授。一九六九年からベルファストのクイーンズ大学在籍中にシェーマス・ヒーニーに出会い、親交を持つようになった。

（22）Medbh McGuckian（1950-）. 北アイルランドの詩人。ベルファストに生まれ、クイーンズ大学で学位を取る。もともとファースト・ネームをMaeveと綴っていたが、大学で彼女を教えたシェーマス・ヒーニーが使ったアイルランド語綴りを使うようになった。アイルランド語詩人ヌーラ・ニゴーノルの詩の英訳者の一人として、バイリンガル詩集 *Pharaoh's Daughter* にシェーマス・ヒーニー、マイケル・ロングリー、キアラン・カーソン、ジョン・モンテギューらと共に名を連ねている。

（23）Ciaran Carson（1948-）. 北アイルランドの詩人・作家。ベルファスト生まれ。アイルランド語を使用する家庭に育つ。クイーンズ大学に進学。卒業後二十年間北アイルランドのアーツ・カウンシル（Arts Council of Northern Ireland）にアイルランドの伝統音楽の専門家として勤務。活発に詩作を行い、T・S・エリオット賞など受賞多数。アイルランド語文学英訳の出版もある。クイーンズ大学のシェーマス・ヒーニー記念ポエトリー・センター（The Seamus Heaney Centre for Poetry）の設立者であり、現在所長。

（24）William Wordsworth, "Lucy Gray Poems"（1800）V最初の行。

（25）『リシダス』はジョン・ミルトン（一六〇八―七四）の牧歌的エレジー。イェイツの「一九一九年」は詩集『塔』（一九二八）に収録されたが、一九一六年の復活祭蜂起挫折後の荒涼たる逼塞状態を鋭く告発した格調高い詩、彼にとって大きな転機を示す。T・S・エリオットの『荒地』（一九二二）は、第一次世界大戦後近代人が抱くに至った不安を描写する画期的な長編詩。

第一章

名もなき人々

――『ナチュラリストの死』、『闇への扉』、『冬を凌ぐ』

「ブリューゲルよ、[1]」……黄色に覆うエニシダの下
名もなきわれらすべてを小壁画《フリーズ》に描きたまえ。

「種芋を切る人々」（『北』、xi）

アイルランドの事物を代表する象徴的群像のフリーズであることから、「オースティン・」クラーク[2]の詩はアイルランド問題の徴候を示唆する一連の素早い習作やスケッチとなった。

シェーマス・ヒーニー「二島物語――アイルランド文芸復興に関する考察」[注3]

「アイルランドの事物」から「アイルランド問題」への移行――ヒーニーによるオースティン・クラークの詩の変化の要約――は、彼自身の発展を表わしたものといえよう。ヒーニーの初期作品において、「象徴的群像」は「種芋

（注3）P. J. Drudy, ed. *Irish Studies*, I（Cambridge : Cambridge University Press, 1980）, p.14

を切る人々」のように、詩人の家族農場で行われる作業の持つ太古の悠久性の認識を象徴する——彼はそれを言葉で永続させようと目論んでいるのだ。そのような群像が無名であるため、彼の詩の声もまた無名である。彼は歴史上その名が失われている人々について、また彼らのために語る。

固有名詞の与える個別性もヒーニーの興味を引き、——特定の場所、特定の時間に成人男子として書いている以上——彼の関心が無名性から歴史的特殊性に向けられる時、その詩におけるそれなりの役割を果たす。しかし彼の幼年時代の自己はほとんど名を持たず、その頃を詠んだ詩の多くは（豊穣な美しい仕方で）農場に育ち、チーズ搾りや干し草作りのような、日常ないし季節ごとのしきたりを見守る子供なら誰もが味わう経験をとりあげている。幼年時代の回想を通じて、ヒーニーはほとんど無名の作法を獲得し、そのような回想形式が彼の最初の二つの詩集、『ナチュラリストの死』（一九六六）と『闇への扉』（一九六九）の核心をなす。しかし通常、無名性は必ずしも若き詩人がとる最初の選択肢ではなく、作家としてのアイデンティティのこの当初の選択を理解するために、ヒーニーの語り手としてのアイデンティティの他の選択肢がどんなものであり得たか、探求してみてもよいかもしれない。

言葉の気づきとともに成長する者は、やがて他人が彼らを呼ぶ無名のグループ名——ヒーニーの場合、「カトリック」、「農民」、「北アイルランド」——をいち早くとりまとめる。これらグループ名は名、姓、幼名（「シェーマス」）、家族名（「ヒーニー家」）、学校で公式使用の（「ヒーニー」）を越えて存在する。ヒーニーの詩は、これらのアイデンティティのそれぞれを記入すると同時に認識する。子供が木の幹の空洞《うろ》に隠れると、探す家族が彼の名を呼ぶのが聞こえる。

柳の幹の空洞に隠れよう、
じっと耳をすませていると、

やがて、いつものように、
家族が野原の向こうから
郭公《かっこう》のように僕の名を呼ぶ。
彼らが呼び立てながら近づき、
回り木戸の柱を抜く音が聞こえる。

家庭的要求を告げる家族の招きは、自然の「隠れ家」に人知れず蹲《うずくま》る子供の邪魔をする（「モスボーン」、一七頁）
――そこでは彼は人の子であるより樹霊に近い。彼は

木の窪みにある
小さな口と耳、
苔むすあちこちの
耳朶《じだ》と喉頭。

［「神託」、『冬を凌ぐ』、二八頁］

になりきっている。
後の詩「アルファベット」では、自分が「シェーマス」以上の存在、姓を共有する眷属《けんぞく》の一人である、というその子の認識が語りを閉じる。幼年時代の棲み家の漆喰塗りが済むと、まだ学齢に達していない少年は

思索以前の眼を皿のように開き

わくわくしながら梯子の上の左官屋が
わが家の切妻壁を掬《すく》いとり、そこにわが家の姓を
鏝《こて》の尖った先で一字一字、奇妙な字体で書きこむ
のを見守る。

［「アルファベット」、『山査子の実提灯』、三頁］

さらに後年、小学校で、神父が（通常「ヒーニー」と呼ばれる）男生徒に名前（ファースト・ネームのつもりで）を聞くと、赤面して反射的に答え、皮肉をこめた返事をされる。

「名前は何というの、ヒーニー？」
「ヒーニーです、神父様。」
「上出来」

［『北』、五八頁］

さらに、若き大学生となった詩人は女性とデート後帰宅中、警察の検問にかかり、尋問を受ける。彼が警官の期待した姓名（フル・ネーム）の代わりに、親族の使う個人名を告げると、挑発の跳ね返しが来た。

警官たちは
真っ赤な懐中電灯を振り回しながら、車の周りに
黒い牛の群れのように群がり、嗅ぎ回り、
ステンガンの銃口を私の眼前に突き出して、

「運転手、お前の名は？」

「シェーマス……」

「シェーマスだと？」

〔「歌の学校」Ⅰ、『北』、五八頁〕

アルスターの警察は通例としてプロテスタントなので、シェーマス（「ジェイムズ」のアイルランド版）というカトリック名を持つ者に好意的ではなかったが、詩人のたくまぬ答は、彼が未だに自分のアイデンティティを友人や家族の知っている者としてとらえていたことを示す。

これらのアイデンティティすべて、そしてそれ以上のものが、声に沁《し》み込み――詩人の声となる。それでは、詩人はどう書けばよいのか。子供である、家族の一員（「シェーマス」）として？　風変わりな姓名（「シェーマス・ヒーニー」）を持つ個人の大人として？　あるいはもっと無名の存在として――農民（都会人と対照的な）代表として？　または、文化的にその始源を国のキリスト教化以前に遡る歴史的文化人類学的アイデンティティに所属するアイルランド人として？　あるいは「カトリック」、ある種の文化（成人後の生活で捨て去られたかもしれない幼年時代の一脈のカトリシズムの慣行）を共有する民族集団の代弁者として？　英語の話者、教師、読者、著者として？　あるいはアイルランドの文学的伝統の伝達者として？　たぶんヨーロッパ人として、あるいはひょっとして（晩年のイェイツのように）世界的詩人として？　あるいは詩人はむしろ、名もなき道徳的認識者として書くことに甘んじるべきなのか――家族と教育を通じて得た地方のイデオロギー的先入観をできるだけ、さておいて？　これらは、ヒーニーが最初の評論集『プリオキュペイションズ』（一九八〇）の前言で言った通り、重大問題である。「いかにして、詩人は正しく生き、書くべきなのか？　彼自身の声、彼自身の場所、彼の文学的遺産と現代世界に対する関係はいかにあるべきか？」（『プリオキュペイションズ』、一一頁）

しかしこのような質問は、他人の意見を仰いで答えられるものではないことを、ヒーニーは知っていた。それはこれら初期の評論集への題辞《エピグラフ》として、イェイツが一九〇五年に書いた次の文章を彼が引用したことによって明らかである。

私が他人を納得させるために書いたとすれば、「それは確かに私が考え、感じることか」ではなく、「誰それはどう思うだろうか、それを読んで、彼らはどう思い、どう感じるだろうか」と自問したろう。すべては演説調で不誠実になるだろう。私たちがそれらの他者を理解ないし、彼らについて考えたからではなく、あらゆる生命は同じ根を持つという理由で、自分自身の心、そして私たちの心を通じて発言しようと努力している諸々のものを理解してこそ、私たちは他人を感動させるのだ。

〔『プリオキュペイションズ』、一四頁〕

それならば、ヒーニーが彼の所属する（あるいは、他者が彼に指定する）幾つかのグループのどれについて書くとしても、彼はそれらのグループが彼とその作品をどう思うか、と脅えることは誓ってない——神父が何を探りたがろうと、親族が何を言おうと、アルスターのプロテスタントが何を承認しようと、詩人仲間が何を聞きたがろうと、先輩が何を忠告しようと。この誓約はすべての詩人が行わなければならず、守ることは非常に難しいのが常だ。しかし愛情と連帯の要求が可能な言論と執筆の周囲に縛りを設けようとする時、それは特に困難になる。ヒーニーの評論集『詩の救済』（一九九五）冒頭の講演は、一九七二年一月の「血の日曜日」事件後のそのような重圧を沈思している。しかし私たちが今考察中の一九六〇年代、「紛争」はまだ一九七二年の激化にまで達していず、ヒーニーは二冊の詩集——私が彼の「名もなきもの」の書として扱う『ナチュラリストの死』と『闇への扉』——を上梓したところだった。

父親の家族の農民生活は、ヒーニーが評したように、中世の慣習ほぼそのままだった。「アナホリッシュ」で、彼の隣人たちは新石器時代の祖先と一体になる。

手桶と手押車で

彼ら古墳の住民は
腰まで霧に浸かり
井戸や堆肥に張った
薄氷を割りに行く。

〔『冬を凌ぐ』、一六頁〕

家族を「あの『古墳の住民』」と見ることができれば、既に彼らから遠く離れていることは確かだ。そしてヒーニーの家族、隣人、祖先たちの永年の農作業（手斧で刈り、じゃがいもを掘り、家畜市で取引し、亜麻を水に浸けて晒し、茅を葺き、ミルクを掻き回し、数家族の共有するポンプから水を運び）を称える抒情詩群は、彼の最初の保存本能の証《あか》しである。彼は自らを彼自身の文化の人類学者に仕立て上げ、現在の彼の農村生活からの離脱を隠さない一方、それぞれの詩において描写するその日常慣行への深い愛着を証明している。初期の「名もなき詩の群」は常に悲歌的である。ヒーニーは自分がまだ彼の描く原型的文化の中に生きているかのように、「内側」ないし現在時制の視点から書こうとはしない。

雄弁な詩「茅葺き師」――「種芋を切る人」、「鍛冶屋の炉」でもよいが、機能的無名性の範例として挙げる――は、茅葺き職人の登場がまるで日常茶飯事のように始まる（彼の仕事が家の通常の保守・管理の一部である以上、そのとおり)。

数週間前の予約ながら、彼はある朝
不意に現れた、自転車に
簡易梯子と各種ナイフの入った袋を引っ掛けて。
彼は古い索具一式をじっと視、
庇《ひさし》を突つき、
切り開き、括《くく》った茅の束を捌《さば》いた。

この節の言葉はすべて、田舎家の住人の誰の口の端に上ってもよいと思われるが、最後の節を閉じる結語、「彼ら」――「われら」ではない――に、ヒーニーの「余所者性《よそもの》」がひそやかに内在する。それはまた、詩人が茅葺き師の中世風形式礼賛のために繰り出した「教養の」語彙(「蹲り」の紋章学、「ミダース」の神話)、そして彼が茅葺き屋根をイギリス牧歌詩《パストラル》の宝庫に仕立てるキーツ風隠喩(「蜜蜂の巣」、「刈株の継当て」)にも表われている。

垂木の芝の上に何日も蹲り、彼は尻尾を剃り落し、平らにし、すべて綴じ合わせて
傾斜した蜂の巣、刈株の継当てに仕立て、
触れるものみな黄金に変えるという
ミダースのタッチに見蕩《みと》れさせた。

[『闇への扉』、二〇頁]

文学的形式に敏感な読者にとって、この詩の「外部性」はヒーニーの荘重な五歩格四行詩――作詩法上、「英雄詩体四行連句」（隣接する各二行が弱強五歩格の対句詩型）として知られる一変形の選択に内在している。このような儀礼的一節は、茅葺き師をギルドの職工時代からの孤独な生き残りの記念碑的存在に転化するのに役立つ。「ネイ湖連詩」の耕やす人、鍛冶屋、鰻捕り、あるいは凍結したポンプを藁綱を燃やして溶かそうとする家族（「春の祭典」）のように、茅葺き師は自らに差し迫る存亡の危機に気づかない。しかしヒーニーは違う。それらの詩の一つ（「主婦の話」）、畑で昼食をとる脱穀作業人の描写はブリューゲル風だが、脱穀機の存在はさもなければ、中世の聖務日課書を下敷にしたような場面に産業の世界を持ち込んでいる。

名もなき農村労働者を彼の主題に選ぶことによって、若き詩人は、その名が失われ、その墓に墓碑が建たず、その人生がどの年代記にも遺ることのない、幾世代にもわたる忘れられた男女への記念碑を打ち立てる。やがて彼らの使った道具すら博物館でしか見られなくなり、それらを駆使する彼らの動作は完全に失われるだろう。ヒーニーにとって、それら練達の動きが記憶に留められずに消滅しないよう――記録されない舞踊の符号化を考案する文化人類学者のように――記述することは、きわめて大切な作業なのだ。「つきまとう者」において、鋤を使う父親の一つ一つの動きを、孝行心だけでない世代間の敬愛の情を以て描写する所以である。

わが父は馬鋤を使って耕作した。
その双肩は風を孕んだ満帆のように
梶棒と畝の間に張りつめられ、
馬たちは彼が舌を鳴らす度にぐいと引いた。

達人技。彼が翼を立て、
鋤篦《すきべら》の光る鋼の切っ先を向けると、
土は切れ目なく鋤返された。
装備の先端で手綱をぐいと引くと

汗水たらす馬はくるりと向きを変え、
未耕の大地へ逆戻り。父は片眼を
細め、畝の航跡を確認しながら
土に入れる鋤の角度を定めた。

〔『ナチュラリストの死』、一二頁〕

ヒーニーは農村生活に無批判ではない。じゃがいも掘りたちは、未耕の枕地〔畑の隅の土地〕を通り過ぎがてら、盗み掘りをするのを見習う。「芝土にかがみ込む行道は／秋のように心なく繰り返される」（「じゃがいも掘りの序に」〔『ナチュラリストの死』、一八頁〕。「茅葺き師」同様、ここ「つきまとう者」において、名もなき労働のそれぞれの［輪郭を暈した］ビネット画には、距離をおく瞬間が内在する。「僕は成長して耕作をしたかった」、と成人した詩人は、幼年の自分を思い出しながら言う。芋掘りたちの動きを「心ない」繰り返しとする批判と併せて、宿命的「行道」の典礼とみる視点は、この詩をもまた悲歌的な詩――詩人が従いたいと思わず、従うこともできなかった生活を代表するものだが、それにもかかわらず、永久に彼の内的心象風景の一部と認める――の一つにする。

古風な職業に従事する労働者について書くことが、近代詩人が自らの成人としてのアイデンティティを無名性に埋没させようとする一つの方法とすれば、もう一つの方法は彼自身の歴史的時点を離れて、別の時代の「私」ないし「私たち」として語ることである。ヒーニーの初期の政治的な詩「クロッピーズへの鎮魂歌」[3]は、そのタイトルにおいて、ジェフリー・ヒル[4]「プランタジネット朝王族への鎮魂歌」[5]への解答を提供している。それはクロッピーズ――一七九八年、食糧をポケットに入れ、ウェクスフォード郡ヴィネガー・ヒルの戦闘でイギリス軍に殺戮されたいがぐり頭のアイルランド反乱軍歩兵たち――が、死後彼らの言い分を語ることができる、と想像している。この詩は（ニール・コーコラン[6]によって）「ドラマティック・モノローグ」（劇的独白）と称されたが、ブラウニング流モノローグに特徴的な社交的形式（生きている話者が、同じ室内で一人ないし複数人に語るのが常）をとらない。ヒーニーの詩はむしろ、聞く耳を持つ人すべてに語りかける、クロッピーズによる自らの墓碑銘である。

　　われらの厚地外套ポケットは大麦で一杯――
　　退却中は炊事もなく、目を引く野営も張らず――
　　われらはわれらの土地の俊足ゲリラ。

クロッピーズは「大砲に大鎌を揮るいながら死んだ」。「彼らはわれらを経帷子も着せず、柩にも入れずに埋めた／八月、墓から大麦が生えた」（『闇への扉』、二四頁）。復活のモチーフはクロッピーズを植物神に擬す。詩人の愛国心は、葬儀もなく、墓石も持たず、闇に葬られた彼らの墓碑銘を、彼らに代わって――彼らが語るべく創作して――書く。

「クロッピーズへの鎮魂歌」は、シェイクスピア風四行詩三連に、新たな音韻を導入する代わりに、最後の連の音韻を延長して追加する変則的ソネット――*ababcdcdefefef*――である。アイルランド農民兵のための墓碑銘にソネット――ヨーロッパの宮廷詩形――という、ヒーニーの意外な選択は、形式上の意味を持つ。それは古い貴族的ジャンルが未だ内なる生命を保ち、農村的価値を擁護する詩に翻訳し得る可能性を肯定する(ヒーニーのソネットに関わる実験は彼の作詩生活を通じて継続する)。

詩人が無名たらんとする最も普通の方法は、たぶん神話/伝説(古典的、キリスト教的、民間伝承を問わず)に依ることだろう。ヒーニーはこの道も辿る。「ウンディーネ」というやや自意識過剰な初期の詩において、彼は水の妖精の声を借りて、「茨をぶち伐り、灰色のへどろをシャベルで掬い、私自身の水路を拓いてくれた」男による大地からの解放を謳う。性的アナロジーは無理を生ずるが(「彼はわが横腹を鋤で深く抉り/、私を彼に取り込んだ。私は彼の溝を呑み込んだ」)、この詩は(「主婦の物語」、「母」、「リンボー」、「浜辺の女」他におけるように)、特殊なタイプの無名性の装いへのヒーニーの関心——女性の経験の内部に身を置き、想像をめぐらすことはどういう意味があるのか——を宣告している。この点で、ヒーニーは民俗学も利用して人魚捕獲の伝説を喚び出して、ある女性の自殺を説明する(「海の乙女マーラ」)。キリスト教伝説もヒーニーを惹きつけ、聖フランシスコの鳥説法再話において、フランシスコの方法の描写によって彼自身の文学的決意表明を行なっている(「聖フランシスコと鳥たち」『ナチュラリストの死』、四〇頁)。古典的牧歌の神々、女神、妖精、水の精たちは最終的にヒーニーの役に立つことはなく、彼が女性の感受性の内側から書くことを常習にすることはない。しかし彼はやがて——「名もなきものとして」書く上で——、『水準器』(一九九六)におけるギリシャ・ラテンの歴史的神話(ミュケーナイ、ロムルスとレムス)の注目すべき活用に至る。

さらにもう一つの形の無名性は、詩人が完全な知覚を持つ観察者——歴史も民族も宗教も家族も持たない——となる時に得られる。これこそ、ヒーニーが長期的に最も実り豊かである、と悟った無名性の形式である。それは早くも「半島」に現れている。ソネットより長く、ナラティヴ(物語)より短いこの重要な詩(韻を踏む不規則な四行連句四連に書かれた)は、主として、人間のための、本来の主要感覚、感覚に基づく記憶の浄化作用に関する瞑想録。真実性と単純話法の忘れてならない標準としての知覚への、ヒーニーの初期の依存の範例として全文引用に値する作品である。詩は三つの部分に分かれる――第一部は半島を巡る日中のドライブ、第二部はその日の景観を思い出しながら帰路につく夜のドライブ、第三部ではある誓約を立てる。ドライブに出かけた動機は詩人の行き詰り、たぶん情緒的苦痛か不安の徴候であろう。

半島

何も言えない時、ただドライブしてみるがいい、
一日半島をぐるりと巡って。
滑走路の上のように空は高く、
地に標識がないので着陸もない

が、通り過ぎよう、常時初認陸地の縁を。
日が暮れると、水平線は海と丘を飲み、
耕地は白壁の破風を呑み、
また闇に戻る。さて思い起そう、

ガラス張りの前浜と丸木のシルエット、
白波が襤褸《ぼろ》に崩れる岩、

自らの高足に乗った足長の鳥たち
霧の中へ騎《の》り行く島々

そして家路のドライブ、まだ何も言えずに
ただ、今はすべての風景がこれ――
それ自身の形にくっきりと根ざした事物、
それぞれ極限にある水と陸によって解読される。

〔『闇への扉』、一二一頁〕

半島の最初のざっと見はきわめて一般的（「高い」空、「標識のない」地、海、丘、耕地、白壁の小屋）である。家路のドライブの闇の中で、詩人は（たぶん無意識に）意味深いものとして内心に残ったものの明細目録をチェックする。前浜はどう見えたか？ ガラス張りのように――滑らかに輝いていた。水平線を過ぎったのは何か？ 丸木のシルエット、倒れた場所から遠く離れて、場違いに。白波はどう見えたか？ 一巻の白布が岩に砕かれ、襤褸屑になって散るように。そして海鳥の歩行のどこが奇妙だったか？ 彼らは竹馬に騎っているような不自然な歩き方――だが、その竹馬は彼らの足そのもの。霧が発生した時、島はどう見えたか？ 霧の渦の中、沖の島々は自らの意志で大洋に向かって動くように見えた。

以上はドライバーの視覚的精神的情動的収穫――その日経験した中で失われることのないもの――である。急所を突いたイメージのこの貯蔵所は、（私たちが知るとおり、それらは自ら隠喩《メタファー》を喚び起こした――釉薬をかけた、輪郭を描かれたシルエット、襤褸、竹馬、騎りゆく――ため）は、「それ自身の形にくっきりと根ざした事物」の宝庫である。明確な輪郭をもたらされ、感情的に銘記された知覚から詩人が家に持ち帰るのは、この正確性の教訓だけではない。水と陸が邪魔なしに一番外れの先端で出会う、半島の持つ遠隔性の教訓もある。

本書を通じて、私はヒーニーの「再考」への依存を強調するつもりでいるが、これはそれがはっきり見える場合である。ヒーニーがずっと後、『水準器』（一九九六）の巻末詩、「あとがき」において「半島」を「書き直す」からだ。「あとがき」はもう一つの十六行からなるドライブのイメージ、今度は「われらが西部／フラッギー・ショア沿いにクレア郡へ」である。今夜、詩人を悩ませるのは執筆障害ではなく、「中年の感情保全先入取心症」の傾向である。ここでヒーニーは知覚力そのもの――垣間見、一瞥の眼力――が鎖された心の扉を打ち破り、一瞬の裡にいかに多くの対象と影像を吸収するか、外界と五感の結合がいかにスリルに満ちたものたり得るか、に感謝と敬意を表する。この詩はたぶん、ホプキンズの「収穫万歳」(7)の末裔かもしれない。

　これらのもの、これらのものはここにあったが、見る者が
　欠けていた。両者がいったん出会えば、
　果敢に、さらに果敢に、心は翼を差し上げ、
　彼を求めて大地を、おお、彼を求めて大地を半ば投げ上げる、
　　彼の足下から揺って。

しかし、一瞬の純粋に視覚的満足のラッシュとその一過性への欲求不満の狭間《はざま》に捉えられたヒーニーの詩は、恍惚を越えてとるに足りない束の間の自己の定義へと向かう。自己とは「事物が通り過ぎる急場」、以上の何ものでもない。それ自体根拠がないので、若かりし自己が思ったように「事物を創立」することなど望むべくもない。

「あとがき」の恍惚の瞬間は、「半島」のそれのように、単純な構成要素――風、光、大洋、島の湖、石、白鳥――

からなる。（イェイツのクール(8)に倣い、ヒーニーは石 stones と白鳥 swans に韻を踏ませるが、彼の白鳥はイェイツのように「恋人同士」の番《つが》いではなく、美しいにしても、共同体をなし、現実的である。）この浜辺には日々、風、光、大洋、湖があり、白鳥たちがいる。しかしそれらが、今この瞬間のように、毎日全体的効果に寄与する協同作用を達成するわけではない。

風と
光が互いに競合し合っている時
一方の大洋は荒れて泡立ち、輝き
石に囲まれた内陸の
石灰色の湖面は白鳥の群れの
電撃的着陸で照り映え、
彼らの羽は荒立ち、逆立ち、白また白、
その大成した、いかにも向こうみずな頭は
羽繕いか、反らすか、忙《せわ》しなく潜るか。

引用した詩行は、五十代のヒーニーの感受性への指標《インデックス》として利用できよう。野生も見捨てられていないが、白鳥のように、それも時には「地に着いている」。詩人にとって、美しいものも相変わらず無縁でないが、日常的なものもその役割を果たさなければならない。白鳥は「向こうみず」で「忙しない」。最高の瞬間は、存在の野性的な部分と定住した部分が互いを忘れない時、大洋が湖のパートナーであり、風と光、勁《つよ》さと明晰が存在を争う時である（私は分かりやすくするため寓話化したが、この詩そのものは寓話化を慎しみ、ルポルタージュの幻想を保っている）。そしてやがて、恍惚の瞬間は去る。すなわち人は去り、取り返しはつかない。「駐車してもっと完璧に捉えようと思うのは無駄な話」。しかし完全な受容性から生まれる貴重な感動は、心が青春時代のように再び感情に開放された忘れがたい一瞬、回復されたのだ。

あなたは此処にも彼処にもいない、
既知と新奇が通り過ぎる急場
大きく穏やかな衝撃が続けざま側面から車を襲い
心を不意打ちし、爆破する。

〔『水準器』、七〇頁〕

おそらく全人類が唯一共有するものは、感覚―知覚であろう。このような風と光の衝撃が経験できる浜辺は、世界中に数多い。この詩の作者が男性／女性、老／若、カトリック／プロテスタント、北／南アイルランド人、都会／農村居住者か、を識別する方法はない。無名性のこの形式――感情のとりとめのない状態が記述的形態《ゲシュタルト》に捉えられ、それを強力な媒介として他者の利用に供される――は、ワーズワスがよく用いた形式である。その例はヒーニーにも感じられるが、ワーズワスの遺産はヒーニーの意図的に無頓着な近代的詩語によって大きく改変されている。

その初期作品においては、ヒーニー個人さえほとんど無名に近いことがよくある。「ステーションズ」（『選詩集』、五九頁）で彼がいうとおり、最初の詩群は「Incertus 不確定」の筆名――署名を何にするか、まだ定かでないかのように――の下に刊行され、若年詩集は個人としての児童同様、子供一般を含んでいる。この子供は納屋や川岸の鼠を怖がり、井戸に映る自分の姿を見、仔牛に乳牛を、渓流に鱒を見守り、死んだ老馬を悼み、黒苺を摘み、それが腐ると嘆き、水占い師、牡牛と雌牛の交尾に魅了される。ことほどかように、幅広く一般的な牧歌調が初期の自画像を満たしている。しかし幾つかの詩において、本質的なものが一般的なものの群を抜いて立ち上がり、当然ながら『選詩集』に収録されているのはこれらの詩に他ならない。「土を掘る」、「ナチュラリストの死」、「中間期休み」、「わがへリコーン」、「記憶の形見」、「アナホリッシュ」、「神託」、「向こう側」等を、ヒーニーはすべて『選詩集』に収録した。彼の初期三詩集の中で、何がそれらを他の多数の詩にまして個性的にしているのか?

「神託」において、それは詩的職業の宣言である。一般的牧歌の世界の子供は、自らをふり返って「葉の茂る場所の／耳朶と喉頭」と思うことはなかったろう。人間が提喩法によって二つの生物学的部位に還元される、この二行の奇想天外な独創性は、より一般的な詩には見られない仕方で子供の肖像を描く。「土を掘る」において、芝土を掘る祖父にミルク壜を届け、父親が畝から鋤で掘り出す種芋を拾った子供は、成人した今、彼のペンもまた掘る道具である、と信じざるを得ない。

私には彼らのような男たちに倣う鋤がない。

わが指と親指の間に
角ばったペンが収まる。
私はこれで掘ろう。

〔『ナチュラリストの死』、一二頁〕

「土を掘る」について不穏なことに、カトリック系アイルランド人の子供は二つの道具、鋤と銃の提供の合間に育った。彼の文化の発する二つの対立する声は二者択一を迫った。「農場を継承せよ」と農業の伝統が言えば、「武器をとれ」と共和党武力闘争主義は唱える。実際、詩人の最初の思案はいわば、ペンか剣か、だった。「わが指と親指の間に／角張ったペンが収まる、銃のようにすまして」（『ナチュラリストの死』、一頁）。これは執筆を戦争のように、他の手段による政治と考える発想である。ここ——最初の詩集の巻頭詩——において、ヒーニーは攻撃としての執筆概念を棄て、鋤を彼のペンの最終的類比物として選ぶ。ペンは暖熱（燃料として祖父の泥炭のように）と滋養（父親のじゃがいものように）を生み出し、探求と発掘の道具として役立つだろう。

しかし将来の詩人としての子供（「神託」、「土を掘る」、「わがヘリコーン」）だけでなく、ヒーニーの幼年時代の詩の少年に、私たちは何か一般的でないものを見出す。ワーズワスのウィナンダーの少年(9)のように、これは通常の牧歌的な子供が考える以上に考える少年である。「ナチュラリストの死」——ヒーニーの最初の詩集のタイトル詩——の子供を好奇心、恐怖、嫌悪の情で満たすのは、彼の当初の性知識の修正という知的衝撃である。性に関する学校教師の罪のない語り（子供のナイーヴな声による学校時代の再話）がその場面を設定する。

　　ミス・ウォールズは私たちに語ったものだ
　父親蛙がいかに雄牛蛙と称され、
　いかに嗄れ声で鳴いたか、母親蛙がいかに
　何百もの小さな卵を産み、これが
　蛙の卵、と。

しかしその後、前思春期の到来とともに本物の蛙たちが登場、この子供の尋常ならざる感受性の総力が、腐りかけた亜麻溜《あまだめ》で春の交配歌を鳴き立てる（罪のない）蛙たちに投影される。『ナチュラリストの死』におけるヒーニーの最大の名人芸である音の頂点において、「蛙の卵」の汚れが無垢を汚染するにつれて、蛙の性の騒音は少年に自らを引き裂く恥辱の念を催させる。

亜麻溜の直ぐ下の芝土に太鼓腹の蛙たちがふんぞり返っていた、
弛んだ首は帆のように脈打ち、飛び跳ねるのもいて、
ペタペタと卑猥な脅しをかけた。中には鈍いなまくらな頭を並べ、
泥まみれの手榴弾のように鎮座するのも。
僕は吐き気がして背を向け、走り出した。ぬるぬるした大王たちは
復讐のためそこに集合、僕が片手を突っ込んだりすれば、
卵が攫《つか》んで放そうとしないだろう、と思った。

〔『ナチュラリストの死』、三—四頁〕

かくて、蛙の卵がオタマジャクシに変わるのを見守るのが好きで、教師による動物生命の根源の推進力の衛生的な説明を信じていた忠順な少年は「死ぬ」。ヒーニーはこの他愛もない性欲の漫画版のために、彼の最も濃厚で豊かな響きを持つオーケストレーション（'cocked', 'hopped', 'plop'; 'pulsed', 'blunt', 'clunch'）を全開した。ワーズワスもキーツもホプキンズも、彼らの文体的発明がこれほど無惨に酷使されるのを認めようとはしなかったろう。牧歌的田園詩はこれら泥まみれの手榴弾、蛙たちに爆破され、より無名性豊かな農村愛郷詩群の一貫した完成度の高さは、内向的セクシュアリティの闖入によって大幅に乱された。

ヒーニーの幼年時代の詩において、一人称話法の中で最も個性的なのは「中間期休み」の語り手、思春期の少年である。四歳の弟の事故死で、彼は学期半ば、通夜と葬儀のため実家に呼び戻される。しかし隣人（「大柄なジム／エ

ヴァンス」）は名指しで登場するが、話者と四歳の死者は名無しのままだ。子供の通夜は、一部ジョイス以後の語法で、儀式的に語られる。

老人たちが立ち上がって握手、「お愁傷様」というのに私は戸惑った。
初対面の人々に私が長男で、寄宿学校へ行っている、と囁かれたのだ。

翌朝私は階上の部屋へ上がった。待雪草《まちゆきそう》と蝋燭が枕元に供えてあった。
六週間ぶりの対面。彼は今顔面蒼白、

左顳《こめ》かみに芥子のように紅い傷跡、
寝床と同じ四フィートの棺に横たわって。

［『ナチュラリストの死』、一五頁］

この詩について最もジョイスから遠く、ヒーニーらしいのは詩人の母の肖像――理想化されるでもなく、ジョイス風に悲嘆に暮れるでもなく――感情に打ちひしがれながらも、彼女は平静を保ち、自らを律している。「母は私の手を握り、泪の涸れた怒りの溜息を咳に吐き出した。」この短い一節は、ヒーニーがいかに速かに女性に関するジョイス流非現実性を脱し、彼自身の形容詞の才能が役に立ったか、を示す指標である。「怒り」と「嘆息」の葛藤、そして「泪の涸れた」の下に閉じ込められた、激しく抑制の利いた泪は、すべてこの一行の持つ力の構成要素をなす。母親の内面的心象風景を忘れがたいものにする思春期の少年の気づきが、ステレオタイプと無名性の枠を越えて語り手の個性を際立たせている。

I

農作業の無名性と名もなき農家の子供に一般的な知覚がヒーニーの比較的牧歌的な第一・第二詩集の息づかいとすれば、彼の第三詩集『冬を凌ぐ』（一九七二）は無名性に新たな鋭い切り込みを入れ、農村的「良識」の生々しい暗部を告発、性的抑圧の文化における女性の窮状を抉《えぐ》り出す。詩「リンボー」において、洗礼を受けず、従って名前を持たない新生児が、恥じる母親に溺死させられ、漁師に引き上げられる。「私生児」では、名がなく発育不良で口の利けない婚外子が、生誕以来母親に閉じ込められていた鶏小屋から救い出される。婚外性行為を非難する信仰への、無言の批判をこめたそのような詩のために、ヒーニーはバター作り、茅葺き、水脈占いに十分役立った幅広く平明な五歩格を捨て、代わりに短く、鋭く、言葉少なく、そして満腔の憐れみにもかかわらず、「冷たく」、「蒼ざめた」詩行に転じている。

今リンボーには
魂の冷ややかな煌めきがあるだろう、
どこか遠い塩水地帯を通して一面に。
キリストの両掌さえ、癒されず、
疼《うず》き、そこでは漁もできない。

〔『冬を凌ぐ』、七〇頁〕

（かつては支配的ながら、既に見棄てられた中世カトリックの教義によれば、洗礼を受けない子供たちの魂は天国に入れず、リンボー——ラテン語の *limbus*「境界」に由来する——と呼ばれる場所に留められ、その遺体は聖別された墓地埋葬を拒否されるので、神の栄光からも見放される、とされた。「赤児を水中に浸け返す」苦難の母とヒーニーの一体化は、彼女の凍える手首の「優しく水にくぐらせる」（と婉曲的に表現された動作）の描写にみられる。

確かに
彼女は浅瀬に立ち、
優しくその児を水にくぐらせる、
凍える手首の関節が砂利のように感覚を失うにつれ、
赤児は小魚、その鈎《かぎ》が
彼女を切り裂く。

その赤児を生かした方がよかったのだろうか——たぶん、近い頁に配された詩「私生児」の「小さな鶏小屋の少年」のように、閉じ込められるのがオチだったろう。詩人曰く、その写真は「未だにわが心奥の床上の齧歯《げっし》動物のようにに垣間見える」のである。朝夕落し戸を通して届く残飯を糧に、鶏小屋の少年は「洗礼を受けていない泪」を流し、解放された今、無言で伝えるのは

忍辱を越えた何ものかの
ほど遠い物真似、
愛なき旅路を辿った
月ほど遠い距離の

大きく口を開けた言葉なき証拠。
〔『冬を湊ぐ』、七一―二頁〕

（最後に引用した一節が示すように）押韻の亡霊がこれらの厳しく凝縮された詩行に潜んでいるが、ヒーニーが詩節の音声的縛りに時折り頭韻を交えるだけで、数行をやり過ごすことはよくある。農家生活の豊かさ、年中行事の確認から彼の育った文化の残忍な暗黒面に眼を転じ、伝統技能と農業から私生児と虐げられた女性を視野に入れることにより、ヒーニーはその文化の当然のものと思われていた側面に、彼ならではの探求を加え、長年お馴染みになっていた「無名性」の中に、博愛的ではない要素を認めた。

しかし『冬を湊ぐ』はまた、ヒーニーにとって計りしれない創造の源泉となる別種の無名性を見出す。それはデンマークの考古学者の著書から詩人が学んだ、埋葬された遺体の考古学的無名性である。P・V・グロブの『湿原の人々』（一九六九年フェイバー社刊）は、デンマークの泥炭湿原にそのまま保存されていた、鉄器時代に殺害された犠牲者たちの遺体を活写するものだった。この本がヒーニーを直撃、釘付けにする効力を発揮した。「これらの犠牲者たちの忘れ得ぬ写真は、私の心の中で、アイルランドの過去・現在の長年にわたる政治的宗教的闘争の儀式の持つ残虐行為の写真と融合した」（『プリオキュペイションズ』、五七―八頁）。これに刺激されて、彼は「トールンの男」として知られる遺体に会うための「巡礼に出る誓い」を立てるが、それには「私が口にする言葉に心底正直でなければ、即ちわが身を危険に晒すことになる」、という感覚が伴っていた。

いつの日か私はオーフスへ行き、
彼の泥炭のように褐色の頭と、
柔らかにふくらんだ瞼と、

皮のとんがり帽を見よう。

近くの平地に……

私は長い間立ちつくす……

はるかユトランドの
昔の人殺しの教区で
途方に暮れながら、
悲しくもどこかほっとする私。

〔『冬を凌ぐ』、四七―八頁〕

「トールンの男」は太古の遺骸と、一九二〇年代初め、警察補助組織、特殊部隊Bの仕業による年若い四兄弟のばらばら遺体との同一視をあからさまにしすぎているかもしれない。兄弟は列車に引き摺られ、「隠しきれない証拠の皮膚や歯が枕木の上に点々と散らばった」（同上、四八頁）。六十年代後期から七十年代初めにかけて、報道記者や風評が既に伝えていた「党派的殺人」（アイルランドにおける呼称）について書くことは不可能と思い、ヒーニーは虐殺のイメージとして、数世紀《ママ》の闇の底から浮かび上がった湿原の遺体に目を向けた。それらの無名性が、現地の暗殺事件の字義通りの再話に二の足を踏んだであろう詩人に、想像力の羽搏きを与えたのだ。湿原の遺体はまた、儀式的殺人が〔ヨーロッパの〕地理的に広範囲の地域に及ぶ北部部族特有の風習であったことを彼に教えた。殺害の直接的歴史だけでは、北アイルランドにおける暴力の再発はそもそも説明できなかったのだ。

再考

ヒーニーの最初の三詩集における、無名の人々の牧歌的信仰の、主として慈愛深い情景――「バター作り」から家族の祈り（「向こう側」）――は、『ステーション島』（一九八四）で再考される。そこでは、「最初の王国」（「蘇ったスウィーニー」連詩から）において無名性が再び模索されるが、今度は初期の理想化が鋭く吟味される容赦ない自己修正に晒される。

王道《ロイヤル・ロード》は牛の小径。
王母は床几に蹲り
ハープ弦を爪弾くように
ミルクを木桶に注いだ。
手だれの杖で貴族らは
牛の臀部を手なずけた。
……
民衆は二つの顔を持ち、与《くみ》しやすく、
種を撒き、子を産み、一世代経ってもまだ
とことん相変わらず、そのままに
信心深く、要求がましく、卑屈に。

〔『ステーション島』、一〇一頁〕

スウィーニーの声——鳥の姿に変えられて、社会的制約から解放された——は、ヒーニーにまたとない発言の機会を与える。これらの述懐の最も辛辣な矛先はもちろん、家族より彼自身に向けられる。結局、平凡な農家の日常を「王国」、家畜仲買人の親族を「貴族」に祭り上げたのは他ならぬ彼だった。「最初の王国」の最終節における詩人の反発の激しさは、彼自身の以前の現実称揚への復讐《リベンジ》である。

そして第二の修正詩「山毛欅《ぶな》の隠れ家」（『ステーション島』、一〇〇頁）で、若き詩人は樹に身を潜めた別の時期を振り返るが、彼はもはや無垢の「苔むすあちこちの／耳朶と喉頭」として自然界に純粋に匿《かくま》われている訳ではない。今その樹は農場（「雄牛」たちの隠れ場）と、より大きな世界（「コンクリート舗装道路」）の境界をなし、思春期に入った少年は樹に隠れながら、二種の新たな刺激《センセーション》を経験する。第一の刺激は、木に巻きつく蔦の装飾性への審美的反応——それは彼にギリシャの柱頭葉状装飾を想起させる。

蔦そのものは
その乳歯のようなフリルと先細りの尖端が触れると
戸惑った——木肌は樹皮なのか、それとも石なのか？

第二の刺激は、その樹が性的プライバシーの場所——「学校卒業を控えた生徒が自分自身に触れて平安を見出す」——として、新たな機能を持つことから生じている。その樹はまた、より広い世界への展望台でもある。少年は（イギリスの戦車や飛行機がアルスターに駐留している戦時中）、「ゴーグルを外した飛行士が／超低空飛行して来るので、操縦席の鋲を見ることができた」。要約すれば、それは「わが知識の木」、そこで戦争が初めて農村生活を乱し、思春期の意識の絡み合う糸――認識的、社会的、審美的、性的――がそれぞれ互いに認め合う場を見出す原点である。前社会的／性的「隠れ家」の懐古的牧歌は、より広大な世界のより幅を持った再考によって、判断される。

「最初の王国」、「山毛欅の隠れ家」におけるより個性的瞑想は、詩人がやがて消えんとする古い文化の言葉による継承者として、純粋に無名の（しばしば懐古的な）声で語る決意をする時、抒情詩に課される制約を示す。より広い社会的世界が、ヒーニーの牧歌に闖入することは避けられなかった。しかし、彼の初期の田園詩が必ずしも常に牧歌的ではなかったこと（蛙の鳴声、納屋の鼠たち、バターを作る日の屋内の臭気、「母」における身重の若い農婦の倦怠、『冬を凌ぐ』の私生児たち）、彼の初期の雄弁が美しいものだけに限られていなかったこと、を忘れてはならない。ことほどかように、彼の無名性すら、無言の裡にそれらのタブローやフリーズを用意する、鋭敏で本質的特性を持つ観察者の存在を立証したことになる。

訳注

（1）**Pieter Brueghel**（1525 / 30? - 69）. 中世の農民の生活を描いたフランドルの画家。

（2）**Austin Clarke**（1896-1974）. イェイツ以後のアイルランド主要詩人の一人。

（3）クロッピーズ（croppies）とはアイルランドのカトリック系反逆者たちのこと。その語源はフランス革命に賛同した人たちが短く刈り込んだ髪型から来ている。一七九八年五月二三日、北レンスターの農民約四千人（クロッピーズ）がタラの丘を占領したが、ただちに鎮圧されてしまった。埋葬された彼らのポケットには、食料として穀物が忍ばせてあった。埋葬後、それらの穀物が芽を出したといわれている。アイルランド独立までの悲史の一頁。

（4）**Geoffrey Hill**（1932- ）. イギリス現代詩人、ボストン大学名誉教授、オックスフォード大学詩学教授（二〇一〇―）。

（5）中世イングランド王国の王朝（一一五四―一三九九）。ヘンリー二世からリチャード二世の死に至るまで、イングランドを支配した王朝。

（6）Neil Corcoran（1948- ）. リヴァプール大学名誉教授、二〇一〇年までキング・アルフレッド英文学教授、批評家。近現代イギリス・アイルランド文学に関する著書多数。

（7）Gerard Manley Hopkins（1844-89）. 英詩人。イエズス会聖職者。“Hurrahing in Harvest”, *Poems*（1876-1889）, 38. 引用は最後の四行。彼（神、イエス）との出会いを謳う。

（8）“Upon the brimming water among the stones/Are nine-and-fifty swans.” *The Wild Swans at Coole*（1919）の冒頭の一節の結句。

（9）ワーズワスの『序曲』第五巻 *The Prelude*（Book V）に登場する、フクロウの鳴声をまねて鳥たちと合唱していた少年。

第二章 考古学――『北』

葬列は長い尾を曳き、
「北の氷河道」を出るのは
その先頭が既に巨石遺構の
羨門《せん》に入りかけている頃。

「葬送儀礼」(『北』、八頁)

I

羨門(横穴式古墳最奥部、棺を納める玄室に通じる羨道の入り口)を入ることは、いわば底知れぬ有史以前の世界、農業的というより考古文化的「アイルランド問題」へと逆戻りしながら、地下に潜ることである。これから私たちが見るように、ヒーニーは『北』(一九七五)において、一九七二年以降アイルランドで堰を切るように始まった暴力によって、彼の考古学に直面することになった。早くも一九六九年、ヒーニーは第二詩集『闇への扉』巻末の先触れ的な詩「湿原」で、泥炭湿原から発掘された遺品の教訓と恩恵を描いている。

泥炭から掘り出した
アイルランド大角鹿の骨格が

組み立てられてみると
驚嘆すべき大がらんどう

百年以上埋もれながら
沈んでいたバター、
地上に戻ると白い塩味。
地面そのものは優しい、黒いバター

足下で溶け、中身がひらく。

〔『闇への扉』、五五頁〕

そして「湿った中心は底なしだ」が、「湿原」はその内に秘められた恐怖を想起させることはない。湿原の掘出し物の通常のイメージ——中世の黄金遺物——に抗して、ヒーニーの求めるのは明らかに、家庭的常用品（バター）であり、進化上の驚異（大角鹿）である。『闇への扉』の中で、これに匹敵する幼年時代の詩「記憶の形見」（三七頁）は、「湖水」から回収され、学校の棚に保管されていた「オートミール色の」木片の化石を賛美する。他の形態の岩石——溶岩、隕石、石炭——は、ダイヤモンドさえ、比較すれば見劣りがする、という。それらは樹木のように、「樹液と四季の魂を幽閉する」ことができないからだ。湖や湿原はアイルランドの自然史、国史を内包しており、「湿原」において、詩人は「内面へ、下方へ打って出る……開拓者」として、進んで歴史に参入する（『闇への扉』、五六頁）。

考古学が興味深い恵み豊かな存在であることを止め、代わりに暴力の説明のために尋問される時、すべては一変する。今や、ヒーニーの詩が（P・V・グロブ『湿原の人々』(1)に刺激されて）湿原から回収するのは、部族の生贄《いけにえ》に対する文化的素地の表象として役立つ、一連の屍体である。ヒーニーが『冬を凌ぐ』を出版した一九七二年、北アイルランドの暴力は既にエスカレートしていた。一九六九年イギリス軍がベルファストとデリーに派遣された。一九七一年陪審裁判なしの拘留がアルスターで始まり、初年度千五百人以上が拘留された。一九七二年一月三〇日、「血の日曜日」、イギリス軍空挺部隊がデリーの公民権デモ隊に発砲、十三人が死亡、「党派的」（こうした連続事件の描写に仮使用された数多の形容詞の一つ）暴力は新たなピークに達した。しかしヒーニーの詩がこれらの事件についてより深く考察できたのは、一九七二年から『北』の刊行年（一九七五）にかけてであった。あらゆる複雑な歴史的事件同様、「紛争」は相対立する諸説を生み出した――植民地化の後遺症、宗教的対立、階級闘争、民族紛争、あるいはそれらの成れの果て、敵対するギャング同士の暴力沙汰等々。北アイルランドに住む誰もが、それらから無傷で済むわけにはいかなかった。最終的に両派の誰もが、友人ないし家族の一員を失うか、その人生が狂うのを経験した。一九七二年八月、ヒーニーとその家族はベルファストを離れ、アイルランド共和国へ移り住み、ウィックロー郡グランモアのシング家荘園門番住宅を借りて四年間暮らす。(2)その所有者で友人のアン・サドルマイヤー(3)はシング書簡集の編集者。ヒーニーはクイーンズ大学講師を辞任、詩作に専念する傍ら、家族を養うためジャーナリストとラジオ評論家兼任の執筆業に従事した。

グランモア移住直後出版された『冬を凌ぐ』を書き上げて早々、ヒーニーは「紛争《トラブル》」に対するジャーナリスティックなアプローチの行き着く先は口先だけの決まり文句、と悟っていた。当面の事件に対処する最初の試み――後にほんの一箇所わずかに変えただけで、『北』の「何を言おうと何も言うな」の締めくくりに使われた十二行――は、リアリズムで始まる。「今朝、露に濡れた高速道路から／新たな強制収容所が見えた。」しかし、この詩はすぐに道を逸れ（「そして既視感《デジャヴュ》、［ナチ］第十七捕虜収容所をネタにした映画」）、そして「紛争」を何らかの反復のフレームに嵌め込もうとする自らの願望を、これまたあっさり自嘲する。「私たちは再び、ささやかな運命《さだめ》を抱きしめる」（『冬を凌ぐ』、五頁）。例のジャーナリスティックな気の利いた「紛争」評は、のちに「何を言おうと」で容赦なく暴かれ、詩人の矛先は自らにも向けられる。「メディア業者とその下請けたち」は新たなボキャブラリーに酔い痴れる。彼らは

「エスカレート」、「バックラッシュ（逆襲）」、「クラックダウン（鎮圧）」、
「暫定派」、「二極化」、「積年の憎悪」等の言い回しで
自らの脈を測った。

「それでも私はここに生きている、私もここで生き、歌う」と始めながら、続けて自分を責める、

最新のラジオ報道の声高な調子に乗じて、
よき市民の隣人と巧みによき市民言葉を操り
昔ながらの、公認の、周到な仕返しの
似非味つけ、石の風味を舐めながら――

「ああ、確かに恥さらし、同感です」
「どうなることか？」、「悪化の一途」、
「殺し屋め」「強制収容、分かります……」

「正気の声」はかすれゆく。

「『北』、五一―二頁」

報道にせよ旧来のイデオロギーにせよ、スタイル選択の余地なし。「リベラルな教皇派の口調は虚《うつ》ろに響く。」しかしヒーニーは信じ続ける、真の芸術「正しい詩行――不滅の文学――」があれば、「私たちの誰もが／偏執や偽物を峻別する一線を画することができる」(『北』、五三頁)。かくて、湿原の人々をめぐるグロブの著書は、「逆境にふさわしい表象」(イェイツ)、「われわれの窮地に合う象徴」(ヒーニー「言葉を手探る」、『プリオキュペイションズ』、五六頁)を求める詩人に電撃的効果をもたらした。ヒーニーがラジオ・インタヴューで語ったように、

私の情動、感情、何であれ、詩作に必要な本能的エネルギー、それらのエネルギーが、道路の突き当たりでポリ袋に放り込まれている男を思うより、二千年以上昔の生贄について瞑想をめぐらす方が、目覚ましく掻き立てられたのは奇妙なことでした。私の言おうとしたのは、家の前の道路の突き当たりに住むバーテンダーが、爆弾を運び出そうとしてそれが爆発したことです。もちろんそれは恐るべきことに違いないが、なぜか言語、言葉はその種の恐怖と憐れみの上をたゆたうている時、詩の中では私が思うような活躍をしてくれなかったのです。[注4]

詩人は「ある言葉、イメージ、記憶をめぐる心の最初のそよぎ」[注5]によって適切な象徴を認め、それから先はその象徴の導きに従わなければならない。遺体の考古学はヒーニーにとって、そのような象徴である。

湿原の遺体を発見した詩人は、それらからいかにして詩を作ることができるのだろうか?「トールンの男」において、ヒーニーは過去と現在を双眼鏡を透して見る見方を試みた――いわば、左眼で発掘された鉄器時代の遺体、右眼で惨殺された四人兄弟や待ち伏せ暗殺後「農家の庭に列べられた靴下を履いた屍体」を視野に入れて。考古学的遺

体が二十世紀の遺体より想像力に豊かな刺激を与えるのは、たぶん詩人が泥炭に褐色に染められた、想像を絶する遺体を活写する必要に発奮したからだろう。

……彼の泥炭で褐色に染まった頭、
鞘のように穏やかな瞼……
最後に食べた冬の種のオートミールが
胃の中で固まり。

〔『冬を凌ぐ』、四七頁〕

しかし泥炭の遺体の力は、もう一つの成分をそなえていた。それらが大地の女神への儀式的生贄の犠牲者である、という考古学者たちの結論は、詩人にとってトールンの男の裸の屍体をエロティックに見せるのみならず、保存され陳列されるカトリック聖人の遺骸の聖遺物崇拝のオーラさえ漂わせた。

女神に捧げられた花婿、
彼女はその首環で彼を締めつけ

（注４）Broadridge 編 *Seamus Heaney*（Copenhagen, Denmarks Radio, 1977）p.60 に掲載の Brian Donnelly によるインタビューより。Parker, *Seamus Heaney* の引用では p.105.
（注５）原注４に掲載された Broadridge 編の *Seamus Heaney*, p.48.

I

その沼を開き、
湿原の暗い汁は彼に作用して
聖人の木乃伊《ミイラ》に仕上げた……
今、彼の染められた顔は
オーフスに休らう。

［『冬を凌ぐ』、四七頁］

この詩は手だれの出来栄えであり、これほど多くの心霊的素材を、グロブの著書に触発されて起爆させたヒーニーの勇気は認めるが、この双眼鏡的な詩は落着かない――これらの性的宗教的解釈が一九二〇年代の遺骸の「散乱した……肉体」、「一目瞭然の皮膚と歯」と何らかの関係を持つ、という提案に至ると。この詩が自己を回復するのは、語り手がトールンの男の処刑前の最後の瞬間を想像して、本来の我に返る結論部においてである。

死刑囚運搬車に載せられた
彼の哀しき自由らしきものが幾らか
私にも伝わって来る筈だ、運転しながら、
地名を唱えるにつれて……
トールン、グラゥバウル、ネーベルゴー……

［『冬を凌ぐ』、四八頁］

死を確実に知ることにまつわる「哀しき自由」――最終幕におけるハムレットの哀しき自由――が、偶々歴史の繰り返しによって、若き詩人（ヒーニーは未だ三十三歳にすぎない）に与えられた。それはトールンで起こり、グラゥバウルで起こり、デリーで起こりつつあり、他所でも起こるだろう……

湿原の遺体群の提供する多元的で扱いにくい素材ゆえに、ヒーニーは『北』で「トールンの男」を数回「書き直している」。「トールンの男」は「グラゥバウルの男」（芸術と受難の関係を沈思する彼の最も美しい「湿原詩」）と双子扱い、また女性遺体が対象の双子扱いの詩――「湿原の女王」と「刑罰」――もある。湿原遺体に関する詩を、文学史家が主に「紛争《トラブル》」に関するコメントとして検討して来たことは、理解できる。北アイルランドが平和であれば、グロブの著書がヒーニーに同じ効果をもたらしたかどうか、は疑問だ。しかし詩が、彼自身の何らかの複製を言葉で表わそうとする詩人の企てである、とすれば、私たちは文化的窮地の象徴としての詩の機能を忘れることなく、芸術作品としてのそれらの詩の全体像に迫ることができるだろう。

簡単に要約してみよう。「グラゥバウルの男」は「トールンの男」の双眼鏡的見方を企てたりはせず、詩人が湿原遺体に関する瞑想を完了するまでその現代的適用を控える。私たちは先ずグラゥバウルの男の植物的、青銅的な木乃伊に、想像力豊かな四十五行を与えられる。

彼の手首の肌理《きめ》は
湿原の樫のよう、
彼の踵の膨らみは
玄武岩の卵のよう……

誰が「屍体」と言うだろう？
彼の生き生きした雄型《おがた》を
誰が「死体」と言うだろう？
彼の不透明な安息を

〔『北』、二八―九頁〕

それから衝撃的な最終三行――「滅多切りにされ、どすんと下ろされる／フードを被せられた犠牲者一人一人の／現実の重み」――が来て、秤の上に投げ出される。冷静な、審美的ですらある考古学的標本の観照に没頭した後で、「滅多切りにされ、どすんと下ろされる」現代人の「現実的重み」を突きつけられると、私たちは感情を害される。詩人は歴史の客観性を現実の冒涜によって覆し、彼の審美化する瞑想の力を、政治的共鳴の力に真っ向から対決させる。

「グラゥバウルの男」は無限のニュアンスに富み、『北』の他のどの詩よりも、ヒーニーの驚嘆すべき正確な描写の天才を発揮しているので、私の説明は大雑把すぎる。しかし、この詩はそれ自身の形而上学的姿勢にかくも明白に対峙したことで、よりすぐれた芸術作品となっている。審美化するのは間違いか？　眼前にあるのが死んで久しい遺体であり、最近まで生きていた人でない場合、客観的に見る以外のことが可能であるか？　屍体自身、死後自らの状況について何を語ろうとするのだろうか。ヒーニーはこの疑問に、堂々たる王者の詩「湿原の女王」で答える。ここで屍体（今度はアイルランド人、生贄の犠牲者ではない）は、自らの声で語る――遅ればせながら、威厳をもって、湿原の中での彼女の長い待機を――（彼女は一七八一年、ベルファストの南、モイラ家荘園で泥炭堀りに発見され、レディ・モイラに売却された）。湿原の女王の語る詩の十四節のうち十節まで、彼女は人の探求に煩わされることがない。彼女の復活は最後の節に至ってからだ。「そして私は闇から蘇った、／叩き切られた骨。」最終的復活において、「湿原の女王」は［シルヴィア・］プラスの「レディ・ラザラス」(4)（'Lady Lazarus'）に負うものがある。しかしその前に、彼女が口を開く時、その語りは自身の崩壊を見ることのできる者の客観性を持つ。ゆっくりと、彼女は自然のプロセスに従って「消化され」、彼女の装飾品や衣類は朽ちてゆく。埋葬された女性が一歩ずつ順次、脱衣解体され、ついには人間的というより、地質学的現象と化すまで、彼女の語りは雄弁にして濃密である。

私の着衣と皮膚を透して
冬の浸水が
私を消化し、
無学な草木の根が

胃袋や眼球の
洞で
思いに耽りそして死んだ……

私の王冠はカリエスに罹り、
宝石は落ちた、
泥炭の流れに
歴史の鋲止めのように。

私の帯は一筋の黒い氷河
皺が寄り、染めも織りも
フェニキア刺繍も
水にふやけた、わが胸の
柔らかな氷堆石の上で。

〔『北』、二五―六頁〕

このような標本から、詩人としてのヒーニーについて何が推論できるだろうか？　湿原の女王が彼女の緩慢な変化を描写する時、彼女は死者の平静さを持ち、最終的にはいわば、失われた言語で書かれた文書の解読不能性に到達する。二千年の長きにわたる分解過程が語られるにつれて、彼女の同等の、はるかに驚くべき分解への地下での抵抗には言及されない。結局――「這い寄る影響」、「黒ずむ」、「発酵する」、「還元する」、「皺が寄る」、「浸る」、「擦切れほぐれる」にもかかわらず――いったん掘り出された「湿原の女王」は、未だ単一体、認知可能なものとして、存在している。頭脳と爪、骨盤と胸、腿、頭蓋骨、毛髪と足それぞれへの、ヒーニーの公平無私な配慮は、芸術上の約束事が通常許す以上に十全な紋章の解説を伴なって、身体全体を「顕在させる」。「湿原の女王」は大きく変化したが（彼女自身の隠喩を借りれば）、冬眠していたにすぎず、今や証言のため、再登場したのだ――何を証明するために？

先ずヒーニーの標題を想起し、彼女の王権に留意すれば、その高貴性がある。彼女の（失われた）王冠は、ヒーニーがかつて湿原の宝物として、大鹿とバターに軍配を上げて斥けた、首輪と宝石の文明の証人となる。彼女が明らかにするのは、他の湿原遺体のように暴力ではなく、忍耐である。二度も彼女は言う、「私は横になっていた、待ちながら。」彼女の再生は女王としてではなく、「衣服を奪われ……髪を刈られ、裸にされた」女として。彼女の髪は切られ、頭蓋骨は泥炭掘りの鋤で叩き断られている。従って、彼女はその輝きを十全に発揮することなく、「刺繍の糸目はほぐれ、飾り房は土手のあえかな微光」。もちろん、このアシュリング・ポエム(5)（国を詩人の眼で乙女と見立てる）の革新版におけるヴィジョンの翳《かげ》りに類比例をあげることもできようが、この詩はまた、ヒーニーが今廃位の過程に見出だす深い詩的関心、擦り切れ、滅多切りにされ、不完全なものに彼が与える共鳴の主張でもある。ヒーニーのような詩人――きちんと切り揃え、留められた茅葺きの「傾斜した蜂の巣」をこよなく愛し、バター作りの日現れた「重く豊かな凝集した陽光」、バターが「碗に鍍金の砂利のように盛られ」、それが食糧貯蔵室で「柔らかな厚板に垢抜けするのを賞賛し（『闇への扉』、九―一〇頁）、化石に残る染みと春秋の名残を愛でた――、そのような詩人にとって、廃位、希薄化、喪失のキュレーターとなることは、驚異的な力をもって方向転換することである。死が詩人の領域にあまりに突然侵入したので、彼はそれを理解し、湿原の女王廃位の入念な諸相を通して、それを身を以て体験しようと決意する。しかしその過程は、（湿原のミイラ化能力のおかげで）完全な分解を一歩手前で免れる。過去の一部は常に保存され、常時再発見される、と詩人は主張する。鋤の冒涜による湿原女王の苦難にもかかわらず、彼女は発掘されることに反対しない。「わたしは待ちながら、横になっていた」、と彼女は二度言った、今日この日まで待ちながら。それならば、湿原の遺体は、自然死を遂げたこの範例の人物として、暗殺や犠牲のみならず、人間の男――、過去の複雑さに対するヒーニーの敬意は、詩集『北』の偉大さの一要因である。高貴性の永続を語ることができる。ある種の湿原遺体が他と均衡を保つ時――湿原の女王対トールンの男／グラウバウルの男――、過去の複雑さに対するヒーニーの敬意は、詩集『北』の偉大さの一要因である。

ヒーニーの考古学的追求は、博物館に陳列中の、発掘された少女の頭部を詠んだ詩においては、それほど成功していない。こちらは常套句を弄しすぎた嫌いがある。「殺され、忘れられ、名もなき、いたましい、首を斬られた娘」（『北』、三二頁）。湿原の詩が歴史の象徴的表象であると同様に、詩人自身の自己の複製再生であることを先に述べたが、この真実は「奇妙な果実」を通して見ることができる。ここでヒーニーは彼自身の美化と崇敬の傾向を認め、こうした反応が少女の殺人には不適切と気づく。解読不可能な残留物——あるいは模倣的表現を超えた、何か他の芸術形式——のように、少女は「斧も美化も見透している」ように見える。トールンの男がオーフスに安置された「聖人の木乃伊」であり、湿原の女王が復活した女神である以上、ヒーニーの再考が忠告し、彼の詩が非難するように、死はここまで不実表示されてきたことになる。遺体たちは教皇に列福されたくもなければ（宗教的言語は彼らに不適切）、殺されるために存在した訳でもない（暴力の言語は彼らに不適切）。彼らが今主張し、生前主張したのは、人類すべてが希求すること、すなわち他の人々と同じ条件で生存することだ。

ヒーニーが湿原の詩を書き進めるうちに、考古学と現代はいやが上にも一つに収斂《しゅうれん》した。「刑罰」がヒーニー考古学の中で最も議論を喚んだのは、この詩における遺体の人間性、そして現代性のためである。ヒーニーは、古代に殺害された若い女性（ドイツ北部で発掘された「ウィンドビーの少女」）を彼自身の民族集団［アイルランド人］の一人、一九七〇年代イギリス兵と親しくしたために頭を剃られ、タールを塗られたカトリック女性たちにとっての「シスター［尼僧／姉妹］」にした。屍体を「崇める」自らの傾向を糺したい彼は、博物館列品を審美化することで彼らの苦しみを遠ざけ、「小さな姦婦」に対峙する。彼は先ず彼女について三人称で語り、次にこの詩のど真ん中で、二人称で話しかけ、最後までそれを維持する。「私は感じる」、と詩人は始め、「私には見える」と続ける。「貴女を愛しかけている」、と彼はいい募る——が、それから自身を責める。「裏切者の姉妹たちが……／頭にタールを浴び、柵の傍で泣く」間、彼は「黙って立ち見していた」一人だった。

「刑罰」を以て、ヒーニーの人物考古学は現代の文化人類学となる。いかに深く掘ろうとも、地表に蘇る人物は自分自身の日常生活で気づく人である。過去の状況がベルファストの柵で繰り返される。現在（「裏切り」女性への部族的制裁）が過去（ウィンドビーの少女）を突如符合させ、また過去（湿原遺体）が現在（ヒーニー自ら認める制裁濫用への加担）を無視できなくする想像力のこの特色は、ヒーニーが負う悲運だ。しかしイェイツが言ったように、自分自身の内面的葛藤がなければ、詩は詩にならない。裏切りの馴れ合いを犯した女たちとその制裁濫用者たちに、ヒーニーが何の疑念も持たなければ、その心が動いて次の詩を書くようなことはなかったろう。

［私は］文明人面《づら》した憤りを常々
黙認したが、
厳正な、部族内の、率直な復讐は
理解している。

［『北』、三二頁］

この詩には三つの犯罪行為が登録されている。第一は、「刑罰」執行中黙って傍観していたこと、第二に、その行為の偽善的非難を黙認したこと、第三に、部族が復讐をする刑罰それ自体。詩人は第三の罪は免れている。しかし彼の読者の何人が、正直なところ、彼が自らを責める第一、第二の罪を免れることができようか。

「刑罰」の最上の出来栄えの詩行は、最後に登場する。考古学的発見の言語は、ヒーニーの常ながら、遺体の描写が手だれである――「彼女の剃られた頭は／黒トウモロコシの切株のよう、／彼女の目隠しは汚れた包帯」――しかし、詩人の内なる起動力は黒ずんだ肉体美（「グラゥバウルの男」におけるように）でもなければ、歴史的過去とジャーナリスティックな現在との往復比較（「トールンの男」におけるように）でも、時を経た物質的なものの緩慢な崩壊（「湿原の女王」におけるように）でもなく、むしろ個人的行為に関わる良心の検証なのだ。過去と現在の境界線は消尽点に達した。そこで詩人は、「グラゥバウルの男」の結末［のように］、「滅多切りされ、捨てられた」犠牲者を前に、個人的罪悪観を抱きながら佇む訳ではない。「刑罰」の終幕、「タールを浴びた」犠牲者の前に彼は自責に駆られて立つ。屍体考古学の活用は、過去と現在が一致するこの時、ここに終結する。自責の果て、詩人は「讃仰《さんぎょう》」を越え、「残虐行為」を越え、無言の傍観者の姿勢そのままに自己を蘇らせた。

「紛争《トラブル》」のジャーナリスティックな説明をかいくぐり、あるいは乗り越えようと企てたヒーニーは、『北』において考古学的神話に目を向けた。先史時代の暴力の幅広い慣行――スカンディナビア諸国とアイルランドを包括する――が、野蛮な部族紛争の残存を物語り、それは根本的に植民地的でも党派的でもなければ、経済から派生するわけでも階級に起因するのでもなく、むしろ根深く文化的な現象である、と主張した。これは他の諸国が宗教的相違にもかかわらず、宗教戦争に至らないこと、階級間の深い亀裂に耐えながら暗殺に走ることのない国、ポストコロニアルながら、十六世紀に遡る恨みの復讐を継承しない国もあることを指摘する手段であった。私たちが目にしているのは、カトリック対プロテスタント、富者対貧乏人、王党派対国民党ではなく、むしろ何世紀も遡る暴力の全般的な文化的容認である。

一九六九年夏、警察とデリー住民が「湿原の戦い《ボッグサイド》」として知られる一戦を交えた当時、ヒーニーはその詩「歌の学校」によれば、マドリッドにいた。彼はプラド美術館へ行き、ゴヤの絵を見る――記憶によれば、詩の目的のために、漸層法の順序に従って。先ず、「五月三日の銃殺」に表現された政治的即時報復の図。

　　叛徒の掲げた両腕
と痙攣《けいれん》、ヘルメットに
背嚢《はいのう》の軍隊、能率的な
一斉射撃掃射

これは、ナポレオン軍が叛徒処刑に際し、軍事規律に名を借りて行なった虐殺である。北アイルランドでは周知の事実だが、他の多くの諸国でも起こったことだ。次に、ゴヤの豊穣な寓話的「悪夢」――

悪魔は
自分の子らの血にまみれ、
「巨大な混沌」は残忍な尻を
宙に向ける。

北アイルランドはこれも知っている。が、やはり唯一の経験国ではない。最後に、アイルランドの暴力の起源に最も近い、とヒーニーが今理解するゴヤの一点。

そして、あの中洲での決闘
狂戦士が二人、死にものぐるいで棍棒を揮う、
名誉を賭けて、湿原に脛まで浸かり、沈みかけながら。

［『北』、六三―四頁］

戦争等の正当な理由なき、この無意味な打ち合いは暴力のための暴力にすぎないが、武装した狂戦士（berserker: 古スカンジナビア語の「熊」と「シャツ」――狂った戦士の装束――の合成語）は、自滅的虐殺を擁護する「名誉」の原始的理想に訴える。ヒーニーがアイルランド文化において解剖を目指すのは、この形式の殺し合いなのだ。

当今のジャーナリスティックな常套句の当てはまる以前の先史時代に遡るために、ヒーニーは「葬送儀礼」で、ア

イルランドにおいて人間を生贄にする慣行や部族戦争が未だに行なわれていたことが、考古学的に立証された時代に
造営されたボイン渓谷の巨石墳墓(6)に立返る。

近隣の暗殺一件一件の
ニュースが届く今
私たちは儀式に憧れる、
慣習のリズムに——

ブラインドを降ろした家々を一軒一軒、
廻りながら過ぎる会葬者の行列の
控えめな足取り。
私は復元したい

ボイン渓谷の巨大な墓室を、
墳墓を用意したい
杯形に窪んだ石の下に……

蛇のように音もなく
草深い大路を這う

葬列は長い尾を曳き、
「北の氷河道」を出るのは
その先頭が既に巨石遺構の
羨門に入りかけている頃。

〔『北』、七―八頁〕

この不気味に典礼的な詩節は、北から南への全く男性のみの行列、余りに長いので先頭がダブリンの北西の墓に達する時、その蛇尾は未だカーリング・フィヨルドの「氷河道」にいる。部族の「夢遊病の女たち」は、男たちの「遅い勝利」を想像すべく後に残された――「近隣の暗殺」につきものの、この「ご近所風」儀式に参列する一人として語りながら、詩人はいう、「われらの遅い勝利」。怒りや悲しみを強める代わりに、葬儀は男たちにも女たちにも、麻酔薬の作用を果たす。墓場の入口が一たんその大石で再び鎖されるや、葬列は北へとうねり戻る。「一度だけは緩和される、記憶の食べ残し／一度だけは宥められる、確執の調停」。詩行の一歩ずつの前進、会葬者の行列の宗教儀礼、キリストの墓石に似た「墓」とそれに近づく巨大な「蛇」行の語られざる葛藤、暴力的死を公認により荘厳なものにする企て（「私は復元したい／ボイン渓谷の巨大な墓室を、／墳墓を用意したい／杯型に窪んだ石の下に」）、「近隣の暗殺のたびに」という凄まじくも控えめな表現――これらはすべて、詩人がいかに心ならずも参加者の一人となっている新たな公民的行動の一部なのだ。ヒーニーは紛争停止の可能性を「ニジャール・サガ」のグンナル・ハムンダルソン(7)――暴力に倒れながら、意図的に仇討ちはなされず――に求めるが、この詩の執筆時の彼の恒久的希望は満たされないままだ。

他の考古学遺物――ヴァイキング船、その一艘がダブリンで発掘された――は、（現代詩人による利用が増えている）「証言の詩」として知られるジャンルを常に危うくしている、「暴力とエピファニー」の持つ窃視症的魅力を斥ける契機を、ヒーニーに与えた。湿原の女王のように、ヴァイキングの略奪者たちは今「切られ、きらりと光る」屍体として横たわり、その船団は地中で化石化し、「彼らの長剣は錆びている」。詩人に厳命するのは、細長い船それ自体――かの見事な作りの機能的古代遺物――の流れるような舳先、「泳ぐ舌」である。

言葉の宝庫に
横たわれ……
暗闇の中で書け……
明晰な目を保て、
氷柱の気泡のような

［『北』、一一頁］

ヴァイキングの芸術家による「試作品」として使われた発掘遺骨から、別種の教示が求められる。それらは彼らの活発な移住に伴う刻線が、いかに生き生きした「緑葉、／動物刻画、／織り交ぜ文様」に展開できるかを示すが、この至福の垣間見は現在のような厳しい時勢に十分ではない。考古学的発掘の自画像パロディで、ヒーニーは「デンマーク人ハムレット」になる。

亡霊と愛情に
羽交《はがい》を切られ、

墓に跳び込めば、
殺人と忠孝心が
意識に上り
二の足を踏み、管《くだ》を巻く。

〔『北』、一四頁〕

人間であれ記念碑であれ、象徴の発掘が現実に影響を与えることはない、とヒーニーは辛辣に主張する——オフィーリアの墓に跳び込む際のハムレットの演劇的大言壮語と同様。この彼自身のプロセスの転換とともに、ヒーニーは考古学への依存を止めたが、その間考古学は「疲弊、歪んだ感情が鈎《かぎ》と錘《おもり》の球のように心中を転がるまでに」、彼の苦悩、罪悪感、黙認のうしろめたさを放散する方法を授けた（『プリオキュペイションズ』、三〇頁）。一九六八—一九七五年の歳月、政治的事件とそれが喚起した諸々の感情について、これらの詩だけがすべてを語るわけではないことを、その著者以上によく知っている者はない。しかしこの時代を覆った絶望と荒廃の感情を、これほど完全に喚び覚ます作品集は他に類を見ない。『北』は力強い象徴的形式、張りつめた想像力、豊かな言語で、この時代が一個人に及ぼした衝撃《インパクト》を再構成する。アイルランド内外のこれほど多数の読者が、『北』を忘れ得ぬ一冊の本と認めていることは、ヒーニーの考古学が個人的なものを伝達可能なものへと定着させたことを意味する。

再考

『北』において、墳墓、洞穴、部族の過去——考古学の全付属装置——は血に染まり、屍体につきまとわれている。北の地の考古学だけでも、「考古学」という言葉の意味そのものの盗用になってきた。しかしながら、『ステーション島』の最後の詩において、もう一つの考古学が浮上してきた――必ずしも完全に慰めになるわけではないが、少なくとも血に汚れてはいず、原始的部族ながら、殺人というよりむしろ慰安に関わる。それはドルドーニュの洞窟で、一九四〇年クロマニョン人の絵画――水溜りで水を飲む鹿図を含む――が最初に発見された、ラスコーの考古学だ。名もなき芸術家たち――ボインの巨石墓室建造者やスカンディナヴィアの名誉の狂戦士たちより昔の――は、洞窟の変化に富む岩壁を、様式化された動物像の浮彫創案と配置に利用した。「旅の途中で」の結びにおいて、詩人は（鳥王スウィーニーのペルソナを借り、『北』の「古風な」言葉少なの詩節を用いて）熟考し、西洋美術の誕生地ラスコーで、ようやく休息をとろうと想い至る。

私は移り住もう、
高い洞窟の入口を通り
オート麦色の、陽《ひ》に温《ぬく》もる崖の中へ、

柔らかな瘤《こぶ》のある、
土間の通路を抜け、
顔を掠め、翼を羽搏きながら、
一番奥の玄室へと。

そこの岩壁には
水を飲む鹿が刻まれ、

その腰と首が
輪郭とともに浮かび上がる、

その線刻輪郭線は
曲線を描き、水を求めて
差し延べた鼻面と
閃《ひらめ》く鼻孔の先に

干上がった泉。
わが変身の書を書くために
私は瞑想したい、
石の顔で徹夜の祈り

長らく黙したきりの
霊が隠れ場から顕われ、
涸れた泉に
埃を立てるまで。

［『ステーション島』、一二〇―一二一頁］

考古学的調査は、（犠牲者であれ、「湿原の女王」のように、単に分解しつつある有機体であれ）、屍体のみならず、慰安をもたらす芸術に日の目をあてることができる。詩人が水を飲むことのできる水溜りはまだ見つからない。鳥に変身したスウィーニーのように、彼にできることはせいぜい「涸れた泉に／埃を立てる」だけ。しかし彼には希望がある。泉の水にありつく鹿のように、やがて自分にも霊感が蘇ることを。その目的のために、彼は寝ずの番をするつもりだ。

訳注

（1）Peter Vilhelm Glob（1911-1985）はデンマークの考古学者、コペンハーゲンの国立博物館館長を務めた。ヒーニーを魅了した『湿原の人々（*The Bog People*）』英訳版は一九六九年刊行。
（2）John Millington Synge（1871-1909）. アイルランドの劇作家。『海に騎りゆく者たち』、『アラン諸島』、『西国のプレイボーイ』等の著者。イェイツと共に Abbey Theatre を根拠地にして活躍した。
（3）Ann Saddlemyer. イェイツ、シングなど、アイルランド文学の研究者。長年、カナダのトロント大学で教鞭をとった。
（4）若くしてロンドンで自殺したアメリカ詩人 Sylvia Plath（1932-1963）の詩（死後詩集 *Aerial*［1965］に収録）。聖書の復活の奇跡になぞらえ、ナチス虐殺の史実を絡ませた。
（5）Aisling poem. 十七世紀後半から十八世紀にかけて、アイルランドにおいて発展した伝統的な詩形である。Aisling はアイルランド語で［aʃlɪŋ］と発音され、夢やヴィジョンを意味する。ここでは、詩人の眼でアイルランドの国を一人の若くて美しい乙女に見立てている。
（6）アイルランドのレンスター地方を流れるボイン川流域の世界遺産となっている渓谷で、川の湾曲部にブルグ・ナ・ボーニェと呼ばれる新石器時代の巨石墳墓がある。
（7）アイスランドの五大サガの中で最も長編のサガ。その中に出てくる十世紀アイスランド伝説の英雄的武将、グンナル・ハムンダルソンは、長い槍をもつ恐るべき無敵の戦士。国外亡命を踏み止まるが、館で焼死を遂げる。

第三章 文化人類学――『フィールドワーク』

フィールドワーカーのアーカイヴの
資料選別の網の
掘出しものと採りこぼし。

「返り見」(『冬を凌ぐ』、二九―三〇頁)

ヒーニーの詩集『フィールドワーク』(一九七九)のタイトルにはもちろん、農業に関わる含意がある。しかしそれはまた、「どこでフィールドワークをしましたか?」というように、文化人類学でも用いられる語句である。その意味で、フィールドワークは自らの文化以外の文化、あるいは少なくとも時間的に離れた文化への調査を意味する。読者は既にヒーニーの詩において、フィールドワークの概念に出会っている。『冬を凌ぐ』の「返り見」において、詩人は鴫《しぎ》 snipe の意味の古語「ケニングズ」kennings を思い出している。「黄昏の/仔山羊、/霜の仔山羊」。鴫が「北」の危険な風景を飛び越えて空中に消えると、そのアイルランド古語名称は「フィールドワーカーのアーカイヴ」に消える。現代アイルランドで、鴫《スナイプ》が狙撃兵《スナイパー》に出会うのを、詩人の「返り見」は見守る。

鴫は螺子《ねじ》巻きのような輪を描きながら

I

狙撃兵の見張る高みを抜け、
黄昏の土塁や胸壁を越え、
私たちの手の届かない
天空へ飛び去る。

フィールドワーカーのアーカイヴの
資料選別の網の
掘出しものと採りこぼしに
紛れて消えて行く。

〔『冬を凌ぐ』、二九―三〇頁〕

ヒーニー家――シェーマス、マリー、幼い息子二人――は、アイルランド共和国、ダブリンの南、ウィックロー郡グランモアに引っ越した（やがて娘キャサリンがそこで生まれ、数年後ダブリンに落着いた後、一家はグランモアの別荘を購入する）。詩人は今、地理的でないにしても、政治的な意味で住む国を替え、別の文化の「フィールドワーカー」として、アイルランド共和国の新たな情景と人々に交わることになる。彼はまた長年ベルファストに在住後、再び農村の田園生活に戻った。彼の今後の仕事は、新たな環境とそれのもたらす新たな感情を確認するとともに、北アイルランドの過去と自らのつながりを維持することである。

『フィールドワーク』において、ヒーニーは無名性と考古学双方から完全に訣別する。彼はもう半封建的農村の名もなき申し子でもなければ、長年無名のままの遺体に象徴される昔の暴力再現の傍観者でもない。彼の詩はむしろ、明らかに日常の家庭的社会的諸関係に取組む一人の男性が、擬古主義や予兆のいずれにもとらわれない語法《イディオム》で書く詩となり、ジャンルもスタイルも見るからに、中間レベルに保たれる。彼は夫、父親であり、友人や親族とつきあう人物――やがて挽歌《エレジー》の歌い手としての特性が顕著になる。

『フィールドワーク』だけでも、挽歌は六篇ある。ヒーニーの従兄弟コラム・マッカートニー（党派殺人――待ち伏せの上、撃たれた）、友人の民生委員ショーン・アームストロング（「お茶の時間に至近距離から直射の弾丸」に倒れた――『フィールドワーク』、一九頁）、作曲家ショーン・オリアーダ(1)と詩人ロバート・ローウェル(2)、爆弾暴発の犠牲者となった、知り合いのルイス・オニール（「不慮の死」）、若きアイリッシュ・カトリック詩人フランシス・レドウィッジ(3)（第一次世界大戦でイギリス軍事作戦に従軍中、戦死）に捧げられた悲歌である。この意味で、この分野の作品は、生き残った者が死者を賛美する義務から生まれた。詩人は各故人とそれぞれ別個の関係を結んでいた。個々の詩において、一人一人の個性が特徴づけられ、評価されねばならない。「ヒーニー・スタイル」――以前は太古のもの、不動のものを伝えるのにいかにもふさわしかった――は今や、生きている者をその絶滅前に、ありのままにスケッチし、消滅の瞬間に真価を発揮させることを求められている。

挽歌の問題は常に、生を念頭におきながら、死を再訪することであり、どの悲歌をとっても、その構造は、詩人がこの二つの中枢語［生と死］の間に、自明なものとして仮定する関係を示唆する。「ベグ湖の砂浜」［『フィールドワーク』、一七―八頁］において、死と生は不安定に交互する。ヒーニーの殺された従兄弟の死の場面描写《ビネット》は凄惨である。

私は振り返る、草をかき分ける君の足音が
途絶えたので――すると、急に膝を折って跪《ひざまず》いた君の
髪と眼に、血と路傍の泥が。

しかしこの詩の直前、従兄弟一家はまだ牧歌的な平和を享受していた。

声高な台所の下働き、家畜番、干し草の山や牛の尻を嗅ぐ役、
牛小屋の相場師、気の長い墓地の調停者たち

殺人と平穏の間のこの種の構造的振幅が、マッカートニー挽歌全体を貫いている。私たちは先ず「星空の下、出かける」従兄弟の何の屈託もない様子のドライブを見、彼の車が「地から躍り出て、歯を剥き、金切り声を上げる怪獣の群れから、スウィーニーが逃れた」場所を通る時、最初の悪い兆候を（暗示として）見ることになる。待伏せ攻撃が起こるや否や、詩は従兄弟の故郷の牧歌的風景を垣間見で追う——「低地の粘土とベグ湖の湖水、チャーチ島の尖塔、その柔らかなイチイの生垣」。この楽園風景が鴫狩り猟師の「使い捨て薬莢の安っぽい、性器の排出物のような、鼻をつく臭い」で損なわれたとしても、それは朝霧の中、「穏やかな眼差し」で草を食む家畜の姿によって、再び落着きを取り戻す。この場面に闖入するのは、突如膝を折る犠牲者の恐るべき幻影、詩人は遺体を洗い清め、遺骸を安置することにより、それを宥《なだ》めようとする。

平穏と暴力、暴力と平穏の唐突な交代を伴うこの悲歌は、社会的地理的平静を標準的なもの（家畜商、家畜、チャーチ島の平和）として表現し、殺人（鴫狩りとの形式的類似すら）を不自然で邪悪な干渉と見たいのかもしれないが、その形式によって、殺人を平和がほんのひと時宥めることができるにすぎない（典型的）行動様式とする。暴力の構造的再発から、いったん殺人が起これば、真の平和は取り戻せない、と私たちは推察するが、この詩はそれを言葉にする一歩手前で踏みとどまり、良識の儀礼を以て、平和主義的に鎮静化する方向で終わっている。後に見るよ

うに、ヒーニーは彼の再考の最も手厳しい例として、「ステーション島」において、コラム・マッカートニー本人に、死の惨害に手心を加える試みとして、この詩そのものを批判させる。

ヒーニーの悲歌の声が生者を言葉少なに切り詰めて描写する方法は、ロバート・ローウェルが（「挽歌」で）短い名詞と形容詞で喚び出される例に見ることができる。

舵取り、網打ち、網闘士。
かの手。護り、世話をし、
水陸両棲の……
貴方の眼の魚のような素早さ、
敢えて言われた、「君のために祈るよ。」

〔『フィールドワーク』、三二頁〕

ローウェルの三度目の結婚後の大西洋横断渡航ゆえの「舵取り」（「貴方は私たちの夜の渡し」）、『海豚《いるか》』の中の創作に関するローウェルの言葉ゆえの「網打ち」（タールを塗った魚網の網を結《ゆ》ったり解いたりしながら、楽しき人生）、ローウェルの「支配不能で危険なものたち」との遭遇ゆえの「網闘士」（網を持って闘った剣闘士）、そして言葉のラテン語性への彼の不屈の回帰、ローウェルが語る時、常に前後に動かすゆえの「手」、抑止と強調、散文の乾いた陸地と隠喩の寄せる波ゆえの「水陸両棲」、落着かない近視眼的動きゆえの「眼」。ヒーニーが説明したように、互いの宗教心の堕落という事実の、愛情を込めた、皮肉な主張としての「君のために祈るよ」。友人たちに捧げたヒーニーの挽歌を生き生きと生の領域に引き入れ、いよいよ死の訪れる瞬間を痛切なものにするのは、この種の素早い絵画的言語である。死の瞬間は、「挽歌」において、大西洋から吹く風と詩人の「震えるゼラニウム」によって伝わる。「不慮の死」において、それは居酒屋で爆弾が爆発する時、ルイス・オニールの顔――彼の「まだ判別できる顔」――の最後の一瞥によって伝えられる。

あの爆破される禁忌の場所で
振り返った彼が目に浮ぶ、
彼のまだ判別できる顔に
後悔が恐怖と入り混じり、
追いつめられ、打ちのめされた凝視は
一瞬の閃光に眼を眩まされんばかり。

〔『フィールドワーク』、二二―三頁〕

（二十六歳で戦死した）詩人フランシス・レドウィッジに捧げる挽歌で、ヒーニーは一度ならず四度までも、英雄詩体四行連句でスケッチしている――突撃するイギリス兵士として表現されたポートステュアートの青銅像、海辺で少女に言い寄り、田舎で自転車を駆る生きている少年、前線で死体のように蒼ざめた英国軍兵卒、〔ベルギー戦線〕イープルから最期の手紙を書く複雑なアイルランド人として。四つのスケッチは次の通り。

青銅の兵士は、本物の風がいかに
吹き延ばそうとも、架空の風に
皺《こわば》を強張らせた青銅のケープを引っかけ、
身を屈めて駆け出そうとしている、

永遠に首をフランドルの方向に向けて……

甘い言葉の朴訥な文学青年、
君はスレインから木蔭道をペダルを踏んで出奔した……

イギリス軍の軍服姿の君を思う、
山査子の花を手に塹壕を彷徨う
蒼ざめた、勇敢な、憑かれたカトリックの顔……

「わが魂はボイン川のほとりで新しい牧草を刈り……
わが祖国は堅信礼の白装束。」

「祖国が未だ国として認められていない時、
イギリス兵と呼ばれるとは……」
六週間後、君は榴散弾で木っ端微塵。

［『フィールドワーク』、五九―六〇頁］

「油断のない青銅像」、文学青年、蒼ざめた英国兵、（ヒーニー注引用のレドウィッジ書簡によれば、「小国の権利を護るために」）イギリス軍に志願した動揺するカトリック――これらを見て、私たちは（モード・ゴン(4)に関するイェイツの言を借りて）訊ねてもよいかもしれない、「彼の形式のどれが、正しく彼の本質を示したものか？」と。ヒーニーの四つのスケッチがぶっきら棒な要約の対句に終っているのは、無理もない。

君――われらの死せる謎の――には、あらゆる緊張が
役に立たない均衡をめぐって交叉する。

［『フィールドワーク』、六〇頁］

これは、ヒーニーの初期の詩――そのテーマが無名性であれ、考古学であれ――に現れる筈のなかった対句である。人間の社会的人格の持つ複雑性――同一人物がカトリックでイギリス兵士、詩人で戦闘員、アイルランドの田園愛好者でイープルの戦死者――は、自らの所属する社会の文化人類学者、ヒーニーが今、直面しなければならない謎なのだ。

［サンフランシスコ郊外］サウサリート住まいのアイルランド人（ショーン・アームストロング）、アイルランド在住アメリカ人（ロバート・ローウェル）、アイルランド人カトリック教徒の英国軍兵士（フランシス・レドウィッジ）、（ヒーニー注の墓碑銘によれば）「モスクワで死んだ」アイルランド作曲家ジョン・フィールド[5]、カトリックの仕掛けた爆弾で死んだカトリック教徒（ルイス・オニール）――死亡記事の必要上つながれた、これらばらばらの状況は、アイルランドと言ってもそれが単一のものではないことを示す。必ずしも全アイルランド人が常にアイルランドにいる訳ではないし、アイルランド在住者全員がそこに生まれ、そこで死ぬとは限らない。この事実は民族主義者たちの宣伝と、共通目的を持つ神話学の双方の単眼的視点が不都合であることを示すが、それこそが民俗学者、文化人類学者にとっての文化的関心の素材に他ならない。前提となる単一文化内部の矛盾が最も明白に露呈するのは、「不慮の死」である。この詩でヒーニーがとり上げるのは、（「血の日曜日」の犠牲者十三名の葬儀の日、カトリック側の定め

た外出禁止令と酒場休業令を破り、）夜毎行きつけの離れた酒場へ出かけて、同じ宗派仲間の仕掛けた爆弾に吹き飛ばされた、北アイルランド・カトリック教徒である一人の知合い。それは不都合な事実ながら、実際起こった歴史の一部であり、布教宣伝者たちはふれたがらない。

『フィールドワーク』において、ヒーニーは死者たちのみならず、生きている人々の文化人類学者でもある。挽歌が詩集の半ばを占めるとしても、残り半分は妻との家庭生活や友人たちとの交遊で埋められる。妻との結婚をめぐる初期の詩もあるが、彼らの夫婦関係（文化人類学の最小単位）が最初の本格的詩作対象となったのは『フィールドワーク』において、である。『冬を凌ぐ』には注目に値する婚姻詩（「夏の家」）が一篇、最終的に仲直りする夫婦喧嘩の冷え冷えした経緯を語る。その中心的イメージ——ヒーニーの素早い筆致で始まる——は、最終的にはマットの下に湧いた蛆虫と判明する、家中の悪臭だ。

それはごみ捨て場から風に漂う臭気か
饐《す》えた夏、暑気にこもる何かか、
どこかで腐った巣から卵が孵っているのか？
誰の所為だろう、私は訝《いぶか》った、
この憑かれた空気の尋問官。
はっと気づいて、マットを引っぱがせ

幼虫がうじゃうじゃ、蠢《うごめ》いている――
あとは熱湯消毒、煮沸、煮沸。

［『冬を凌ぐ』、五九頁］

『フィールドワーク』の「盛夏」に蛆は再登場する――今度は釣の餌として無造作に買った紙袋入り（フランスでの休暇中）。夫妻は乳歯萠出期の赤ん坊の夜泣きを苦にしながらも充足、万事平穏。ところが時限爆弾さながらに、忘れられた蛆虫の袋が待機中である。

最後の日、片付け整理中、
暖かな棚に蛆虫の袋を見つけ、開くと、
脈打つ黒い群れが振るい出された、
猛り狂う警官隊のニュース映画のように、
太陽を黒点で覆わんばかりに飛び立つ蠅の群塊、
光を圧する法廷弁護士《バリスター》と黒ベレーたち。

［『フィールドワーク』、四五―六］

平常そのものの外観にもかかわらず、北の詩人は故郷から離れていても、社会がいつ何時発狂して警察、バリスター、黒ベレーが爆発、「飛び立つ群塊」を生みかねない、と感じる。これが詩人の夢見る家庭的営みすべての底に張りつめたイメージ、夫婦というプライヴァシーの中核をなす二人でさえ免れ得ないイメージなのだ。
『フィールドワーク』の最も有名な結婚詩群、「グランモア・ソネット」と呼ばれる十編の詩は、シェイクスピア、イタリアのソネット形式双方に対する変奏を響かせる。ヒーニーは意図的に中間態のワーズワス風順序配列、「継続し、保ち、晴らし、宥める」よう望む詩を書いている。彼は周りのあり余る牧歌性を愉しむ。

今宵、郭公と畠水鶏《くいな》が黄昏に
（しきりに、耳障りに）鳴き交わした。
すべて薄明、弱強格《アイアムビック》。

彼はグランモアにおける自分とマリーの状況とダヴ・コテージのウィリアムとドロシー(6)のそれをあからさまに比較さえするが、すぐに妻の抗議に遮《さえぎ》られる。

先にも言ったように、「僕が連れ込んだ
この奇妙な孤独から後戻りするつもりはない。」
「ドロシーとウィリアム――」彼女が口を挿む。
「私たちを二人と比べようとする訳ではないでしょうね……?」
〔『フィールドワーク』、三五頁〕

この夫婦水入らずの隠れ家で、ヒーニーは新たな、輪郭の明らかな田園詩を創造しようとする――「突き破ろう」と彼は言う、「完璧な霧と静謐な不在で／覆ったその上を」（『フィールドワーク』、三八頁）。一連の詩が続くにつれて、雰囲気は暗くなる。第七節で、ラジオの天気予報を聞きながら、彼は烈しい嵐を想像する。

ツンドラ地帯や鰻道、海豹ロード、
鯨ロードのサイレンたちがビロードの幕の蔭で、
風の唸り混じりの哀歌を叫び、
トロール船をウィックローの風下へ追い立てる。
［『フィールドワーク』、三九頁］

第八節では「予兆豊かな」雷雨、南フランスのダウン症の子どもの記憶がシュールレアルな恐怖に入り混じる。

鎧兜や死体に降りる霜を連想した。
道で血まみれの何に出会うことか？
薪の山にどれほど奥深く、蝦蟇《がま》は潜んでいたのか？
畠の実りの上のこの暗い静寂を通して渦巻くものは何か？
［『フィールドワーク』、四〇頁］

そして第九節において、外的脅威による家庭的なものへの侵入は完成する。家庭的、野性的、古典的、農業的、中世的、悪意あるもの、恐怖におののくものの結合ゆえに――完全引用に値する詩である。この現実のあらゆる側面に十分当てはまる――あるいは、その内に存在し得る――詩学は、詩人にとって獲得不可能と思われる。しかし彼は、シェイクスピアのソネット風の妻と夫の肖像――恋愛詩のジャンル再考――に張切って乗り出し、たちまち自己懐疑に陥って行きづまる。

台所の窓の外に黒鼠が一匹

茨の上で腐った果物のように揺れている。
「わたしをためつすがめつ、この睨《にら》めっこは負け、
妄想じゃない。あなた、外へ出てみて」
僕らが大自然の中の生活を始めたのは、こんなことのため？
門の傍にはつややかな古典的月桂樹、
隣の農場のサイロの臭いが沁みた葉は
内輪の機知のように辛辣。
干し草用三叉に血、籾殻や干し草にも血が――
脱穀の汗と埃の最中、鼠ども出現――
わが詩にどういう言訳が？
僕が降りて行くと、空《から》の野茨だけが
風にそよぎ、その向うに君の顔が
蔓のからんだ窓ガラス越しに覗く新月のように浮ぶ。

〔『フィールドワーク』、四一頁〕

鼠と彼の想像した恐怖の連続は消え去り、グランモア・ソネットは牧歌的夢を以て閉じる。もはやワーズワスとドロシー（あるいは幼い子持ちの現実の夫婦）ではなく、詩人と妻は「寒冷気候のロレンツォとジェシカとなった。(7)／見つかるのを待つディアルミドとグラーニャ。(8)」最初のシェイクスピアの比喩は、温暖なヴェニスから寒いウィックローに場面変換しているとはいえ、まだ牧歌的といえる次元に留まる。しかし、第二のケルトの比喩は、悲劇のオーラを帯びている。両方の比喩とも文学的、ほとんど神話的だが、文化人類学者のこの詩人は急に、彼のコテージの水

平な地平を去りたがっているように見える。しかし詩人はこの連を家庭的次元、結婚が正式に認可された場面――司祭の儀式によってではなく、個人的誓約によって――に戻し、回想を始める。

何年も前、あのホテルでの私たちの初夜
君が身を寄せて入念なキス、美しい痛みを伴う
肉体の契りに向けて私たちを
高めようとした時、別々の二人、
私たちの露に濡れた夢見る顔の休息。

［『フィールドワーク』、四二頁］

これが牧歌的であることは確かで、そのように意図されてはいるが、ホテルへの言及により現実的な文化人類学的註釈が導入される。『フィールドワーク』の詩人は、そのような細部描写の超越を装うことはない。

彼はまた――「スカンク」のような、結婚生活を詠んだ他の詩のように――喜劇の省略もしない。「一番下の引出しに頭を突っ込んで、襟刳りの深い黒いネグリジェを探す」妻に、かつてカリフォルニアで夜な夜な、アイルランドの彼女に恋文を書いている彼の許を訪れたスカンクを思い出した彼は、こよなく冒涜的な描写を繰り広げる。

直立、漆黒、縞模様、葬儀のミサで司祭のまとう
上衣服のようなダマスク織、スカンクの尻尾で
練り歩くスカンク。

［『フィールドワーク』、四八頁］

「葬儀のミサで司祭のまとう上衣服のような——聖域冒涜？」と問う読者もあろう。しかし文化人類学者にとっては、示唆を与えてくれる限り役立つあらゆる細部が、採用対象となる。くそ真面目な観察——スカンクの尻尾、ダマスク織縞の上衣服、尻を立て、逆さ頭の妻の姿勢、黒いネグリジェ——は、文化がその成員に課す礼儀作法に対するアウトサイダーの無関心を以て、そのレベルと効用を逆手にとる。『フィールドワーク』において、ヒーニーの超脱能力、家庭内の「偶発的音楽」（『フィールドワーク』、五六頁）への傾注によって、彼の内面にこもる多くの思いが解放されたのだ。

しかしなお、ヒーニー天性の罪悪感と不安——一九六八—七二年の間、著しく増幅された——は、常に待ち伏せして、鼠がその場に悪意をもたらす場合のみならず、「完全な記憶の保全」に成功するかに見えたある一日にさえも、彼の中庸な声の詠む牧歌に水を差す。「牡蠣」の冒頭、ヒーニーはバレンの「花と石灰岩」の風景を通って友人たちと西海岸へドライブ、コテージで新鮮な海の味のする牡蠣を食べている。詩人が純粋に感覚的悦びに浸って反応する初めのうちは、万事順調。（ヒーニーの五感はしばしば、至福の鋭さを持つ言葉で伝えられる。）しかし完全の象徴である筈の五行詩五連は、平穏な第一・三連が罪悪感を持つ二連（セクシュアリティに係《かかわ》る）・四連（階級特権の関わる）と矛盾するにつれ、内的不穏に揺れ動く。内紛解決の試みは第五連に委ねられる。第一連は地上と天上を跨《また》ぐ手放しの賞味を提供する。

私たちの皿の上の生牡蠣がカチカチと鳴り、
わが舌は汐の満ちくる入江、
わが口蓋は満天の星空、
私が塩味の昴七姉妹《すばるプレイアデス》を味わう間、

オリオンは片足を海に浸した。

しかし第二連は一連に対抗、牡蠣は「生きたまま犯され」、「こじ開けられ、殻を剥かれ、投棄され」、大洋の「戯れつく囁き」から引き離された「対象」として示される。第三連は友人たちとの完璧な一日（memory/crockery のコミックな押韻に軽くいなされている）への意図的な期待をあげて、再び牧歌の夢を追う。

私たちは花と石灰岩の間を通り
海岸へドライブして来た、
到着すると友情に乾杯、
涼しい茅葺き屋根の下、田舎風陶器に
完璧な思い出をしまい込んだ。

しかし罪悪感はぶり返し、第四連で、詩人は植民地入植者、ローマ人に仲間入りして、（「干し草と雪に深々と梱包《こんぽう》された」）生牡蠣をアルプス越えでローマへと運ぶ。

湿った大荷籠が吐き出すのが見える。
葉状体の唇に、磯の香のする
特権の飽食を。

男性の犯す二つの罪——女性搾取と植民地搾取——が詩人の意識に押し寄せ、友人たちとの現在に満足することを阻んだ。「そして怒りがこみ上げた」、と彼は言う、そのような思いに取り憑かれたことに。かくて彼は決意するに至る、感覚、詩、自由、生そのものに命運を賭けることを。

そして怒りがこみ上げた、わが信託が
海から注ぐ詩や自由のように、白日の下に
安住の地を得ることのできないことに。
私はその日を食べた[9]、その風味がわが全身を
刺戟して動詞、純粋動詞に転ずるように。

［『フィールドワーク』、一一頁］

この見事な結びは、既に両方ともふれたとおり、先の「半島」、そして後の「あとがき」にそれぞれつながる。詩（と自由）の依って立つ基礎となるべき、不可欠の土台としての五感への信念が、三編の詩すべてに生気を与えている。しかし「半島」が貯蔵された感覚の記憶であり、ヒーニーの「素材」モードにおける無名の孤独から書かれており、「あとがき」が直截的感覚経験であり、ヒーニーの「形而上的」モードにおける自己の脆弱《ぜいじゃく》性と一過性から書かれているのに対し、「牡蠣」は挑戦的な積極性社会性をそなえ、共有された食事と友情について、ヒーニーの「文化人類学的」モードにおける仲間を持つ自分の確信的意志から書かれている。

ヒーニーの誓約——社会と人間の不完全性にもかかわらず、あらゆる信頼と友情を切り捨てることなく、不完全な人間社会に留まる——は、『フィールドワーク』に反エデン的立場を与える。同じ標題を持つ連詩「フィールドワークI—IV」において、ヒーニーはあらゆる完全なものは汚点を持つ、と論じる。彼の妻の腿の天然痘予防接種の痕は、

さもなければ完全なものの上の傷痕の一つの象徴であり、その予防接種の痕さえ、補填されなければならない。詩人は妻の手に木の葉を押しつけて「下準備」の上、葉形が生来の痣のように手に現れるまで葉汁で湿った部分を土で「聖別」、この自己発明の儀式は賛美歌で終る。

わが焦茶色《アンバー》・［ナンバー・］ワン、
君は染められ、染められて
完成する。

［『フィールドワーク』、五五頁］

ヒーニーの不断の崇敬の対象へのこのような妥協は、グランモア・コテージとそれ以前の夫妻の生活を表わすいずれの詩によっても反駁されている。何事もない詳細からなるその一例が、グランモアで記録に残された二人の最初の渡米前夜のパーティ――「ベルファストで私たちのために大騒ぎがあった」――時の回想である。

ハモンド、ガン、マカルーン
有明の鳥の合唱の時まで大声で、
無頓着に　意味深く。

［『フィールドワーク』、四三頁］

固有名詞がヒーニー夫妻を社交・交遊の場に位置づけ、そこでは人は崇敬、荘重、驚愕と無縁で、単に「無頓着に意味深い」存在となる。

あるいは「後日譚」のように、怒って非難がましい。（既に集中的にダンテを読み、ウゴリーノ(10)の段落を翻訳中の）

詩人は、地獄の第九天にいる自分を想像、彼の未亡人が地上の生活から降りて来て彼と詩人全員を告発する。

　　私は耳を鎖した寡婦、
硫黄臭い詩人たちや詩の知らせには。
一緒の暮らしの間になぜもっと、

心を開いて、笑いながらあなたの部屋から降りて来て
私や子供たちと夕方の散歩をしてくれなかったの？
野薔薇は萎れかかっていたが、干し草も
ニワトコの花も盛りだったあの夕べのように――

それから（どこかの詩人が私の首根っこを引っかけて漁鈎にぶら下げるように）
「あなたはまだましだった。優しく無関心、喧嘩両成敗の心配り。
先ず私たちを置き去りに、それからこの本の山を。

〔『フィールドワーク』、一三四頁〕

これはもちろん、ローウェルの『海豚』所収、妻の手紙からの引用に幾分負うところがあるが、ヒーニーの最初の二著に、このような口語性を見出すことがいかに不可能か、彼がいかに――『北』の「何を言おうと何も言うな」のような詩の助けを借りて――、その声を会話的なレベルに引き下げ、文化人類学の眼差しを日常生活が営まれる諸相に向け、フィールドワーカーとして、心理学的文化的処理のスケッチを可能にしたか、返り見る必要がある。

当然ながら、『フィールドワーク』には回顧と展望の諸相がある（「藁の蝶結び」がヒーニーの父とその農村民芸の嗜みをふり返る一方、「一口の水」の明晰な可視性は、後の連作「スクウェアリングス」の一部を先取りする類似性を持つ）。さらに自我の詩（特に「穴熊」）もあるが、次章でヒーニーの分身を考察するまで待とう。しかし私たちが『フィールドワーク』から得る主な印象は、ヒーニーが人間的口語的日常のレベルに留まる——通常、崇拝に傾きがちな挽歌、通常、高揚を伴う理想化に向かう恋愛詩の場合でさえ、そのレベルに留める——周到な選択である。

再考

ヒーニーは荘重でない悲歌を作ろうと、彼の挽歌の主人公の日常生活レベルへの配置を決めている、と私は言った——漁船（ルイス・オニール）、チャーチ島の草むら（コラム・マッカートニー）、居間（ショーン・アームストロング）、キーボードに向かって（ショーン・オリアーダ）、グランモアの門口（ロバート・ローウェル）——（例外はフランシス・レドウィッジ、その悲歌は崇拝は控えるが、埋葬されるイギリス兵たちの瞥見に終り、レドウィッジをスレインやドローイダへ帰すことはない。これら『フィールドワーク』の一連の悲歌には英雄神の不在が明らかで、私たちはそれらすべてを明確な（そして成功例の多い）モダニストの努力——古典的悲歌のヒロイックで荘重な宗教的常套を、より真実に近い形で書き直そうとする——の一端として読むことができよう。

しかし自身の父親の挽歌となると（パトリック・ヒーニーは一九八六年十月他界）、ヒーニーは自作悲歌を再考しようとする。「石の裁き」（一九八七年『山査子の実提灯』所収）において、ヒーニーは個人的ビネット（軽妙な人物描写）の技——八年前の『フィールドワーク』で練達の域に達した——を駆使して、父親を肉体的輪郭と心理的性格双方から見た個性豊かな存在として描き出した。しかし詩人はまた「裁きの場」と「究極の法廷」の観念を喚び起こして、人間の人類学的次元を越える形而上学的レベルにまでこの詩を高めた。

杖を手に鍔広の帽子をなお頭に載せ
自己懐疑に苛まれ
甘言と言訳に相変わらず背を向けて、
彼が裁きの場に立つ時、
判決がだらだらと言い渡されても、それは正義とほど遠い。
究極の法廷で彼は期待する——言葉以上のもの、
生涯の無口を通して彼が頼りにしていたものを。

父の無言の誠実は語られる言葉を信用しなかった——どんな判決なら認め、受け入れるだろうか。ヒーニーは今想像しなければならない。詩人が答えを求めたのは神話（彼との会話によれば、W・K・C・ガスリーの『ギリシャ人と彼らの神々』）である。

当時ヘルメスは、ギリシャ人がヘルマ（ヘルマイオンとも呼ばれる）、すなわちケルン、石塚から名付けた田園の古代神である。これらのケルンは道標の役割を果たした……ヘルメスのケルンとの関係を説明するために、ギリシャ人は例によって原因論的神話を発明した。ヘルメスがアルゴスを殺した時、彼は神々の裁きにかけられた。神々は彼を赦し、そのために各自の票石を彼の足下に投げた。かくて彼の周りに石積みができた。(注6)

確実な物によるこの形式の投票こそ、父親の審判手続きにふさわしい形式となるだろう、とヒーニーは思う。

石塚の神、ヘルメスの審判のようにあれ、
彼の足下に確実に投じられ、周りに積み上げられ、
彼が尊崇のケルンに腰まで埋もれて立つ
石の評決……

しかしこの神話的アナロジーを確立すると、ヒーニーは――フィールドワークの様式で――日常に戻り、父が囲まれて立ったかもしれない故郷の石積みに立返る。「たぶん門柱／あるいは雑草が沈黙を埋める崩れた壁の跡……」『フィールドワーク』の一編の詩なら、息子が――しばし愛情に駆られた後、神話による悲歌的尊崇を求め――地べたに降り立ったところで終ったかもしれない。「石の裁き」が「地に埋もれた」落ちで終らないのは、存在ではなく、不在が空間を定義するヴァーチャルな領域へのヒーニーの新たな関心の兆候である。（この関心は両親の死の結果であり、個人的不滅に対する詩人の不信から生じている。）パトリック・ヒーニーの死を取り巻く沈黙は、弔問者の一人が、私たちにとってそこに棲んでいた人々の精神がいかにその場所に滲み込んでいるかを語り、詩人の代弁を許される。石積みのケルンは

たぶん門柱
あるいは雑草が沈黙を埋める崩れた壁の跡

誰かがついに口を開いて言う、「ここに、
彼の精神がたゆたう」――それさえ過言といえたろう。

最後の六語（and will have said too much.）には、寡黙なパトリック・ヒーニーが（不信心な息子もそうするように）、そのような切ない懐旧の吐息を拒否するであろう、という含意が込められている。しかし息子は彼自身の経験――ある不在を内包する世界は異って見える――の証言を慎むことはできない。母親（一九八四年他界）追悼の一連の挽歌「拓かれた空地」の最後のソネットにおいて、不在の実在性は最も明確に主張される。しかしこの「石の裁き」において、文化人類学者志望の観察者は、不在の神話学者と形而上学者の双方に道を譲らなければならない。その死が現実――あるいは幼児期以来、現実と理解されてきたもの――に明白なギャップを残す両親への挽歌は、人生観察と人道的記憶以上のものを必要とする。存在自体の生地そのものに生じた亀裂は、詩において実現されなければならない。想像されるだけで観察できないもののヴァーチャルな領域は、一九八四年以降ヒーニーの詩において卓越した地位を占める。その時期と『フィールドワーク』の間に、『ステーション島』――ヒーニーがダーグ湖で出会った亡霊たちの形で、彼が選んだかもしれない他のあらゆる人生行路に直面する書――に代表される職業と信仰の試練が横たわる。それもまた文化人類学の書だが、『フィールドワーク』が生きている人々の間に留まったのに対し、『ステーション島』の演じるのは死者の人類学なのだ。

（注６）　W.K.C.Guthrie, *The Greeks and Their Gods*（Boston:Beacon Press, 1962; 1951 年の原著改訂版である 1955 年版の再版の p. 88.

訳注

（1）Sean O'Riada（1931-71）. 作曲家・指揮者、急進的カトリック。アイルランドの民衆文化に大きな影響を与えた。ヒーニーの友人。

（2）Robert Lowell（1917-77）. ボストン名門出身の代表的戦後アメリカ現代詩人。一九七三年ヒーニーがローウェルの三冊の詩集をラジオで紹介、高く評価して以来親しく交際。ヒーニーの詩集『北』のダフ・クーパー記念文学賞授賞式で同賞を授与したのはローウェル。

（3）Francis Ledwidge. ボイン渓谷スレイン村生まれ。領主のダンセニー公に詩才を認められ、その保護の下第一詩集（一九一五）を出版。農民詩人として出発したが、イースター蜂起以後宗教的アイルランド民族詩人となる。一九一四年イギリス軍に入隊、一九一七年フランスで戦死。

（4）Maud Gonne（1866-1953）. イェイツの初恋の人、美女、永遠の女性。一九〇三年、ジョン・マクブライト大佐と結婚。

（5）John Field（1782-1837）. ダブリン生まれの作曲家、ピアニスト。ショパンの「夜想曲」は彼の作曲を手本にしたという。

（6）詩人 William Wordsworth の創作を、その妹 Dorothy（1771-1855）が湖水地方のダヴ・コテージで献身的に支援した。

（7）『ヴェニスの商人』の一件落着後、シャイロックの娘ジェシカはロレンツォを追って駆落ちする。二人の月夜の対話は、裁判と対照的な夢と希望を持たせる美しい終幕。

（8）アイルランドのフィアナ物語群に属する伝説。トリスタンとイゾルデの物語やデアドラとウシュナの息子たちの物語と似たプロットを持ち、しばしば比較される。グラーニャは年老いたフィンとの結婚を厭い、若いディアルミドに駆け落ちを迫る。逃亡の末二人は結ばれるが、ディアルミドは猪狩りで重傷を負い早世する。

（9）「その日を掴め」(Seize the day) =「現在を生きよ」をパロディ化している。

（10）Ugolino. Pope Gregory Ⅸ（教皇在位期間は 1227-41）の実名。伯爵、十字軍出兵問題等に深く関わりローマ教皇派を裏切ったため、一二八四年ピサのロジャー大司教に捕えられ、幽閉され、餓死した（一二八九）。裏切りの罪をダンテは重罪の中でも最も重くみて、地獄の中で最下位の重罪者の場第九天第二環に落とした。

第四章 他者性と分身
――『ナチュラリストの死』から『ステーション島』へ

私たちに示された人生に背を向けるとは、何と危険なことになるか？　「穴熊」（『フィールドワーク』、二六頁）

シェーマス・ヒーニーの詩は、繰り返しアイデンティティと天職 vocation の問題に立ち返る――「私は誰なのか？」、「どんな人生を私は選んだのか？」こうした質問に対するヒーニーの初期の解答の一部は、既にふれた――複数形（「私は農業労働者たちの末裔」、「私はアイルランド系」）と単数形（「私は夫」、「私は息子」）両方の場合について。この章で、私はヒーニーの自己定義を、彼自身ではない単数の人物群、他者性 alterities（すなわち、我れの反対物）ないし分身 alter egos（彼がなったかもしれない人物たち）としての役割を果たす人々を通して、扱いたい。この目的のための私の主要テクストは、ヒーニーの長い自伝的分身の詩「ステーション島」となるであろうが、それ以前の詩から始め、それ以後の詩で終える予定である。

捨てなければならない、と悟る生活様式の中に生まれたヒーニーのような若き詩人にとって、最初の心理的至上課題は、彼自身の自己性 selfhood の定義である。すると、自己定義への魅力的な（しかし最終的には、無駄な）近道は、自らの民族的審美的倫理的反対物を設定することだ。シェーマス・ヒーニーの場合、こうした企図から生まれた詩が、

I

比較的初期の「向こう側」――カトリック対プロテスタントの溝を指す、北アイルランドの数多の婉曲的表現の一つ――の肖像四篇である。これらの詩のうち二篇――『ナチュラリストの死』の「造船工」と『北』の「オレンジ党[1]の太鼓――一九六六年、ティローン」(いずれも選集の選外)――は、プロテスタントの「向こう側」から詠まれた硬質の漫画のような作品。両方とも一九六〇年代、ヒーニーが二十代の頃書かれた。いずれも、社会の中の自分の居場所を求めて苦闘する若者の紛う方なき攻撃性を示すとともに、これら文化的に限定された他者性に対してさえも、奇妙な一抹の共感が含まれる。

「造船工《ドッカー》」において、プロテスタントの造船工(事実上、沖仲仕《ドッカー》ではない――沖仲仕は通常カトリックなので、この名称はヒーニー側の誤り)は、彼の職種関連用語で定義されている。カトリック教徒なら、夜暗い道で会いたいとは決して思わない類いの人物だ。

そこの片隅で、自分の飲み物をじっと見つめている。
帽子はガントリー起重機の横桁のように張り出し、
深い皺の覆い被さる額と大ハンマーの頭のような顎、
吐く言葉は唇の万力でがっちり締まっている。

その拳はカトリック教徒の上にハンマーを打ち下ろしかねない――
その通り、その類いのことはまた起こり得る。

〔『ナチュラリストの死』、一八頁〕

造船工を定義する美学――張り出す機器、鋼《はがね》の覆い、大ハンマー、拳、締まる、万力――は、ヒーニーが詩作開始当初から信奉して来た受容と譲歩の美学から推察する限り、また「言葉を手探る」（一九七四）によれば、次の通りである。「決定的実行は言葉以前――漠然と不完全な形で感じられる最初の気づきないし招きを受け入れ、思想、テーマ、フレーズとして消したり、近づいたりできる可能性である」（『プリオキュペイションズ』、四九頁）。

「向こう側」を描写する第二の拒否的な詩（「オレンジ党の太鼓――一九六六年、ティローン」）は、一六九〇年ボイン川の戦いにおけるジェイムズ二世に対するプロテスタントの勝利を祝う、アルスターの七月行進シーズンに関わる。ヒーニーの一九六六年の詩において、大音響の美学で「仕切るのは巨大な腫瘍のような太鼓」（『北』［一九七五］、六八頁）。しかしこれら二つのステレオタイプな詩のいずれにおいても、ヒーニーはプロテスタントの対立者から完全に身を引くことができない。先ず彼は造船工を、もう一つのステレオタイプ、今度は宗教改革以前の統一的な類型に引き込む――「ケルトの十字架のように、頑丈にがっしりと座っている」。第二の詩で、ユニオン派の太鼓を抱えた行進者はそれに圧迫され、傷ついている。「彼はバックルで留めたものに突き上げられ……［太鼓の］豚皮は打ちのめされて、彼の関節には血が滲む」。こうした同情の瞬間が、通常のプロパガンダ詩に登場することはないだろう。しかしそれらですら、ヒーニーが造船工や鼓手と一体化するには不十分なのだ。ステレオタイプに発するが故に、これらの詩は見事な詩句にもかかわらず、不満足な結果に終っている。

両「側《サイド》」の良好な関係でさえ不安定であることを扱った、はるかに確信的場面描写《ビネット》が、『ステーションズ』（一九七五）[2]を構成するヒーニーの一連の散文詩の中に見られる。第二次大戦終了時を扱う「試験飛行」において、復員して来たプロテスタントの隣人が、詩人の父親にプレゼントを携え、ヒーニー家に立寄る（が、中には入らない）。

　復員して来た隣人は、カーキ色のシャツに真鍮のバックル付きベルトを締め、わが家の脇柱に凭れていた。

I

両ポケットの底で銀貨をじゃらじゃら鳴らしていた父は、彼が大きなロザリオの数珠を取り出すと、笑いながら言った。

「向こうで教皇派にされたのかい？」

「いや、心配無用！　あんたのために失敬したのさ、君。奴が背を向けた時、教皇の箪笥からね。」

「驢馬の轡《くつわ》にでもすりゃいいのに。」

二人の笑いが私の頭を掠《かす》めると、嗄《しわが》れた大声がして、大きな神経質な鳥が二羽、すいすい上下しながら縄張りの上を試験飛行。

［『シェーマス・ヒーニー新選集一九六六―八七』（一九九〇）、四五頁］

このジョイス的エピファニーにおいて、ステレオタイプはまだ健在である――隣人の略式イギリス軍装、両手をポケットの農民の心意気、二人の交わすくたびれた党派的冗談――しかしこのくだりで、何か新風が「すいすいと上下」――プロテスタントの隣人が出征中、パトリック・ヒーニーのことを思い、彼自身は好まないが、受取人が好む、と思った贈物――ロザリオ、しかも気前よく大きな――を用意した、という事実がある。二人の男たちは、不器用な冗談以上の友好関係にこれ以上深入りしようとはしないが、息子はそれにもかかわらず、カトリックとプロテスタントがお互いに対して、怨恨よりむしろ隣人らしい善意を感じる中間領域を設定したものとして歓迎する。

同様の和解の「領域」として「向こう側」（一九七二）に描かれているのは、それぞれの詩が白髪の「家父長的」プロテスタントの隣人によるコメントを中心に成り立つ、三部構成の連詩である。Ⅰで、彼はヒーニー家の土地を批判する。「あの土地はラザロのように貧しい。」Ⅱでは彼らの宗教に彼の矛先が向かう。「お宅の側は聖書に従っていない、と思う。」しかしⅢでは、彼自身ヒーニー家の炉端に引き寄せられざるを得なくなる。夕方ヒーニー一家が家族の祈りを終えるまで、彼は家の外で丁重に（当惑しながら）待ってから、扉を叩く。

「いい夜だ」と彼は言ったかもしれない、
「ほっつき歩き中、ついでに寄ってみようか、
という気になったのさ」

こうした異なる（かつ、戸惑わせる）諸相の下で、詩人志望の若者は「向こう側」の地元の化身を認知する。この隣人は時に、Ｉでヒーニー家の土地を「聖書を引用して一蹴する」近づきがたい目上の存在、Ⅱではヒーニー家の笑い種の対象（「私たちは何日もの間、家父長的断言の一々をおさらいしたものだった」）、また時にはⅢにおけるように、ただ、ヒーニー家の扉の奥で唱えられる聞き慣れない祈りに疎外感を持つ人間仲間として、登場する。コテージの扉を隔て、二分された舞台を見るような夜の情景画《ビネット》において、ヒーニー一家が左手、灯りの点った室内で祈る一方、隣人は右手、闇の中に佇む。成人した詩人は今、詩の結末で、彼自身の側と「向こう側」との、この寓話的な分離のタブローへの彼自身の反応をモニターする無言の存在となっている。

しかし今、私は祈りの呟きの中、
暗い庭の彼の背後に立つ。
彼は片手をポケットに入れたり、
リンボクの杖でおそるおそる
一寸したリズムをとったり、

あたかも彼が口説き、あるいは見知らぬ人のすすり泣きを宥める当事者のように。

そっと立ち去るべきか、
あるいは近づいて軽く彼の肩を叩き、
天気の話か

牧草種の相場でも語ろうか？

〔『冬を凌ぐ』、二六頁〕

暗がりの中の沈黙の至近距離、揺らぐ問いかけ、接触への衝動は、造船工や鼓手の詩においては、若い頃の詩人にはできなかったジェスチュアだったろう。カトリックの祈祷がプロテスタントの耳にいかに奇妙に聞こえるものか（「ロザリオを繰りながら祈る祈祷は／台所で悲しげにだらだらと続いていた」）、庭の暗がりに立ち止まる隣人の困惑を理解すること、双方の「側」の間の対話がとらなければならない厳重に規制された形式（天気、作物）を残念がること——以上すべては、成人ヒーニーのより拡大された感情移入能力から生じている。隣人の複雑さだけからして——全体を表象するために三つの引用、三部構成の詩を必要とする——、造船工と鼓手のより類型的肖像画に比較すると、表象的忠実性における明らかな腕の向上を示唆する。切子面を持つ多面的肖像——ヒーニーが後に「拓かれた空地」で母親の表象に企てたような類いの——は、ここでは詩人の民族集団以外の人物に与えられている。そして詩人の最後の質問は、善意のプロテスタントたちなら、同じように自問するかもしれない、という推量である。表面的な常套的交流（「天気や牧草種の相場」の類の会話のような）ですら、凍りついた排外的な文化的沈黙より好ましいか？　絆がヒーニーの詩の頂点的位置を占めるので、詩人だったら、接触なしに「そっと立ち去る」よりは、むしろ手を触れ（ほんのひとときであれ）、言葉を交わす（最も儀礼的形式であれ）であろうことが推察される。

ヒーニーがプロテスタントの他者性を、彼の肖像画の領域に描き込みたいという願望は、『冬を凌ぐ』のさらに二篇の詩に見ることができる。第一の詩「羊毛業」は、イギリス人対話者の口から豊かに響く「ウール・トレード」という語句を、カトリックに対するプロテスタント圧政――流血にまで及ぶ――へのヒーニー自身の抵抗感情と対比させる、他者性の上に構築されている。「私はツイードを語らずんばなるまい、／血のような斑点のあるごわごわした布地を」。この単純な対立の手法は、この詩を「造船工」と「オレンジ党の太鼓」に類属させるが、これら初めと終わりの鈎括弧の間に手繰り入れられた、ヒーニーの「水車の言葉、／失われた機《はた》と錘《すい》による統語法」への郷愁に私たちは気づく。悲歌詩人は羊毛業におけるプロテスタントの手工芸を、あらゆる失われた技能の軌道に取り入れたのだ（『冬を凌ぐ』、三七頁）。「向こう側」の、より完成度の高いもう一篇の詩（「リネンの町」）は、一七八六年――プロテスタント叛徒、一七九八年アルスター蜂起、ユナイテッド・アイリッシュメンの首領ヘンリー・ジョイ・マクラッケン絞首刑の十二年前――のベルファストを熟視する。語りの順序は、一七八六年ハイ・ストリートの版画に見える、素朴で平穏なベルファストと十二年後、「若きマクラッケンを絞首刑にした」、分割されたベルファストとの間をジグザク往復する。想像裡に版画の醸す静謐な雰囲気に入る時、詩人はそれを破壊するものを予言する。

この胸許を開いた美女と三角帽の伊達男
臆面もなくまだご繁盛
彼の死体が舌のように揺らいでいる傍らで。

この詩の結びで、詩人は心底から願う、一七九八年ことの成行きが異なっていたら、「理性のほの明り」が政治的蛮行に打ち勝っていたら、と。

四時二十分前
理性のほの明りの
最後の一日の午後に。

ラガンの潮の香を嗅ぎたまえ
可能性の風味の
最後の残り香を味わいたまえ

〔『冬を凌ぐ』、三八頁〕

その結びの思慮と慎しみは、この詩を「理にかなった」形式的均衡に敬意を払う、十八世紀の版画の「ペンとインク、水の彩色」の伝統に連なる位置におく。マクラッケンの死体の「揺らいでいる舌」のみが、未来から届く影をその場の啓蒙思想的優雅さの上に落としている。しかしこの詩が示唆するのは、この「市民的版画」が一つの（悲惨な）方向に変わるまさにその時、たぶん現在の人殺し場面の逆「解凍」が行なわれるかもしれず、「理性のほの明り」が再び、日常生活を生きる中で、それを照らす光に戻るかもしれない、ということだ。結局、「可能性の風味」は常に利用可能なのである。

歳をとるにつれて、ヒーニーはそのような他者性そのものに焦点をあてることに、道徳的有用性を見出さなくなる（『ステーション島』の「あるアルスターの黄昏」で、プロテスタントの隣人の好意に立ち戻るが）。むしろ、殺された犠牲者の方が――公民権デモと警察の反動が双方の水面下のテロに堕して行くにつれ――、政治的対立や党派的文化より深刻に彼を悩まし始める。犠牲者たちは次第に亡霊の集団となる（本章最後に扱うヒーニーによる「ダムソン」（一九九六）「再考」参照）。道徳的探求はもはや「向こう側」の調査による追求は不可能と思われる。自分自身の性格と共感を頼りに、それらの妥当性と幅を試す方が有益なのだ。その結果、自己定義の人物像としてヒーニーにより役立つようになるのは、幾分彼自身に似た人々、彼が選んだかもしれない人生を歩み、彼が出会ったかもしれない運命に遭遇した分身である。

自らの地位と機能を彼自身に説明するために、最初からヒーニーは共感できる分身 alter egos を頼りにしていた。既に見てきたように、初めこれらの分身は農業に携わり、時を超えた人々、集団的労働者や個々の職人――種芋堀り、茅葺き師、鍛冶屋、畝鋤き――が通例だった。しかしヒーニーはまた他の詩で、特定の歴史上の分身――たとえば、自分たちの戦闘的主義主張を放棄せず、死後無意識に再生の食糧の担い手となったクロッピーのような――を探し求めた。さらに『冬を凌ぐ』で社会学的意識が高まると、ヒーニーは老いた下男の「ボーイ」を通じて、「北」における カトリックの低い社会的地位に焦点を絞る。

老いた働き手、奴隷の生まれ、
それぞれの買手の眼に晒されながら
市《いち》の立つ丘に足を運び
じっと耐え

思いを胸に秘め、げに
お前は私をその足跡に
引き込む。

〔『冬を凌ぐ』、七頁〕

同じ詩集で、ヒーニーは近代社会における詩人の無能を感じ、テレビジョン、すなわち「片隅の光を発するスクリーン」に釘付けの家族に無視される「最後の仮装無言劇役者」を装う（『冬を凌ぐ』、八頁）。ヒーニーは周辺に追いやられた茅葺き職人や鍛冶屋、下男の「ボーイ」や仮装無言劇役者とともに、詩人の芸術と奉仕の社会的忘却の進展を受け入れるようにみえる。これらの分身は――若きヒーニーにとっては役に立ったが――、行き止まりを意味し、詩人のためにとって代わる、新たな近代的役割を提唱することはない。

『北』におけるヒーニーの分身は既に見てきたように、現代の暴力への一つの説明を提案するため、近代初期をさらに遡り、有史以前の過去を掘り起す比較考古学者のそれであった。このはるか遡った視座からヒーニーが得たものは、（彼が一九八〇年ジョン・シングについて語った時、回顧的に示唆したように）シングがアラン島経験で発見したものに匹敵する想像力豊かな収穫だった。

　彼はパワーポイントを発見したのだ、彼は岩盤に達する根っこ《ルーツ》に接ぎ木され、本物のキリスト教以前の慧眼を供えた甲冑を身にまとった。それはユニオニズムとナショナリズム、カトリシズムとプロテスタンティズム、アングロとアイリッシュ、ケルトとサクソン――これらすべての混乱と悪化を招く抽象とそれを取り巻く状況の堕落した世界――からの救済であった。（注7）

シングはアラン島への対抗神話を発明せざるを得なくなる前に亡くなったが、ヒーニーは共和国への移住後、「考古学者としての自己」という『北』の隠喩を継続することができなかった（『フィールドワーク』が十分証明するように）。いかなる変化に対しても、真正面から向きあってきたヒーニーは、『北』の最後の頁の詩「晒されて」において、自分の新たな立場——彼をアルスターの紛争から（彼の考古学的分身がしたように）時間的には間に合わなかったが、空間的に移し、共和国から「北」を観察する者として未だ不特定な役割に自らを委ねた——を検証した。

「晒されて」で、ヒーニーは彼自身が以前、詩「ボッグのオーク」と散文「ベルファスト」（いずれも一九七二年刊）に引用した、エドマンド・スペンサーの言葉[3]——『アイルランドの状況管見（一五九六）』から——を今一度想起する。スペンサーはコークで、飢餓に瀕した軽武装歩兵（イギリス軍に丘陵地へ追いやられたアイルランド民兵）たちが、食糧を求めて隠れ場所から出て来るのを見た。「森や谷の隅々から彼らは四つん這いになって這い出して来た、その脚が彼らを支えることができなかったので。彼らはまるで死の解剖模型、墓場から泣声を絞り出す亡霊のように語った。[注8]」「晒されて」において自身を適切に定義するために、ヒーニーは幾つかの利用可能なモデルから借用する。アイルランドの過去からは身を隠した敗残兵の役柄を、古典文学の過去からは黒海のほとりで『悲嘆の詩』を書く流竄《るざん》のオウィディウスの姿を、より身近な過去からは「国内亡命者」（ロシア人）の役割を選ぶ。同時に、彼は他の二つの役柄——強制収容された政治犯と諜報者（スパイまたは二重スパイ）——を斥ける。このような多重自画像の組み合せは、北アイルランドを離れる際、ヒーニーが自身の立場を再構築する隠喩を必要としたことの強力な証左である。これらの類比《アナロジー》は、いずれも完全に包括的ではない。「晒されて」の赤裸々な自問は——その多くの詩行の女

（注7）'A tale of two islands : reflections on the Irish Literary Revival', Drudy 編の *Irish Studies*, pp.1-20; この引用は p.9 から。
（注8）Spenser, *A View*. Quoted in *Preoccupations*, p. 34. Parker（*Seamus Heaney*, pp. 95-6）, corrected from Spenser's original, substitutes 'bear' for 'carry', and omits 'like' before 'anatomies'.

性行末の「放棄やたるみ」［behind-backs / wood-kerne］によって強められ——、解決に至ることはない。詩人は人生の役割選択を誤ったのではないか、そして結果的に（最後の力強い男性韻［blows / rose］において）「彗星の薔薇色の鼓動」[4]を見逃したのではないか、と心配する。

何で、私はかかる仕儀とはあいなったのか？
よく思い出すことがある、友人の
美しいプリズムのような忠告と
私を憎む人たちの金床の頭脳とを　［And the anvil brains of some who hate me.］

座って、わが責任の**悲しみ**の
重みを何度も量りつつ。
何のため？　耳のため？　人のため？
蔭で言われることのため？［For what is said **behind-backs**?］
……
私は拘留政治犯でも密告者でもない
内なる亡命者、髪を伸ばし、
考え深くなった者、敗走中の民兵［And thoughtful; a **wood-kerne**］

殺戮を免れ、

木の幹と木の皮から
保護色を借り、
吹く風吹く風身に沁みるもの〔Every wind that **blows**;〕

そしてわずかばかりの温もりを求め、
これら火花を吹きおこすうち
一生に一度の前兆、彗星の
薔薇の鼓動を見逃した者。〔The comet's pulsing **rose**.〕〔英文引用、編訳者の脚韻強調、『北』、七二―三頁〕

ヒーニーの最も力強い詩行に数えられるにふさわしいこのくだりの見どころは、その多重な自己イメージ、自分を手当たり次第利用可能なあらゆる「他者」に対峙させる速断――あれこれ「多彩な」忠告を提供する友人たち、憎しみのハンマーを打ちつける敵、悪意あるゴシップ、はるか昔の焦点、キーツの彗星[(4)]さえも持ち出して。

これ以前、ヒーニーは分身を神話に求めていた――ヘラクレスとアンタイオスの物語に。『北』に収録されながら、本来は『闇への扉』に属すべき一九六六年の詩「アンタイオス」は、大地に触れると力が蘇るアンタイオスに感情移入する。この若々しい詩の結びではじめて、アンタイオスは「私を地面から持ち上げ、／わが高揚、すなわちわが没落を企む」かもしれない覇者を思い描く（『北』、一二頁）。ヒーニーの「再考」の辛辣な一例の詩「ヘラクレスとアンタイオス」――政治的紛争再発後の七十年代に書かれた――は、破れたアンタイオスを（通俗伝説によれば）今一度目覚めて勝利する「眠れる巨人」に変貌させる。「持たざる者への他愛ない話」、とヒーニーは痛烈な評を下す――虐げられた者が究極的勝利の神話を利用する子供騙しのやり方を思って。

ヘラクレスはその両腕を
容赦なきVに高々と上げ、
振り払った力を断ち切り
　勝利は不動。

アンタイオスを持ち上げ、
高き尾根は横顔、
眠れる巨人
持たざる者への他愛ない話。

［『北』、五三頁］

ヒーニーが一九六六年にしたように、破れたアンタイオスを分身として採用することは、失われた英雄的過去への郷愁の生涯に自分を閉じ込め、「喪失と発祥の夢」に生きること。一九七五年、勝利をヘラクレスに譲ったヒーニーはアンタイオスに断固別れを告げる。

　　彼の力の揺りかごの闇、
川の水脈、
秘密の雨溝、
洞窟や地下道の

孵化現場、
彼はすべてを悲歌詩人たちに遺した。
バラー(5)は死ぬだろう、
バースノス(6)も「座る雄牛」(Sitting Bull)(7)も。
〔『北』、五二―三頁〕

アンタイオスの地霊悲歌神話に別れを告げ、「挑戦者の知性」の「光の拍車」に誉むべきものを見出し、ヒーニーは「晒されて」に生気を与えている、より真実に近い――たとえ、一段と疑わしく移ろいやすいとしても――人物像、追放、避難、隠遁中の人物に自分自身を開いた。そして何よりも、再考に関して、彼は言う、「わが責任である**悲歌**の重みを、繰り返し量りながら」。

『フィールドワーク』において、ヒーニーはさらに新たな分身の形――人間ではなく、動物――を試みた。その成果がこの詩集の最大の成功作の一つ、神秘的存在の詩「穴熊」である。詩人は自問しながら、目には見えないが、感じで分かる穴熊を、殺された者と殺した者が一体となった亡霊、と想像する。

穴熊がかすかな微光を放って
隣の庭に消えた時、
ウィスキーにほろ酔いの私は、
誰かのお忍び帰還を邪魔した感覚で
立ちすくんだ。

殺された死者、と私は思った。
しかしそれはひょっとして
揺りかごと爆発の間に
置き忘れたものを探す
自爆した少年ではなかったか？
窓が開かれたまま、
堆肥の大桶から臭いが燻る夜など。

［『フィールドワーク』、二五頁］

I

「置き忘れたもの」は、暴力的少年の魂――いじけて歪んだ人生の果てに、自爆テロリストと成り果てた――だった。その人生はヒーニー自身の生家とあまり変わらない農家、「大桶に堆肥の山」のあるコテージで始まっていた。詩人もその分身、「暴力的自爆死の少年」も、彼らが育った農村生活の継承を選ぶことはしなかった。詩人の彼自身と若きテロリストとの比較は大問題へと導き、それはかの動物の分身、穴熊のイメージとともに、この詩を執拗な脚韻［shown / grovel / bone / shoulders / own］(8)で閉じる。

私たちに示された人生に背を向けるとは、
何と危険なことか？
彼の頑丈な汚れた身体と
無断侵入の卑屈さ。
骨の髄の知性。

紛う方なき下男風の両肩は
わがものでもあり得たのだ。
〔『フィールドワーク』、一二六頁〕

りすます時、蘇る。

動物を分身に用いることによって得られた解放感は、ヒーニーが中世アイルランドの伝説スィヴネ王の化身の鳥にな

このスウィーニーなる鳥の分身――ヒーニーの最も成功した分身の一つ――は、ヒーニーの逃亡と流浪の隠喩から生まれる。モイラの戦い（六三七年）で気が狂ったスィヴネ王は、聖ローナンの呪いを受けて鳥に変えられた中世アイルランド詩「狂気のスィヴネ」（スウィーニーの狂気）の主人公。ヒーニーはウィックロー移住直後から、その翻訳を始めていた。彼は結局一九八三年に、その翻訳を『彷徨えるスウィーニー』として刊行した（『フィールドワーク』［一九七九］と『ステーション島』［一九八四］の間に）。スウィーニーの一人称の詩を交えた三人称の語りの散文詩は、ヒーニーの序文によれば、「抒情詩のジャンル――悲歌、対話、連祷、ラプソディ、呪詛――の入門書」（『彷徨えるスウィーニー』、前書き）であり、それだけの理由でヒーニーにアピールした。しかし彼にとってその真価は、翻訳が刺激したもの――「蘇ったスウィーニー」と称され、『ステーション島』に収録された二十編のオリジナル連詩――にある、と思われた。

これらの詩の多くは、中世アイルランドの物語中の現実の出来事にかろうじて曖昧につながっているが、その虚構がヒーニーに驚くほど斬新な鋭い声音《こわね》を与えている。この翼を持つ、追われ、「狂った」象徴的分身――と、そのアイロニックな短詩――は、この章の終わりに取り上げるつもりだが、先ずヒーニーの長い自伝的語り、「ステーション島」に見られる多数のリアリスト分身についてみよう。彼がもはや信者としてではなく、中世以来の巡礼の名所として再訪するドニゴールのダーグ湖の島へ、ヒーニーは青年時代巡礼として訪れていた。ここには毎年何百人もの巡

礼者達が断食、祈祷、懺悔の儀式を行うためにやって来る。詩のダンテ流フィクションにおいて、ヒーニーの過去の亡霊たちが群をなして次々と彼の周りに押しかけ、十二の挿話を形成する――それをヒーニーは、ブランク・ヴァース（無韻詩）から結びのテルツァ・リマ（三韻句法）に至るまで、様々な形式でダンテに敬意を表する。

人々、出来事、思索に満ちた詩「ステーション島」には色々なアプローチの仕方がある。その詩が詩人の生きたかもしれない諸種の人生の集大成として解読されたことはないが、筆者（私）はいつもその登場人物を一連の分身――詩人が他の状況に置かれたとしたら、彼自身その生き方を選んでいたかもしれない人々――としてみてきた。ヒーニー家の文化の範囲内には、長男にとって考えうる人生に三つの選択が可能だった。農場を相続して維持するか、司祭になるか、学校教師になるか、である。ヒーニーは先ず、最初の選択（「土を掘る」参照）と第二の道（才能ある学生のためのカトリック慣例の奨励進路を想定すれば）を斥けることから始めた。最初彼は教師の訓練を受けることを決める。しかし、（特に北）アイルランドの他の男性や作家たちが選んだか――選ばざるを得なかった――人生は、当の詩人の意識の中で平行する存在としてあり続けた。Ⅳの若い体裁のよい司祭やⅪの修道僧のように、ヒーニーも宗教生活――海外布教や欧州で――を送っていたかもしれない。サイモン・スウィーニー（Ⅰにひょっこり顔を出す幼い頃の思い出の鋳掛屋）のように、詩人は「安息日破り」だが、彼がカトリックの教則に背くのは無頼というよりむしろ知的確信からである。Ⅱの十九世紀の作家ウィリアム・カールトンのように、彼はカトリシズムを離れるが、カールトンと異なりプロテスタントにはならない。化学者ウィリアム・ストラトハーン（フットボール・チームの仲間として詩人の記憶する）――病気の子どもに薬を求めるという口実で、銃を持った一団に襲われた――（Ⅶ）のように、ヒーニーも党派的待伏せに遭ったかもしれない。三十二歳で心臓病で逝った考古学者の友人（Ⅷ）のように、彼も不運にも早死にしたかもしれない。従兄弟コラム・マッカートニー（Ⅷ）のように、ヒーニーもまた恣意的党派間暗殺の犠牲になったかもしれない。Ⅸの暗殺者、ハンガー・ストライカーのように（家族同士の付き合いのあったバラーヒィのフランシス・ヒューズに拠る)、詩人も——違う家庭教育を受けていたら——、近所の多くの若者たちのようにIRAのメンバーになっていたかもしれない。最後に、彼の「亡命」の選択は両義的だ。ジョイス(Ⅻ)のように、ヒーニーも生誕地を離れるが、ジョイスとは違いアイルランドに留まる。

付言すべきこととして、ヒーニーの生活における女性の存在は「ステーション島」の二つの段落に登場する(Ⅲの若死にした伯母アグネスと、Ⅵで詩人が「ままごと遊びをした」少女)が、彼女らは口をきかず、詩中の男性たちのように詩人と対話することはない。女性の存在は——詩人との会話によれば——、当初全員男性のみの詩として構想された作品への補足として後から追加された。ヒーニーの青年時代のアイルランドでは、若い男性の目は将来への展望に関して男性をモデルに訓練されていた。女性二人の補足にもかかわらず(それぞれの象徴するものは悲痛とエロティシズム)、この詩の再三探求するものは、表向きにも暗黙裡にも、男性の職業である。「私の道に従わないとすれば」(若い司祭は訊ねるかもしれない)、「なぜそうしないのか?」「君が僕に似ているとすれば」(ジョイスのような作家はいうかもしれない)、「君はなぜまだアイルランドにいるのかね?」、「君が詩を書くとすれば」(ある犠牲者は叫ぶかもしれない)、「それが僕にとってどんな役に立つというのかい?」

「ステーション島」の性格づけと話法の包括的な領域において、ヒーニーの劇的能力は(彼に提供された道徳的選択を反映して)着実な強みを発揮する。カールトンの噛みつきと怒りと自己卑下——

御し難いリボン党員やオレンジ党員の頑迷な奴らが
俺を二枚舌の老いぼれ裏切り者に仕立てやがった
あいつらの牛小屋紛いの汚れ政治、俺が尻拭いしてやったのに——

〔『ステーション島』、六五頁〕

は屍体と狂信のオーラに照らされて、正常に見えるように仕立てられている。新司祭に与えられる追従の社会的是認は、慰めになりうるかもしれない反面――「媚びをふくむ呼称『神父さま』、／祝福を受ける親たちの嬉し涙」（『ステーション島』、六九頁）――、詩は司祭と詩人の相互批判的対話の中で、司祭自身の海外伝道派遣先の生活に対する恐慌に、痛ましくも転じる。

「熱帯雨林は」と彼は言った、
「見たこともない類い。私は数年しか
保たなかった。胸丸出しの女たち、
鼠のような肋骨の男たち。万事無駄。
私は梨のように腐り、ミサで大汗……」

［『ステーション島』、六九頁］

司祭が熱帯伝道派遣で嫌気がさしたとすれば、詩人は以前の教区の神学生歓迎に不快感を覚えた。

夏休み帰郷した神学生、
まともな歓迎が待ち受ける。隣人訪問。
お茶を飲みながら、手づくりのパンを誉めたり。
聖なるマスコットか何かのように到来した
黒いスーツ姿のあなたを玄関で迎えた時、

彼らの何らかの内なる期待が立証されるだろう。

〔『ステーション島』、七〇頁〕

代わって若い司祭は、司祭と詩人の職業（両者とも人生への何らかの有効な是認を求めている）を暗黙に比較、切り返して責めながら言う。

「それなら君だって」、と彼は口ごもった、「ここでしているのは
同じことじゃないか？　何に取り憑かれたのか？
少なくとも私の場合は若くて気づかなかった、
神の思し召しと思ったものが因習だった、とは。
しかし君はこんなもの一切とっくに卒業した筈なのに、
また逆戻りかね。神は手を引いた、と言われるのに。」

〔『ステーション島』、七〇頁〕

詩人自身の選択と運命を先行者、相談役、友人、知己たちのそれと比較し、陰に陽に繰り返し試した後、ヒーニーの幸運――まだ生きながらえ、まだ詩の天職を行使することができる――は、それに最も敵対する形で、暗殺された詩人の従兄弟によって呈示される。従兄弟は、自分の暗殺への詩人の反応の仕方――実生活でも、「ベグ湖の浜辺」（『フィールドワーク』）の悲歌的良心の呵責の中でも――を叱責する。

「その知らせを聞いた時、あなたはそこに詩人たちといた、

I

そしてそこに彼らと留まった、あなた自身の血肉である私が
フューズ山脈からバラーヒィへ荷車で運ばれる間。
彼らはわたしの訃報にもっと狼狽を表わした、
あなたよりも……

あなたは逃げ口上と芸術的技巧を混同した。
わたしの頭をぶち抜いたプロテスタントを
わたしは直接糾弾するが、間接的には、あなたを……
あなたが醜を白塗りし、
「煉獄」という美しいブラインドを降ろし、
わたしの死に朝露のサッカリンをふりかけたやり方を。」

〔『ステーション島』、八二―三頁〕

これは――彼の従兄弟の口を借りながら――ヒーニーの自作に関する「再考」の中で、最も自責の念が激しく、罪の意識が濃厚な場面である。殺人という生々しい事実を「白塗り」美化し、死という殲滅に「サッカリンをふりかける」とすれば、悲歌というジャンルそのもの――そのもたらす慰安と崇拝への歴史的荷担故に――の糾弾になる。

詩人の分身とのダンテ流の出会いの対象は、一人を除けばすべて北アイルランド出身者である。その唯一の例外はジェイムス・ジョイス――彼がⅫで喚び出されるのは、北の作家――カールトンとカヴァナ――のいずれも、ヒーニーが今傾聴すべき忠告を与えることができないからだ。ジョイスの忠告は「沈黙、亡命、狡智」。Ⅸで、詩人は自己のアイデンティティと出自を否定し、自ら反逆する力にすら絶望した、不自然にあからさまな激しい嫌悪の一節を

爆発させていた。

「自分の立場を知る素早さが私は嫌だ。
自分の出自、私を言いなりにし、引っ込み思案にさせる
あらゆるものが嫌だ。」

……

塚石が塚を拒むことができるかのように。
小渦が水溜りを改造できるかのように。
［『ステーション島』、八五―六頁］

ヒーニーが詩人として、ここで自らを鼓舞するため、イェイツに範を仰いでいたらよかったろう、と期待する向きもあったかもしれない。しかしアングロ・アイリッシュのイェイツが直面した文化的問題は、ヒーニーが遭遇したそれと必ずしも近似していたわけではない。詩人が代わりに向かったのは、彼自身とより近接する経験をそなえた作家である。「ステーション島」の最後の職業的対話で、これらの分身中最も有力なジョイスは、詩人を愛国主義的不安と家族譲りの禁忌抑制から辛くも解放する。

「英語はわれわれのもの。
君は死んだ火を掻き起こしているだけだ、
君の歳の人間には時間の無駄。

連中の詰め込むあの話題は戯けごと、
君の百姓巡礼並に小児的。

まともなことをしても、君自身の救済より
失うものの方が多い。斜に構えよ。
奴らが魔法の輪を広げたら、自力で泳ぎ出す
潮時さ、君自身の周波数発信で、
エコー測深、捜索、探索、好餌、
四海を満たせ、

大海原の深海の闇に煌めくシラスウナギの稚魚。」

〔『ステーション島』、九三―四頁〕

ジョイスは彼自身よりヒーニー的な言葉で話す（エコー測深……好餌、／煌めくシラスウナギ稚魚）が、ジョイスのアイルランド主題との関係――切り離し対親密さ、軽蔑で加減した親愛、過激な発案を刺激する身に染み付いた伝統――は、アイルランドの他のどの分身より多くのものをヒーニーに与えた。

他の経歴を持つ現役の人物に照らして、詩人の職業を試すことで、「ステーション島」はヒーニーを確固たる民衆文学の領域に引き入れた。孤独な子どもの瞑想の夢うつつの恍惚、無言の鉄器時代の屍体の神託めいた暗黒、そしてグランモアの家庭的隠棲はすべて消滅、ヒーニーの昔馴染みの能弁家たちが続々登場する。あたかも「ステーション島」における犠牲者や作家たちの声によって、彼の天職の目処がついたようである。彼の心中を徘徊するこれら現在

の訪問者たちを、彼は無視できないし、彼自身が周辺に押しやられた奉公人か無言劇役者になるファンタジーに引きこもることもできない。彼は現在の危機を積極的に見つめ、現代の犠牲者たちに、平常の口語英語で、彼の（しばしばまごつきながらの）瞑想を通じて、「自ら発言」させなければならないが、政治や憐憫による芸術のぶれや歪みに抵抗する知的道徳的独立――ジョイスの仕事に象徴される――を保たなければならない。

歴史的状況（現実の生と死）に忠実であるという義務は、詩に細部の積み荷を課し、（XIに見られる十字架のヨハネの翻訳を除き）抒情詩に最もふさわしい「歌の短い燕の飛翔」（テニソン）を禁じる。「ステーション島」の息の長い持続的仕事の後、「蘇ったスウィーニー」の短く機敏で、辛辣な連詩を創作、その鳥瞰俯瞰がヒーニーのかつて書いたことのない、風刺的で辛辣な抒情詩に霊感を与えるかたわら、抒情詩のもたらす慰安にも新形式を提供した新たな分身、油断のない辛辣なスウィーニーを登用したことは、ヒーニーにとって真の救いとなったに違いない。

「蘇ったスウィーニー」から、私は既に「最初の王国」でヒーニーの家族史再考を、「山毛欅《ぶな》の隠れ家」において彼の「樹上の家」再考を見、またこの連詩の結びの詩――ラスコーの洞窟に刻まれた鹿図の熟視に休息を見出す、雄弁な「旅の途中で」――も引用した。スウィーニー連詩に私たちが見ることを許されるのは、ヒーニーがアイルランド共和国における第二の人生に目覚め、彼の過去を再びおさらい《スキャン》しようと振り返る決意をする姿である。イェイツ流のイメージで、彼は撚り糸の球、すなわち彼の意識の螺旋を描く軌跡を解き、その手がかりに従って、少年時代のコテージに戻り、両親の「性を刈り込んだ、行き止まりの／苔談話」――彼自身の適切な詩的言語を絞り出すため、忘れ去らねばならないだろう――に耳を傾ける。（スウィーニーとしての）ヒーニーは、票石持参で押しかけ、彼を「戦場外の食客」呼ばわりする同郷人たちから最初の逃避飛行を行なう。別の詩で、彼はいかに性の目覚め（「盛りの雌狐の吠え声」）が「上品ぶった模範的な星々」の氷を割って、彼を想像裡に「例の内々の／コペルニクス以前の夜」から解放したか、思い出す。キリスト教が古代アイルランドで栄え始めると、異教信仰は（スウィーニーの形をとって）周辺に追いやられ、ローナンはついにスウィーニーに呪いをかけ、彼を鳥に変えてしまう。しかしスウィーニーはその変容に思わぬ御利益《ごりやく》を見出す。

彼の家の破風や尖塔に
その旗を立てた歴史は
こそこそ隠れ、泣き言をいう
行進に私を追い出した。
あるいは私が背を向けた？
彼の認めらるべき点は公平に認めよう

結局、王国へのわが道を開いたのは彼、
かくも広大な、そして中立同盟の
わが空虚が気の向くまま統治する

〔『ステーション島』、一〇七―八頁〕

しかし「中立」なるものは、地位と役割の重い繋縛に慣れていた前王のスウィーニーにとって、先ず「空虚」と感じられる。「空虚」と「中立」の検討は、将来の著作においてヒーニーにとってますます重要になるだろう。今は彼の南への移住によって挑発された新しい言葉――スコープ、中立、空虚、気紛れ――に注目するだけで十分だ。スウィーニーは見事な中世の飛行で彼の高みから、「写字生」において彼の王国の作家たちのナルシシズムや陰口を叱る。

私は彼らに好意を持ったことはない。
優秀であれば、生意気で
彼らが潰してインクに変えた
柊《ひいらぎ》のように刺々しい。
私が彼らの一員でないとしても、
彼らは私の席を拒むことはできない。

写字の端々の下にひそかに、
彼らは近視眼的怒りを凝集した。
恨みは大文字の羊歯の葉の開く
先端に種が蒔かれた。

ヒーニーがそのような怒りを露わにするのは、正当な場合にしても、珍しい。ここにおける彼の怒りは、自身の擁護よりむしろ、文学の擁護のためである。ヒーニーの結びは、スウィーニー（『狂気のスィヴネ』のすべての美しい抒情詩の作者）によって写字生に向け発せられる、この正当な挑戦である。「彼らの嫉妬の芸術への／この少なからざる貢献を記憶させよう」（『ステーション島』、一一一頁）。

「写字生」の魅力――その堅固さ、その風刺、そのアイロニーに加えて――は、彼ら自身の言語学的絵画的言語を用いての、写字生への確固たる譴責にある。私たちは「刺々しい」、「柊」、「切れ端」、「集める」「怒り」にアングロ・サクソンの軋みを聞き、「開く（カールを解く）／羊歯の先端」、にアイルランド語の絵画的常套手段を、「写字」、「恨み」、「大文字」にはラテン性を感じる。スウィーニーの結びの自慢は、写字生の大げさな気取りの念入りな踏襲である。彼らは「彼らの嫉妬の芸術への／この少なからざる貢献」を無視してはならない。*Con-siderable*（*cum*+*sidus*, ‘costellation’）は、『狂気のスィヴネ』におけるように、諸要素の集合を星座のような全体に集めることを意味する。貢献 *contribution*（*cum* +*tribuere*, ‘to grant’, from *tribus*, ‘tribe’）は、スウィーニーの写字生との血縁を喚び出すことによって、彼らが彼と彼の部族の文学への増補を拒絶できない、と主張する。*Jealous*（*zelosus*, from *zelos*, ‘zeal’）は、彼らにかつて含まれていた熱意が悪しき語源学的子孫、嫉妬 jealousy に転じたことを示唆する。ヒーニーの語源学的音叉は、そんな瞬間いつも正調を響かせる。

『ステーション島』の短詩中にヒーニーが選んだ範例が、コニャックを楽しみながら「サハリン中を囚人ガイドにつきまとう」ことができたチェーホフ[9]であるように、「蘇ったスウィーニー」の助言者役は、セザンヌ（「ある画家」）である。その切り詰めた芸術――ルネッサンス絵画の豪華な明暗法《キアロスクーロ》と伝統的静物画の豊富な騙し絵双方への、モダニストとしての抵抗を伴う――は、ヒーニーの目に一つの理想と映る。セザンヌを通じて、ヒーニーは感傷や過剰な装飾性への審美的頽廃のみならず、他者の評への気配りという道徳的頽廃からも身を守ろうとする。セザンヌは何であれ、芸術を貶《おとし》めようとするものに対する芸術家の正当な怒りに許可を与える。

私は彼の怒りを思うのが好きだ
彼の岩に対峙する頑固さ、
青い林檎から本質を取り出す強制力……

常に感謝や賞賛を期待する
俗物根性、それは彼から
ものを盗むようなものだ。

〔『ステーション島』、一一六頁〕

ヒーニーが「蘇ったスウィーニー」によって自らの注意を喚起した、新たな理想の爽やかな特質――幅、中立性、空虚性、自由度、怒り、頑固さ、強制、剛毅――にもかかわらず、彼の受けた躾の古い理想はそれなりのしぶとさを以て居残り、完全撤廃を拒否する。スウィーニー関連の全詩中最もパンチの効いた、ドライでうってつけの作で、詩人は捨てがたい絵画コレクションを熟覧、それらを高貴な名称で「古いイコン」と呼ぶ。三点あるうちの一つは、刑の執行を待つ獄中の愛国者の――「宣告を受けた顔」に照明を当てた――エッチング。もう一点は刑罰〔カトリック禁教〕の時代、秘密の屋外ミサ――会衆がイギリス兵の到着で解散させられる寸前――の油絵風石版画。第三は一七九八年革命委員会の素描――「後列、左から三番目、きちんとカフスを付けた」委員の一人の裏切り寸前――。それは詩人が「他の誰よりも強烈に惹きつける」と思う密告者。彼は「自分たちに示された人生に背を向ける」（「穴熊」）ことを選び自滅、他者を滅ぼした男だ。裏切りは、殺人のように、明るみに出るが、その結果は歴史を通じて分散し、永遠に計算外、評価不能に留まる。

古いイコン

すべてが終ったというのに、なぜ私は古いイコンにこだわったのか？

I

一条の光りの中で腕組みをする一人の愛国者
独房の鉄格子の窓と宣告を受けた彼の顔が
この小さなエッチングの明るいスポット。

油絵風石版画一幅——積雪の丘陵、破門司祭の赤い祭服、
徒歩で近づくイギリス兵《レッドコーツ》たち
見張りが狐のように山を越えてやって来る。

昔の叛乱扇動屋たちの委員会、
留め金付きブローグシューズ[10]にチョッキで勇躍出席、
委員名簿、即密告者のリスト

後列、左から三番目、きれいなカフスの、
他の誰よりも強烈に惹きつける男、行動の急先鋒
が用意した、それが己《おのれ》の拷問と同志の破滅を招いた——

彼の名のリズムそのものが
高くついた裏切り行為の記録

今は白日の下、暈りしれない。

〔『ステーション島』、一一七頁〕

「古いイコン」の手法は簡潔、変化に富み、控えめな表現。強力な「古いイコン」のどれもが三行で語られる。それぞれが明確な絵でありながら、描かれた人物の無名性――「密告者のリスト」上の「名前」と対照的に強調されて――は、北アイルランドの情景場面には常に愛国者がいたことを示唆する。いつも肩を寄せ合うカトリック少数派、いつも独りの裏切り者。詩人が古いイコンを捨てきれないのは、それらが時代遅れでないから――すべてが代わったが、何も変わっていない。ヒーニーがここで集団の無名性を見捨てるのは、ボッグ人の場合のように原型のためではなく、具象のためである。ロバート・エメットは今日のボビー・サンズ[11]、昨日のミサに集まった会衆は今日の市民権行進の肩を寄せ合う群衆、昨日の「きれいなカフス」は（ヒーニーによれば、ユナイテッド・アイリッシュメンのレオナルド・マクナリーなる人物）、今日の――誰にあたるのだろう？

ヒーニーの視覚的焦点がこれほど鮮明だったことはかつてない。第二連の「光」、「窓」、「明るい」が各詩行に一条の光明を差し入れる一方、第三連では視覚芸術の脅迫的現在形が徒歩で迫る兵士と見張りを絶え間なく近づけるにつれ、二つの対照的な赤いスポット――司祭の赤い祭服とイギリス兵の赤い軍服――が、イデオロギーの対比を際立たせる。第四連は留め金付きブローグシューズとチョッキの群像全体と、彼自身グループのグリッド内に幾何学的に位置する「きれいなカフス」の共存する同じ視覚的明快さで始まる。

しかし詩の第二楽章――見えないものに関わる――が、今度は見えるものにとって代わり始める。この新たなモチーフは先ず目立たないように、チョッキの群れと「後列、左から三番目のきれいなカフス」の間に挿入されている。私たちが内々に関与する最初の見えない対象は、秘密の「通報者のリスト」である。私たちが気づく最初の見えない行為は、きれいなカフスの既に実行された、そのリストの「用意」、彼の「高くついた裏切り行為」である。イコンに隠された次の見えざる事件は、委員会の他のメンバーの将来の「破滅」。そして裏切り者のリストが「伝説」になり、「彼の名前のリズムそのもの」が裏切りの記録と同義になるにつれて、その次に来るのが歴史の審判だ。

これら「見えざるもの」すべては、もちろん今は「透明」である。それが歴史的記録の通例の結末だ。しかしそれらの結果をどう判断するか？　原因が結果に至る拡散そのもの――災難の広がる波紋――が判断を悩ませる。詩は表現不可能性の修辞、「ここが言葉の限界」という意味のジェスチュアで終る。そして二重の「今」――「透明」に後退、「量りしれなさ」へ前進――を回転軸に、詩はバランスを保つ。

この歴史の可視性の世界から不可視性の世界――事実から結果へ――に至る通路が、今やヒーニーにとって最も重要なのだ。古いイコンのそれぞれが文化的結末に共鳴する（教訓の得られるのは第三のイコンに関してのみ、であるが）。事実が瞑想を助長するにつれ、表象はオーラに変ずる。ヒーニーの詩は、目に見え、イコン的（絵になるが、無名）、歴史的（有名で登録されるが、イコン的でない）なものと、「オーラ的」――感じられ、伝説的、量りしれない――ものとの間を舞う、この例におけるほど、確信に満ちたことはない。これらのすべては詩人にとって重要であり、彼の詩はここにおけるように、それらが存在感と力を以て共存する方法を見出す時、最も充足する。スウィーニーという分身は、ヒーニーにかくも雄弁で説得力を持つ詩を書く幅と自由を与えた。そして「ステーション島」の個人的証言からの抽象において、それらはヒーニーの『山査子の実提灯』における寓話的冒険への橋渡しを果たす。

再考

彼自身の共和国への移住とともに、北アイルランドにおける殺戮の継続（『ステーション島』の全犠牲者とテロリストに見られる）は、それらに対して、またそれらを通じて、彼自身の存在と機能を定義すべき代表的分身――神話的、歴史的、現代的、動物さえ——をヒーニーに強いた。上記のように、どちら「側」かは、世界中で暗殺された彼の仲間たちのいや増す屍体数ほど、ヒーニーにとって重要ではなくなった。その犠牲者群の決定的イメージは、最終的に群像形式で、『水準器』（一九九六）に収録された詩「ダムソン＝西洋スモモ」に登場する。

「ダムソン＝スモモ」は、子供のヒーニーが先ず出血する傷を見るところから始まる。彼は賛嘆しながら、煉瓦積み職人が刃の鋭い鏝《こて》を浸けたり光らせたりしながら、壁を築くのを見守っている。職人の隣にはランチ・バッグ、その子供は「彼の詰め込まれたランチから滲み出た／ダムソン＝スモモの染み」に気づく。突然男は手元が狂い、指関節を鏝で擦ってしまう。彼は血の噴き出る右手を高く上げ、見守る子供はその血にショック（詩人の記憶が今蘇らせる）を受ける。

［彼が］五十年前、
ねばねばした色に見た傷が……
今ここで、どこでもない至る所から
腕を振り上げて泣いている死者。

［『水準器』、一一五頁］

この記憶に、いつも意識の端すれすれに蠢《うご》めいている死者たちが、煉瓦積み職人の血の献酒に召喚されて彼らの見えない世界から顕われる。彼らは詩人とその分身、傷ついた鏝使いを圧倒せんばかりに脅かす。

血を一嘗めしようと舌を突き出す亡霊たちが
梯子に鈴なり、皆癒えぬまま、

I

まだ血染めのギア装備のままの者も。

血だらけで押し寄せる亡霊たちは、他のすべてを押し退けて詩人の想像力を占拠する。オデッセウス（犠牲の仔羊の喉から採った血の神酒で、死者の亡霊を喚び覚ました）を思い出したヒーニーの尤もな最初の反応は、煉瓦積み職人に亡霊たちを冥界——すなわち、血塗られた彼らの推定殺人現場、彼らの出所、詩人の想像力の恐ろしい領域——に追い返す手助けを依頼することだ。

彼らを追い返せ、玄関や道路へ
彼らがかつて自らの血の海、熱い嘔吐、
愛する命の最後の喘ぎの中に横たわる。
鐺の使い手、怪我人よ、追い払え
激して剣を揮い、溝を掘り、
犠牲の仔羊の喉を掻き切った
ハデスのオデッセウスのように、

これは、悪夢や回想、強度の抑圧から生じる恐怖に誰もが示す最初の反応である。しかしヒーニーの再考——この詩を血の象徴となる前の労働者（ただ鐺を振るい、家から持参したダムソン＝スモモを食べるのを待っているにすぎない）で結ぶ——は、詩人が亡霊を殺される瞬間（それは結局、彼らの歴史の最後の瞬間にすぎない）に喚び戻すのではなく、むしろ故郷の彼らの生活の初期の、よりよい、より人間的な日々に帰還させることを可能にする。亡霊との交渉において、オデッセウスの先例に従うな、と詩人は言う（煉瓦積み職人同様、彼自身に対しても）。

しかし彼のようにではなく——
勝者ではなく、築く者、君の楯はモルタル・ボード——
彼らを追い戻せ、家庭の黒ずんだワインの風味へ、
鍋で湯気を立てるダムソン＝スモモの匂い、
たっぷりと掬われ、日を浴びて流れ落ちるジャムへ。

〔『水準器』、一六頁〕

魔除け、あるいは亡霊を犠牲者としての地位に保つ代わりに、詩人は亡霊を日常世界に再設定することを選ぶ——彷徨う人々ではなく、彼の兄弟として。「ダムソン＝スモモ」の日だまりの台所の場面は、ヒーニーの「陽光」における明るい記憶——彼の叔母メアリー・ヒーニーがモスボーンの長閑な台所で、パンを焼いている——を想起させる。ヒーニーは「陽光」と「種芋を切る人々」（私がこの著書の冒頭で取り上げた）を、流血の暴力に対抗させるために『北』への献詩とした。二つの献詩は、平和的に密接に連繫して日常生活を送っている人々を示す。「種芋を切る人々」は群像の肖像だが、「陽光」はつましい限界内の牧歌的なものを謳った比類ない詩——大人の愛情に霊感を受けた子どもの無言の幸せを伝える。

日だまりの不在があった。
裏庭の兜を冠った手押しポンプ
鉄は熱せられ、

I

水は蜂蜜状

ぶら下がったバケツの中で。
そして陽は
壁を背に冷えてゆく
フライパンのよう

日々長い午さがり。
彼女の両手は練り粉と格闘、
熨《の》し板の上で。
赤く燃えるストーブは

金属板の熱気を
窓際に立つ
粉まみれのエプロンの
彼女に照り返した。

鵞鳥の羽根箒で
熨し板を払ったり、

膝を広げて腰掛けたり、
爪を粉で白く染め、

脛に麻疹のような赤班——
ここでまた一息、
二つの時計の音に合わせ、
スコーン膨らむ。

ここに愛がある、
粗挽き粉入れ容器に深く沈み、
元の光沢を失った
錫工職人の大匙のような。

〔『北』、八―九頁〕

この絶妙な風俗画——窓際の捏《こ》ね板に屈み込み、オーブンが熱するのを座して待つ無名の女性のフェルメール的瞥見は、表で「日だまりの不在」、裏で「再び一息」の枠にはまる一方、空っぽの台所でスコーンが膨らむ——は、最終連でほとんど目に見えない愛の輝きによって、その深く平和的なバランスを説明する。この愛がこの詩の甘い日だまりの暖の源泉である。ずっと後の「ダムソン＝スモモ」の後で「陽光」を再読するのは、悲痛を禁じ得ない。牧歌的オランダの光に、今度は大人の赤い血が流れ込むのだから。毒々しい赤がスモモ・ジャム作りの錬金術によって、「家庭の黒ずんだワインの風味」に変貌するのは確かだが。赤色でさえ、家庭の日常性に吸収される人間の無害な活動に再び聖別可能である。しかし、錬金術を以てしても、その赤が幼年時代の台所の日だまりの聖域に入り込まなければならなかったとは、想像力にとって堪え難い傷痕として残る。

ヒーニーの代理の「煉瓦積み職人、怪我人」は詩人の幼年時代の旧職人的分身に遡るが、職人の登場する場面そのものが今や(「ダムソン＝スモモ」冒頭の詩行によれば)、「赤色とセメントの埃。／煉瓦積み職人の指関節の上の／艶のないべとべとした血」なのだ。新たな紋章は、葺き終えた屋根の上に「蹲る」茅葺き職人のみならず、キーツ流「赤色」(12)——もう一つの血の様式化——で表わされた煉瓦積み職人も含まなければならない。ヒーニーの想像力がそれ自身を再考するのは、そのような方法によってである。彼の度重なる重層化——この場合、以前の経験(パン作り)の上に経験(ジャム作り)、経験(煉瓦積み職人)の上に芸術(「ダムソン＝スモモ」)、芸術(「ダムソン＝スモモ」)の上に芸術(「陽光」)——は、彼の詩のそれぞれをそれに先行／後続する他の詩群に共鳴させる。犠牲者と彼自身双方を流血と犠牲の雰囲気に閉じ込める代わりに、彼の煉瓦積み職人の分身を礼賛することで、ヒーニーは自戒している。暴力のポルノグラフィーの誘惑に負けないように(現代の「証言の詩」に目立つ誘惑、特に、彼らが書く暴力に彼ら自身は晒されていない傍観者によって書かれるそれに)、と。

訳注

(1) アイルランドにおけるプロテスタント系の特権階級がその利益を守ろうとして組織した政治結社。オレンジという言葉の起源は、英国における名誉革命(一六八八―八九)後、ネーデルランドの新教を奉じるオレンジ公ウィリアムが英国王となって以降、カトリック教徒と対立するプロテスタント勢力はオレンジ色で表されたからである。

(2) 一九七〇―七一年カリフォルニア大学バークレー校に滞在中書いた散文詩抄。その後選集に収録。

(3) **Edmund Spenser** (1552?-99). アイルランド総督グレイ卿の秘書として任地に随行、生涯のほとんどを同地に過ごしたイギリス詩人。畢生の大作『神仙女王』（一—三巻、一五九〇、四—六巻、九六）の続編原稿は、一五九八年館焼打ち事件で焼失したとも言われる。

（4）一八一一年、十ヶ月にわたる夜ごとの彗星の出現に人々が驚いた。キーツは *"On First Looking into Chapman's Homer"* と題した詩の中で、これを新たなる文学の登場に喩えた。

（5）ゲール族の神話で、フォヴォール族の独眼の死神。その眼を見た者は殺される習わしだが、投石で彼の眼を直撃した敵により殺された。

（6）東サクソンの族長。十世紀末デーン人との戦いでイギリス軍を率い、戦死。

（7）（一八三四？—九〇）。ネイティヴ・アメリカン、スー族の族長。一八七七—七八年アメリカ合衆国との戦いでスー族を率いるが、カナダに逃亡、一八八一年帰国して居留地で暮らした。

（8）How perilous it is to choose
not to love the life we're shown?
His sturdy dirty body
and interloping **grovel**.
The intelligence in his **bone**.
The unquestionable houseboy's **shoulders**
that could have been my **own**.
〔編訳者強調〕

（9）**Anton Pawlovich Chekhov (1860-1904)**. ロシアの作家、医師。流刑の島へ旅立つ前夜、友人たちにコニャックを一壜贈られた彼は、犯罪者や政治犯たちをインタヴューして一八九〇年の夏を過ごし、その報告を九五年出版（ヒーニー原注）。

（10）アイルランド人等の履く粗革製、頑丈な重い靴。

（11）**Robert Emmet (1778-1803)**. 一八〇三年連合王国成立後、合併反対・アイルランド独立を願い、武装蜂起したが失敗、逮捕後処刑された（エメットの蜂起）.Bobby Sands（1954-81）はＩＲＡ戦士。メーズ監獄で政治犯資格剥奪に抗議のハンガーストライキを指導、獄中でイギリス国会議員に当選（当時最年少）、一ヶ月以内に死亡。

（12）ジョン・キーツは詩才に恵まれた青年であったが、若年時代に両親を失い（母親は結核で死亡）、弟と妹を抱えて、外科医の助手となり（セント・ガイズ病院）、患者の血の色を見て過ごす日々を送った。短い一生の最後の作品『レイミア（蛇女）』では、レイミアは全身真っ赤な蛇で、普通の人間の女性に変身するには、身をよじる苦痛を経ねばならぬとされている。

第五章

寓話——『山査子《さんざし》の実《み》提灯』

ある空間——
完全に空っぽな、完全に　ある根源をなす——
「拓かれた空地」8（『山査子の実提灯』、三二頁）

I

『ステーション島』（一九八四）から『山査子の実提灯』（一九八七）出版までの間に、シェーマス・ヒーニーは両親——二人とも七十代であった——を失なった。母マーガレット・キャスリーン（マッキャン）・ヒーニーは一九八四年、父パトリック・ヒーニーは一九八六年に没した。二人の死がヒーニーの詩に生ぜしめた裂け目は、埋めることのできないある空白が、生まれてこの方彼のものであった現実に取って代わった様《さま》を反映していた。母親を偲んで書かれたソネット連詩「拓かれた空地」の最後は追悼詩になっている。ここで世界を定義するのは、その中で動く存在ではなく、かつてそこにあった現実《レアリア》が削りとられた跡を示す「不在」である。この追悼詩の冒頭に、ヒーニーは「ステーション島」IIIから、若くして亡くなった叔母アグネスを回想する詩行を借りている。叔母の死後、ティッシュペーパーにくるまれ、「大きな樫の戸棚」にしまいこまれた遺品の「海辺で買った小物……玩具の岩屋」を、子供の彼は時々恐る恐る探し出してみた。その小さな岩屋は、世を去った持ち主のことを子供心に思い出させたものだったが、不信心な大人になった今の詩人にとって、それが喚び覚ますのはある空地で見つかった飼犬の腐乱死体という、惨めで汚らわしいイメージである。

私はぐるぐる歩き回っている、と思った、
完全に空っぽな、ある空間の回りを、
音の観念のように、完全にある根源をなす。

踏みつけられた草や藺草《いぐさ》が輪をなす上、
湿原の吐く空気の中に置かれた、ある不在のような――
その輪の中に、私たちは見つけたことがある、
何週間も行方不明になっていた飼犬の無惨な死骸と毛屑を。

［『ステーション島』、六八頁］

キリスト教の来世を信じないこの詩人の、肉体は死滅するもの、という見解からして、母親の死に対して彼に何がいえよう。ヒーニーは「ステーション島」の死の一節から二行を借りて、母への追悼詩の冒頭に置き、今や異なる方向へと導く――有限なものの死骸ではなく、新たな枝を伸ばし続ける樹木のように、母が「明るい虚空」、常に新たな枝を伸ばす樹木のように「枝を張る魂」として、生き続ける息子の追憶に向けて。ヒーニーは求めていたアナロジーを見出す――彼が生まれた時、家の前の生垣に栗の木が植えられた。彼の分身として花開いていたその木は、疾うの昔に伐り倒されてしまった。それにもかかわらず、詩人はそれをまだ「見る」ことができる。

私はぐるぐる歩き回っている、と思った、

ある空間の回りを――
完全に空っぽな、完全にある根源をなす――
わが家の正面の生垣、アラセイトウの上に
花咲く栗の木がその場を失ったところ。
白い木片が次々飛び跳ね、高々と舞った。
私には聞こえた、手斧の一振り一振り、正確な打ち込み、
繁茂していたものが砕け、さやぎ、崩れる音が――
打ち払われた木片の山と一面に散らばった残骸をとおして。
ジャム壺から穴に移され、深々と植えられ、
伐られて久しい、私と共に生きてきた栗の木、
その重みと静もりは今明るい虚空となる――
枝を張り、永遠に黙すひとつの魂、
耳を澄ませて聞く沈黙の彼方に。

〔『山査子の実提灯』、三三二頁〕

生きている不在、というパラドックスがこのソネットに生気を吹き込む。「重みと静もり」（heft and hush）の感覚的な触知性、（これらの柔らかさの後の）「明るい」（bright）における生き生きした母音の輝き出る力、「枝を張る」（ramifying）の無限の分詞的延長、「耳を澄ませて聞く沈黙の彼方に」（beyond silence listened for）における心中の強烈な上方への憧憬はすべて「生きて」いる。しかしこれらの契機すべてに宿る生は、最後の三行を結ぶ女性韻の落下における悲しみと譲歩、「虚空（nowhere）……永遠に（forever）……黙す（silent）……沈黙（silence）」の空白に対

峙しなければならない。これらの難しい共存が、この詩が実証として存在するパラドックスの要約である。この詩全体がこうした「ギヴ・アンド・テイク」の運用といえよう。私たちが花盛りの栗の木を見るや否や、それは「その場を失った」が、「穴」の赤裸々な埋葬イメージに対して私たちは枝を張る「魂」の「完全な根源」を見出す。

実際、『山査子の実提灯』は、ヒーニー最初のヴァーチャル世界――この詩人が『ものを見る』、『水準器』で引き続き探求する領域――の書といってもよいだろう。はっきり触知できるものにこれほど敏感に反応する、ヒーニーのような作家に要求し得る最大の方向転換は、見えざるもの、ヴァーチャルなものに目を向け、伐り倒されたものを表わす「拓かれた空地」を表現に受け入れることである。「拓かれた空地」の七番目のソネット――詩人の母が臨終を迎える――において、夫と子供たちはベッドの傍に立ち、彼らを結びつけていた絆の死を確認する。空いた空間に対応する表現の究極的欠如を示す一節――この一連の挽歌に「拓かれた空地」（Clearances）（アイルランドでは強力な歴史的残響を伴う言葉[1]）の題を与える――は、以下のとおりである。

そして彼女は死んだ、
脈をとるのも終わった、
私たちは皆そこにあって一つのことを悟った。
私たちが囲んでいた空間は空白になった――
心の中に保つべく――
突然開いた空地に、それは滲みわたった。
泣き叫ぶ声は止み、ある純粋な変化が起こった。

〔『山査子の実提灯』、三一頁〕

ヒーニーの想像力はもちろん初めから見えざるものを扱ってはいたが、あの水晶のように澄んだ意識の領域は本来、それに基礎を与える現実感覚に匹敵するほどの肉感的な安定感に根ざしていた。たとえば、攪拌とバター作りの後、家中に残る物質的臭いは心の中にイメージをつくる非物質的な残像、残響、残臭、残触と内面的に合致する。

バターづくりの日のずっと後まで臭いが家中に残る。……
屋内の私たちの動作はゆったりと重々しく、
私たちの脳髄はきれいな水晶で一杯の樅《もみ》製攪乳器と化し、
酸っぱいミルクの立てる音、
小篦《べら》が濡れた塊に当たる音にあふれる。

〔『ナチュラリストの死』、一〇頁〕

『山査子の実提灯』以前、ヒーニーの芸術の中心目標は物質世界をこのようにして、水晶のように澄んだ世界――その透明な世界が彼にとって、伝記、肉体、血の重荷でますます濁ってきたとしても――に変えることであった。
しかし両親の死――暴力による死ではなく、自然死――は、ヒーニーの芸術に新たな緊張をもたらす。不在がいわば、実在よりもリアルになる。ヒーニーの手順は逆になる。今や彼の目標は水晶のように明白で、ヴァーチャルな、不在の領域を物質的なそれに変えること――疑いの余地ない平凡な隠喩《メタファー》によって、それを目に見えるようにすることである。伐り倒される前の栗の木の輪郭は、見えないがゆえにいっそう根深い。人生半ばを過ぎると、周りの風景に、消え去ったものが確認できるものとして「見」えてくるものだ。
『山査子の実提灯』における物質世界と非物質世界の間の存在の平等性の主張は、有名な詩「執筆のフロンティアから」において幾何学的に証明されている。その最初の四つの三行連句――詩人が警察の検問で車を止められる場面

――は、執筆中、良心のフロンティアで自分からペンを止める、というほとんど同じような最後の四つの三行連句にきっちり対応する。ヒーニーのいわんとするところは、私たちが見えざる内なる動きを理解するのは、物質世界における私たちの経験との類推作用《アナロジー》によってのみである、ということだ。母のための追悼詩のように、「執筆のフロンティアから」も、全く空っぽで静まった、ある「空間」の周りに展開するが、この場合、この空間は威嚇的「無」のそれである。その物質的地獄の様相と精神的浄化作用は、ダンテ風の三韻句法《テルツァ・リマ》の一変形を用いることによって強調されている。

執筆のフロンティアから

車が道路に止まる時、
その空間の周りに生まれる緊張と無
兵隊たちは車種とナンバーを調べ、一人が顔を

車の窓に近づけると、向こうの丘に
もっといるのが見える、銃を構え、
目を凝らしてこちらを窺っている

すべて型どおりの検問
やがてライフル銃の合図に動き出す、

恐る恐る素知らぬ顔でアクセルを踏み
多少の虚脱感、多少の憔悴
いつもながらの身の震えに、
まだ圧倒されながら、従順に

以上が物質的存在に起こることである。それでは内面生活においては？　この詩の「見えない」後半で、正確に繰り返される唯一の有意義な言葉は「銃」であるが、自己疑惑の渦巻く内的場面は外的場面の繰り返しになっている——フロンティア、兵士たち、銃、検問。執筆への内面的（精神的）解放の形で通行許可が与えられると、急にすべてが流れを作り、物事の表面は再び書き込むべき「磨かれたフロントガラス」に映し出される。

Ⅰ

こうして人は執筆のフロンティアへと運転を続ける、
そこで同じことがまた起きる。三脚台の銃、
携帯マイクで君のデータを繰り返す軍曹——

通行許可の連絡を待ちながら——
狙撃兵は日の当たらない場所から
鷹のように君に照準を合わせる。

尋問の後解放され、突然検問終了――
まるで滝の背後を通り抜け、
アスファルト道路の黒い流れに乗ったよう――

装甲車を後目に、配備された兵士たちが
磨かれたフロントガラスに、樹影のように次々と
流れ込んでは消えて行く間を通って。

〔『山査子の実提灯』、六頁〕

ここにおける最終的自由は、上天へ到達したダンテの自由にはまだなっていない。兵士たちは精神のフロントガラスにまだ影を落としているが、樹木という有機的形態に次第に変容しつつある。

（現実の）検問が創造力不調の隠喩として表われているのか、あるいは実際の検問時の作家の服従が執筆時の内的等価物を意識させたのか。物質的、非物質的三行連句がそれぞれ、この詩の天秤皿に等しい錘を載せているので、二つの可能性は互いにバランスを保っている。確かなのは、アイルランドのヒーニーの読者にとって、検問は嫌悪すべき（そして強烈に記憶に残る）人生の事実であることだ。そして八つの連で二度、検問を通過させられることは強力な感情的反応を保証し、見えざる「執筆のフロンティア」に堅固な現実性《リアリティ》を与えている。

ヒーニーは『山査子の実提灯』にこのような寓話《アレゴリー》を多く書いている。ヴァスコ・ポパ[2]、チェスワフ・ミウォシュ[3]、ズビグニェフ・ヘルベルト、ミロスラフ・ホルブ[4]（Miroslav Holub）ら東欧作家たちによる（共産党の検閲を躱《かわ》すためにも発明された）寓話的で比喩的な詩に、彼が負うていることはしばしば言及されてきた。しかし、ヒーニーの寓話は検閲逃れのために書かれたのではない。一方では政治的ジャーナリズムの話題性を逃れるため、他方では見えざ

るものの領域を定義するためである。ヒーニーの幼少期教育において、見えざるものはナショナリストの政治か、カトリックの宗教特権であった。『山査子の実提灯』で、ヒーニーは俗人の精神にとって形而上的、倫理的、精神的関連部門の領域をいかに利用すべきか、探求する仕事にとりかかる。

　従ってこの詩集の冬らしい標題詩において、山査子の茂みの「季節はずれに燃える実」は、詩人によって倫理的対象——一人の義人を求めて、ディオゲネース[5]が掲げたカンテラ——へと変容する。山査子の小さな実は、焦点のトリックにより、詩の中でのその機能に応じて拡大されたり、縮小されたりする。最初それは自然の植物そのもので、「小さな人々のための小さな灯」に甘んじ、「彼らの目を照明で眩ませなくてもよいよう」、壮大なもの、託宣、予言めいたものに対して詩人に警告する。詩のこの部分はささやかな五行しかとらず、より重要性を帯びる次の八行連——この実はディオゲネースのカンテラのように、一瞬神話大に膨れ上がり、やがて小枝の言及とともに「目線」の現実の小ささを取り戻す——を導入する六行連に近いものとなる。

　　しかし霜が降り、吐く息が羽毛飾りをつけると
　　それは彷徨うディオゲネースの形をとる——
　　カンテラをかざし、一人の義《ただ》しい人を求める——
　　そこで君はじっと見つめられることになる——
　　小枝の先に彼が目線に掲げる、山査子の実の背後から——

比喩的なカンテラは物質的山査子の小枝にいかにもしっかりと固定しているので、（検問同様）現実と隠喩はほとんど区別できない。最後の三行の詩の動きはあまりに早いので、理解できないほどである。山査子の実の本質的誠実性

──その診断に役立つ棘の鋭さ、傷に負けない円熟の模範的保存、道徳のレーザー・スキャン──を前に、詩人はたじろぐ。ディオゲネースは素早く一瞬のうちに吟味を了え、判断を下す。「彼は目線に山査子の実を掲げる。」

その堅く結んだ芯と種子を前に人はたじろぎ、
そのちくりと刺す血液検査に合格を願い、
その啄《ついば》まれた円熟ぶりに透視されて、立ち去る。

結局テストは落第、山査子の実は通り過ぎ、一人の義《ただ》しい人はまだ見つからない。かくも素速く、混乱のうちにこの詩を終らせる──ディオゲネースに待ってもらい、もう一度走り読みしてもらう機会すらないまま──特色は、その明らかな平行主義の持つ非提携性である。どの項目も他から少し調子がずれている。

人がその前でたじろぐのは　a）その堅く結んだ芯と種子──山査子の実にとって内在的な特質
b）そのちくりと刺して血を出すこと──人に向けられた、山査子の実にとって潜在的な行為
c）啄まれた円熟ぶり──山査子の実にとって外在的な属性（啄まれてできた形容詞形の傷）──と結ばれた抽象的な成長点（円熟ぶり）──内的法則によって到達した──

人が願うのは、その刺して出る血が　a）人を試す（先ず）
b）合格させる（結果的に）

しかし
その円熟ぶりは

a）人を透視する（他動詞）
b）去る（自動詞）

以上の分類表は流動的に、目立たずに起こっていることを図式化したものである。しかしヒーニーの統語的動きのいや増す器用さは、彼の「ヴァーチャルな」世界の標識の一つであり、「執筆のフロンティア」の結びの「流れ込んでは消えていく」のように、ここでも歴然としている。『山査子の実提灯』において、ものが様々に姿を消そうとし（「消えゆく島」）、「乳白色に染まり」（「ミルク工場」）、「あらゆる知の域外へ」飛んで行き（「ロバート・フィッツジェラルドを記念して」[6]）、流砂に書かれて（「撮影台本」）も、それらはほとんど見えないか、やがて見えなくなろうとしている。

親の死後の通例において当然避けられない子の抱く憂鬱は、「荒目篩《あらめふるい》」という絶妙な詩に最もよく見てとれる。それは篩で水を運んだニオベの娘たちの冥府伝説を、詩人の罰――終わりなき価値の荒目篩で水を運ぶこと――へと変える。『山査子の実提灯』において審問されるのが正義の倫理的カテゴリーであるとすれば、「荒目篩」で探求されるのは価値の形而上学的カテゴリーに入る。ここで詩人が描写するのは、（彼の時代以前）何かを残し、他を落として、篩にかけるのに使われた目の荒い篩である。より価値があるのはいずれか――篩の内側に残されたものか、振るい落とされたものか。誰に撤回できようか。

それが使われるのを見たことはないが、まだ聞こえるのは
網目の上で跳ねるものが振るい分けられ、落ちる音

土塊《つちくれ》と芽《つぼみ》をちょっと振るうと、
下に滴りつもる山。

どちらがよいのか、残るものと落ちるもの。
それとも、その選択自体が価値をつくるのか。

これを読んで感じることのできるのは、感覚的なものに傾く彼の過去の傾向（もの、跳ねる、網目、土塊、芽、塵、滴り）と抽象的なものに向かう現在の傾向（何がよりすぐれているか、選択、創る、価値）の接点で、ヒーニーが経験する内面的緊張である。最初の四行の納屋の塵といった雰囲気、五行目の口語調の後で、六行目——哲学の試験答案からとったような——に来ると、ある衝撃《ショック》を受ける。競い合う話法のこの衝撃が、この詩に弾みを与え、読者を促して読み進ませる。

「跳飛」のやり方で、詩人は彼の想像力を篩に投げ返すが、今度は現実のそれではなく、ヴァーチャルな篩である。彼は自分自身を書き込む黙劇——篩かけの精神的「マイム」——に登場させる。「脚を広げ、手捌き巧みに、マイムを始めよう／想像されるものから実感されるものを振るい分けるために。」しかしそのような振るいは可能だろうか。実感されるものは「想像されるもの」の出発点ではないのか。そして想像されるものは「実感されるもの」に何かを与えはしないか。非常に［ウォレス・］スティーヴンズ的質問だが、ヒーニーはスティーヴンズ的答えを与えようとはしない。その代わり彼は、カトリックの過去から二つの句に連続して手を延ばす。一つは「責められるべき無知」——真実を提供されながら、それに無知なままでいる決意をする者の罪——である。福音書の説教を聞きながら、種子の根づくことのできない、石だらけの土地しか用意しなかった人たちの罪だ。現在の自分の不信心においては、信仰と価値の問題を完全に避けることになるかもしれない、とヒーニーは恐れる。しかしそこで詩人は第二の切り札となる句、「否定の道」（via negativa）という強力な概念を思い出す。「否定の神学」において、人が神を知ることができるのは、神がそうではないという「否定的方法」によってのみである。神は死ねない、神は苦しむことができない、神は変化できない、神は悪を行えない等々。信仰のこの定義において、人は真実の確認によってよりもむしろ虚偽の否定によって、敬神の念を堅持する。死によって引き起こされる「落ちるものと落とされるもの［意気消沈］」、その結果として生の意味、その可能性の侵害、不安定な「振るい分け」の憂鬱——これらはすべて形而上学的な「謎＝荒目篩」（riddle）の構成要素である。［以下引用中、編訳者、英語行末補足］

脚を広げ、手捌き巧みに、マイムを始めよう
想像されるものから実感されるものを振るい分けるために［imagined］
そして荒目篩で水を運んだ男の物語で［story］
何が起こっていたのか、解いてみよう。［riddle］
責められて然るべき無知だったのか、それともむしろ［rather］
落ちるものと落とされるものによる「否定の道」だったのか。［let-downs?］
［『山査子の実提灯』、五一頁］

ヒーニーは彼の「落ちるものと落とされるもの」を、下降する行末——‘imagined’, ‘story’, ‘riddle’, ‘rather’, ‘let-downs'――によってだけでなく、荒目篩の詩を疑問文で終わらせる（『山査子の実提灯』の中で疑問形式で終わる唯一の詩）ことによって表現する。（ヒーニーがしばしば促されるように、「旗幟を鮮明にする」代わりに）荒目篩と詩のテクストの「否定の道」を用いることは、喉の渇いた民衆にもたらす水の量が減るように思える。一面的な勧告的詩は、「想像されるものから実感されるもの」を振るい分けようとする、謎解きのような一連の曖昧な沈思黙考よりも、人の不安を慰籍してくれるように見える。しかし詩人は自らの意気消沈に忠実であることによって、一筋に思い込まれた大義に血道を上げて結集するより、究極的にはもっと同胞の役に立つかもしれない。

『山査子の実提灯』は知的な一巻の詩集である。それは熟考し、価値を評価し、選択し、判断を下す。それは詩人の「再考」――「否定の道」のように、事前に形成されたいかなるイデオロギーをも心から容認することはない――への傾向を吟味する。そのすぐれた弁明《アポロギア》が再考の詩、「テルミヌス」――逆説的に（明らかに故意に）三部からなる――である。（スティーヴンズ「私には三つの心があった、／黒鳥が三羽いる／木のように。」）境界の神テルミヌスは両側を見ていた、思索に耽る詩人もそうしなければならない。ヒーニーは自らの再考への衝動を、北部産業地帯の農場育ちということで説明する――そこには鉄のボルトと団栗《どんぐり》、工場と山、汽車と馬、イソップの寓話とキリスト教の格言、流れる川とそれを囲む土手が共に身近にあったのだ。詩の最初のⅠ・Ⅱは、習慣的行為の 'if' と 'when' により構成された、対抗圧力を確固たる左右対称方式で提示するが、Ⅲは対抗圧力よりも、それらの間でバランスを維持しなければならなかった少年に焦点をあてる。

二つのバケツは一つより運びやすい。
私は両者の間で育った。

私の左手は鉄の標準分銅を載せ、
右手は秤を傾けて最後の一粒を加減した。

郡区と教区［baronies, parishes］の境界に私は生まれた。
中央の踏み石に立った時

私は川の真ん中で馬に跨った最後の伯爵だった——
貴族仲間［peers］の耳に届く範囲で、まだ和平を協議［parleying］しながら——　［『山査子の実提灯』、五頁］

ヒーニーにおける単純なスタイルと入念なスタイルの間の綱引きを、これほどはっきりと示す一節はない。最初の二つの二行連句は、人の魂が神の秤にかけられている時の特定の判断に適したスタイルで書かれている。しかし 'baronies, parishes... parleying... peers' の響きとともにノルマンの語彙が詩に入り込むや否や、想像された、金色の、紋章的なものが、単純さの比喩的な軛《くびき》と天秤皿にとって代わる。一般人から伯爵へ、福音書からロマンスへ——話法自体が語源ごとに再考を提供する時、詩人は再考せずにいられようか。一六〇七年の「伯爵たちの逃亡」——ゲール族最後の族長たち（オニールとオドンネル）が大陸に亡命した時——アイルランド原住民とイギリス侵略者の共存の可能性は断たれた。「リネンの町」におけるように、ここでも特徴的なことに、取り返しのつかない新たな段階が政治の場面を決定的に変える前、最後の開かれた瞬間にヒーニーは立ち止まる。和平を協議すること（parley）は、話し言葉（parler）を通じて交渉することである。神話のテルミヌスのように境界に立ち、川の真ん中で、争う当事者たちの間で言葉を生かそうとつとめることは、未だ詩人の役目である。

『山査子の実提灯』の形而上学的な寓話の幾つかは、バニヤン風[8]の語りの単純な言語で書かれている。その他の寓話は広く様々な話法を示す。その中で最も自伝に近い「願望の地から」は、哀れを誘う旧世代――雄弁術、ダンス、歌といった儀礼的なナショナリストの慣行を諦めのうちに遂行している――を、（ヒーニー自身の）若い世代――大学教育を受け、市民権を求めて街頭デモを行い、変化を要求する行動主義者――に対置する。しかし、ヒーニーは自分の世代に花を持たせたりはしない。詩の語り手は長老の一人で、ナショナリズムのくたびれた期待にうんざりしていることは十分意識しながらも、若者たちの抜け目のない結社には不快感を抱いている。老人の代弁者が語り始める。

わしらは願望法の地にどっぷり浸かって暮らしていた、
幾重にも重なる諦めの層雲の下。
「わしらの代には無理」という決まり文句の持つ一抹の喪失感、
「下さい」とか「賜え」とか祈る時の気の揉みようは
誇ってもよい、今日のところは十分だ。

引用句自体に、行動の意図を全く喪失したカトリック的忍従の長嘆息がこもっている。最初の悲嘆のスタイルを十分確立して、ヒーニーは教育を受けた若者（高等教育への道を彼らに与えた、連合王国の一九四七年教育法の恩恵を受けた）の傲慢で鈍感な話法に対する旧世代の見解に移る。

そして次に突然、この叙法変化。

新しく電気を引いた台所で開かれる本。
乳を搾られる牛の横腹に凭れて
一生居眠り過ごしたかもしれない若者たちが
指定のテキストを相手にせっせと
鉛筆を走らせたりしている。
次に来たのが〔大学〕中庭の敷石[9]、そして
命令法の文法、要求の新時代。

［『山査子の実提灯』、四六頁］

'Paving and pencilling', 'prescribed texts', 'the paving stones of quadrangles' のラテン系言語の「硬質性が要求の話法に合致する。これらの若い「知性［の持主］たち——金梃《かねてこ》のように眩く輝き、不作法な——」は、まどろむ過去の柔らかな光を捨て、彼らの電気的命令法を採用した。詩が文法遊びを続けるにつれ、その話者は旧願望法の弱点に気づきながら、「条件法を永久に追放するであろう」新たな命令法を嫌って、大洪水を予想しながら立つ——「直説法で自分の立場を守り、／突然豪雨が襲っても、その船は浮かぶ」新しいノアに憧れながら（『山査子の実提灯』、四七頁）。この詩の構成は文法的甲冑でたぶん図式化されすぎているが、その三つの部分——ナショナリストのくたびれた願望法、若者の命令法、直説法への憧憬——は、北部カトリック住民層の状況とその競合する話法を名指すことなしに寸描している。

私は寓話的なものを主題的なものに引き戻してしまったが、この辺でこれらの詩をその意図されたジャンルに戻そう。世代間の葛藤は「願望の地から」が証明するように、対立するスタイルの問題が中心である。同じことが文化的対立（ヒーニーが「無言の国から」で私たちに語るように、無口の習慣と多弁の習慣の対立すら致命的な分裂を生じ

させ得る）についても言い得る。政治の物質的世界を文化的習慣の非物質的世界に変えることは、これらの詩の戦術の一つである。しかし同等の戦術は、私の言ったとおり、ヒーニーによる、ヴァーチャルな領域のための物質的等価物の発見——不作法な知性の電光、直接話法的誠実の箱舟——なのだ。

「寓話の島」——命名の形而上学を扱う詩——において、詩人はあらゆる名称が争ってつけられる場所に居を定めた。原住民はある山に一つの名を持ち、占領者は別の名をつける。考古学のある一派にとって「環状列石は純粋な象徴」であり、他の一派にとっては「集会所か小屋の礎石」である。この島には確かな方向など皆目ない。

旅人は居場所を知るため
聞き耳を立てねばならない——
越えたはずの境界線を引いた地図などないのだから。

〔『山査子の実提灯』、一〇頁〕

ヒーニーはここで再び「聞き手」の役にまわるが、彼はもはや「苔むす場所の／耳朶と喉頭」として柳の洞の中にも、姿を隠したまま軍隊の行進を見聞きできる「山毛欅《ぶな》の隠れ家」にもいない。今や彼は地面のレベルで、耳を傾けるべき人々の中にいなければならない。不安をかき立てられることに、話法の権利は信頼できない人々の手に渡ったように見える。「破壊分子や共謀者たち」が正当な「島の物語」を糺すための権利をめぐって、いつも激しく張り合っているのだ。競合する話法を持つこれらの詩の重要な点は、言語を所有する者が物語を所有し、その物語を変えたいと願う者は先ず言語を変えなければならない、という詩人の確信にある。

寓話という倫理的形而上学的話法へのヒーニーの移行は、彼の以前の考古学的話法への依存に匹敵する移行である。いずれの話法も概観を提供し、直接ジャーナリスティックなものから彼を遠ざけ、移行の基礎となるもう一つの想像的言語レベルを与える。しかし考古学的話法がはっきりと単数——あのトールンの男、あのグラウバゥルの男、あの湿原の女王——であったのに対し、寓話的話法は徹底して複数である——主語は「私たち」か「彼ら」なのだ。近代詩人にとって集合法が最も難しい話法であるのは、まさに個人的なものと共同体的なものとの近代的葛藤ゆえだ。カトリック長老信者たちの願望法を盗用したり、「原住民」、「占領者たち」のような集合名詞を用いたりする時、ヒーニーは彼自身の民族集団に自らの言語用法を聞くことを強要する。これら寓話的詩に引き続き現れる痛烈な諷刺は、あらゆる集団語法が時とともに自己パロディ化することを暗示している。これは化石のように形骸化した書きものや雄弁術を打ち壊すのに、最も役立つ武器の一つである。

ヒーニーが『山査子の実提灯』において倫理的形而上的問題を追求するのは、必ずしもいつもアレゴリーによってではない。この詩集で最も成功している詩の一つ——「ウルフ・トーン」[10]と題し、彼の声で語られる——は、抽象の寓話的モードからも、（間もなく私が取り上げるつもりの詩）「アルファベット」や（ヒーニーの妻への愛の詩）「グロータスとコヴェンティーナ」のような個人的抒情詩のモードからも離れている。「ウルフ・トーン」において、ヒーニーは歴史的ペルソナ——フランス海軍の援助を得て反乱を煽動しようとする試みが一七八六年（艦隊を崩壊させた嵐によって）、一七九八年（フランス船団が西海岸沖で取り押さえられ、トーンが捕えられた時）、いずれも失敗したプロテスタント・ナショナリスト（一七六三—九八）のペルソナ——を採用する。死刑の宣告を受け、トーンは獄中で自殺する。トーンの貴族的なスタイル——ヒーニーの詩によれば——は、一八世紀の読者の称賛措くあたわざるところであった——「小舟のように軽く」、「策士」、「育ちがよく、高踏的」——が、革命家としては失格だった。ウルフ・トーンは歴史の潮流に小舟のように浮かぶべきだったところ、自らの喉をかき切って生を終えた。

「ウルフ・トーン」を『山査子の実提灯』の他の詩と関連づけようとすれば、その初めのタッチの軽さにおいて、この詩集全体を解く鍵が見出せるかもしれない。最初のウルフ・トーンの語りを聞くと、溶解する湿原の女王や

「ステーション島」の重い血まみれの死体の語りとは、全く共通点がない。その代わりに、彼はローウェルの『人生研究』[11]［一八五九］に負うところの大きい、歯切れのよい上品な詩行で語る。

小舟のように軽く――操り得る筈のところを
逆に操られてしまった――

私は肩章と花形帽章を付けて気取り、
上品なスタイルで書いた――

また、私が誘い出そうとした連帯には手の届かないスタイルで――
そして剃刀で古代ローマ人を演じた。

これがトーンの最初の一人語りである。三楽章《ムーヴメント》からなる、この自分のための挽歌の第二楽章は、革命の企ての究極的崩壊を振り返る。トーンが自分のための隠喩――肩に載ったオール――を創出するこの時が、この詩における寓話の瞬間である。

私は肩に担がれたオールだった――
冒険の潮風から遠く離れて終ってしまった――

爪研ぎ柱か四つ辻の旗竿のように、
――小農たちの間に場違いに突っ立つ――

ウルフ・トーンのペルソナとシェーマス・ヒーニーの人格が収束するのは、この寓話的瞬間においてなのだ。私たちはこの詩行に一九七二年以降アイルランド共和国にあるヒーニー――「冒険の潮風から遠く離れて／……小農たちの間に場違いに」――を感じる。「晒《さら》されて」（'Exposure'）の不安が再び頭をもたげる。

このような詩をいかに終わらせればよいのか。私たちはアイルランド人民連合の鈍感な貴族たちを見た。見捨てられたオールを見た。大いに驚くべき動きとともに、この詩の第三楽章（再びローウェル、今度は彼の「クエーカー墓地」から借りて）は、私たちを一七九六年の嵐の場面に投げ込む。嵐の海はフランス船団に襲いかかり、艦隊は裸のマストのまま風に追われて退散した。

I

海の底から沸き上がる男たちの叫びに
私が目覚めたが最後――
深海の波に乗るシャツ一枚の男たち――
大西洋が船室の明り取りを破って侵入した時――
我々が裸のマストの下、嵐に追われて退散した時
大艦隊は四散、アイルランドは萎縮してしまった

〔『山査子の実提灯』、四四頁〕

この一節の興奮――shouts / shirts, rising / mounting, splittings / dwindlings, the bursting of windows――は、退散する船団の「裸のマスト」のフラッシュが田園生活の「四つ辻の旗竿」に対照されて頂点に達する。嵐の回想の過去形（「私は……目覚めた」）は、習慣の不完全時制（「私は気取った……オールだった」）と対応する自殺の過去形（「「私は」古代ローマ人を演じた」）の双方に対して主張される。二つの過去形は、トーンの生涯の二つの意義ある事績――海の活劇と「ローマ人的」自殺――を表わす。

トーンの三つの連続自画像――最初の歯切れのよい革命以前の生活と革命以後の自殺、革命期間の不活動の不機嫌な中間的隠喩、最初の海戦の荒々しい昂揚した瞬間――のうち、意味を明らかにするのは最後の三番目である。ここで彼は、最初の語りの高踏的傲慢さと二番目の場違いのオールとして自分に距離を置く不機嫌さを捨て、その代わりに恐怖と昂揚の結びついた、生きた活動そのものの瞬間へと移行する。そこで革命的性格の根本的本質――たぶん大義や国家よりも行動を愛する、という――が宣言される。

歴史的人格と一七九〇年代アイルランドの複雑な歴史的出来事へと遡りながら、「ウルフ・トーン」のような詩は、大胆な筆捌きで人物も事件も簡素化し、印象的な三部作を創り出している。左に聖人の象徴物のような花形帽章と剃刀、中央にシンボルとしてのオール、そして右には嵐を私たちは見る。この見地からすれば、「ウルフ・トーン」は「執筆のフロンティアから」のような寓話――左に政治的フロンティア、右に執筆のフロンティアを配した完璧な二部作――に似ている。両者に似ているのが「願望の地から」で、これも左に敬虔な願望法、中央に挑戦的な命令法、右に逞しい直説法という構成の三部作である。

これらの完成した詩を、二部作とか三部作といった仮の枠組に還元することにより、その真価を差し引くつもりは私にはない。（絵画とのアナロジーの根拠として、ヒーニーの詩集『フィールドワーク』中の「三部作《トリプティック》」をあげよう。）

ヒーニーの明快な構成がこのような幾何学的形式に図式化される時、良心、意識、言語という見えない領域に対する詩人の深慮といかに巧みに連携しているか、を示したいだけである。

『山査子の実提灯』の感動的な巻頭詩、「アルファベット」を支えているのは言語である。この詩は（三人称英雄詩体四行連句十六節で）、詩人が幾つかの言語——英語、ラテン語、アイルランド語、ギリシャ語——を次々とわがものとするにつれて、その精神と感受性の成長を物語る。語りの魅力は、主人公が素朴な子供の言語から、自分を意識しながら自由闊達な気力に満ちた大人の表現へと進歩して行く過程にある。（最も短い）Ⅰで、子供は数と文字を書くことを学び、比喩的なものへの最初の目覚めを感じる。

Ⅰ

スワンの首とスワンの背が
数字の2を作る、彼は今それが言えるし、目に見える……
ペンを持つには
よい持ち方と悪い持ち方がある……
窓の地球儀が彩色された0のように傾いている。

Ⅱで少年はラテン語を習う。これにアンシアル字体[12]を持つアイルランド語が加わり、（ミューズとその「暗い茂み」に性本能も目覚める）。少年詩人は禁欲的宗教も教え込まれる。

『初級ラテン語』巻一——大理石模様で、威嚇的な——が
彼の内に立ち上がった……

ラテン語の授業が終ると

彼はほっとする新しい書体の木陰に入った……
茨のような文字の線が溝の中に渦巻いていた。

ここでは髪にリボンの、素足のミューズ登場、
類韻や森の調べで一杯の巻き毛にくるまれ、
詩人の夢が日の光のように彼に忍び寄り
仄暗い茂みに消えた……

キリストの鎌が下生《したばえ》に入った。
この書体は枝葉を落とし、メロヴィング朝［フランク王国、四八六—七五一年］風になる。

Ⅲで私たちは、少年の小学校が新開発のためにブルドーザーで壊され、一家の農場は売られて、種芋を蒔く溝のギリシャ語のデルタΔ、収穫の刈り束を立てかけたラムダΛ、幸運の蹄鉄のオメガΩも消えてしまったことを知る。今や大人になった少年自身、地球の反対側へやってきて大学講師となり、知識の拡大が無限の領域に入った。しかし

I

「個々ばらばらのものだけでなく」、全宇宙を頭に入れておきたいと思ったルネッサンスの魔術師（マルシリオ・フィチーノ）[13]の範に刺激され、詩人はさらに広い理解を目指す。

地球は廻った。彼は木製Oの中に立つ。
彼はシェイクスピアを引用、グレイヴズ[14]にふれる。
時がブルドーザーさながら、学舎を窓ごとかき消し、
昔、収穫期に切株に立てかけた刈束がラムダ文字を作ったところで
刈束製造器がプリントアウトのように刈束を落としている……

しかし空中に凛然たる象形文字言語は
まだ彼の指針である、すなわちかの魔術師――

外を歩く時、「個々ばらばらのものだけでなく」
宇宙の姿が目に映るよう
いつも家の丸天井から
彩色された地球儀を吊り下げていた――の

最後に、詩人は「宙に浮かぶ、水性の、不思議な、光り輝くO」を見つめる宇宙飛行士の比類なく包括的なヴィジョンを望み、かの壮大な地球外の眺めを、（一巡して当初の子供に戻り、今度は一人称で）文字と意味の奇跡的な合致

に彼自身気づいた時の驚きを思い起こして、それと比較する。

　僕自身の何も考えずに大きく見開いた目——
　梯子の上の左官がわが家の切妻壁を塗りながら、そこに
　鏝先《こて》で一字ずつ、奇妙な文字でわが家の名を書いていくのを
　　わくわくして見つめながら。
〔『山査子の実提灯』、一一三頁〕

（ハーヴァード大学でファイ・ベータ・カッパ協会[15]のための詩として創作された）「アルファベット」は、ヒーニーの人生の多くの具体的事実——農村出身、カトリックの中学校教育、教師の職業、読書で出会った魔術師——ヒーニーは「モスボーン」、「聖コロンバ校」、「ハーヴァード」、「フィチーノ」とどこにも名指してはいないが——を想起させる点で、特定している。（「空に書かれた『この十字架の印によりて』」を見たのはコンスタンティヌス帝その人であった、という言及は、言及の持つ匿名性の例外である。皇帝の名を挙げることが、神自身の筆跡という神格化へのヒーニーの歴史的言及を確定するのに必要だから。）宇宙飛行士が、自ら飛び立った出発点の地球を「不思議な、光り輝くO」として見たように、詩人は彼の世界を固有名詞や限定する地理的同定なしに見ようとする。ことほどかように、「アルファベット」は『山査子の実提灯』の抽象化の動機に協力する。この詩集の見地は、この検問、この儀式、この「木製のO」が一体地球のどこにあるのか、（宇宙飛行士にとってと同様）名指すことを「不可能」にするほど、検問の兵士たち、「願望の地から」の正確なナショナリストの儀式、あるいは「アルファベット」の校舎の同定からかけ離れている。この一巻が暗示するように、それらは至る所にあり、従ってここにもあるのだ。かけ離れた宇宙飛行士の見方から生じる、散漫な、しかも特定的な描写のモードは、この寓話的モードにおけるヒーニーの主

要な戦略――そこでは「空虚」、「中立」、「空間」の概念が想像の中心的重要性を帯びる――なのだ。

再考

『山査子の実提灯』以後――空っぽの空間、ヴァーチャルな領域、幾何学的構成、寓話のジャンルはどうなるのだろう。それらがヒーニーの「スクウェアリングズ」――次章で扱う『ものを見る』における強弱五分格の三行連句の詩――を生み出す、というのが一つの答えである。もう一つの答えは、『水準器』の中の謎めいた、からかうような詩、「指ぬき」に見出すことができよう。「指ぬき」は寓話的ながら、歴史的な、精密なクローズ・アップである。(今日的な言い方をすれば)あらゆる対象は、あらゆる文化がその周りに意味の異なるテクストを織る「不在の中心」である、とその詩は主張する。従って普遍的に「読む」方法は、あらゆる国に同じ一般化した検問、同じ哀調を帯びた儀式を持たせる、というかけ離れた地球外的見方をしないことだ、とヒーニーは今回提案する。むしろある特定の対象が時と文化によって、いかに異なる仕上げを施されるか、を見ることで、普遍的に「読む」べきなのだ。不変に保たれているものは、もはや(寓話形式におけるように)空虚でも、普遍化されてもいない。不変なものは、一つの適用から他の適用へ曲がりくねって進む、具体的対象である。ヒーニーの選んだ対象、指ぬき――(1)ポンペイで、画家の官能的壁画のエロティックな噛み痕にふさわしい「特別の赤」の入れ物として始まる――は、次に(2)聖アダマンの修道院遺物へと転ずる。かつては鐘であったものが、奇跡によって縮み――中世の迷信的伝説によれば――、「アダマンの指ぬき」になったのだ。ヒーニーが――機能的「用途」よりも、言語学的意識の最初の印として――「言及」を喚び起こす時、(3)想像力を喚起する言葉として、幼い詩人の心をしばし過《よ》ぎる。

これは最も甘美な約束事の単位だったのか、
「指ぬき一杯分」と聞くと私の舌を掠める感触は
喉を潤す水を含んだ毛筆、天国の甘露。

そして今は？　流行りのパンク文化で、指ぬきは何になるのか。

4

今は頭を剃り
肩の透けたティーンエージャーが
乳頭飾りにつけている。

5

次に来るのは？　詩人には想像できないが、二〇〇〇年以後の文化も、指ぬきの何か面白い扱い方を見つけるであろうことは確かだ。

等々。

〔『水準器』、四二―三頁〕

この洒落た遊びは、敬虔な修道士たち（ポンペイの「官能的な壁画の家」の）を憤慨させるであろうものが、ポストモダンのティーンエージャーにはぴったりふさわしいかもしれないことを暗示する。そして詩人が想像的に憧れるもの（「天国の甘露」）は、中世修道士の騙されやすさから遠く離れていないかもしれない。「天国の甘露」自体、ティーンエージャーの「透けた」肩からあまり離れていないかもしれない。文化のあらゆる革命を通じて、指ぬきは身近な役に立ってきたし、永遠にそうだろう。距離を置いた見方に取り組んだ後、クローズ・アップ好みは再びヒーニーの中に湧き起こるはずであった。「指ぬき」には行き過ぎのリベンジといってもよいほどありありと、それが見られる。

訳注

（1）「拓かれた空地」のことで、アイルランド史における「ジャガイモ飢饉」の際、多くの人々が坂を転げ落ちるように土地を追われて移住したイメージなどを伴う言葉。

（2）**Vasco Popa**（1922-91）. ルーマニア人の血を引くセルビアの詩人。

（3）**Czeslaw Milosz**（1911-2004）. ポーランドの作家・詩人。一九六一―九八年までカリフォルニア大学バークレー校でスラブ語を教えた。一九七〇年米国籍を取得。八〇年ノーベル文学賞を受賞。ヒーニーは一九七〇―七一年、カリフォルニア大学バークレー校で客員講師を務めたが、その期間にミウォシュから強い影響を受けている。

（4）**Miroslav Holub**（1923-98）. チェコの詩人・免疫学者。一九六二年以降、多くの作品が英語に翻訳され、テッド・ヒューズやヒーニーによって高く評価された。

（5）**Diogenes**（B.C. 412 -323）. ソクラテスの孫弟子にあたる、古代ギリシャのキュニコス派の哲学者。酒樽の中に住んだり、倉庫で生活していたという。アレキサンダー大王が、日光浴をしている彼を訪ねて、「何かしてほしいことはないか」、と尋ねた時、彼は「（日光浴の邪魔になるので）そこをどいてくれませんか」と答えたといわれる。

（6）**Robert Fitzgerald**（1910-85）. アメリカの詩人。ホメロスの英訳で有名。一九六五―八〇年ハーヴァード大学教授。

（７）Wallace Stevens（1879-1955）．ハーヴァード卒業後、長く弁護士として実務に携わり、四十歳を過ぎて出した処女詩集（序文注３）、その補訂版（一九三一）以下、続々と出版した大作詩集により、同世代に最も影響力の大きい詩人といわれる。現代詩評の大御所ヴェンドラー女史を泣かせた難解性でも知られる。
（８）John Bunyan（1628-88）．イギリスの宗教作家、牧師。彼の最大傑作『天路歴程』*The Pilgrim's Progress from This World to That Which Is to Come: Delivered under the Similitude of a Dream*（1878, 84）において、著者の語りは夢の中で起こったことになっており、一コマごとにこの世から天国に至る過程が、あたかも日本の双六のように展開する。この語りは平易な文章で解説されている。
（９）オックスフォード大学などの学寮に囲まれた中庭のイメージ。
（10）Wolf Tone．略伝は本文で説明されているとおり。
（11）『人生研究 *Life Studies*』（一九五九）、ローウェルの第四詩集。この作品で一九六〇年度のNational Book Award for Poetryを受賞。
（12）四―八世紀のアイルランド語に用いられた丸味を帯びた手写体。
（13）Marsillio Ficino（1433-99）．イタリアのルネサンス時代における人文主義者で、メディチ家の庇護の下、ギリシャ語の文献をラテン語に翻訳した。ルネサンス期の代表的万能学者。
（14）Robert Graves（1895-1985）．アイルランドのダブリン生まれの父をもつアングロ・アイリッシュ系の英国詩人。
（15）ハーヴァード大学の成績優秀卒業生同窓会。

第六章

軽み――『ものを見る』

道を遮るものによって焦点を合わせ、引き込まれて

「視野」（『ものを見る』、一二二頁）

I

「完全に空っぽな、完全にある源泉をなす」（「ステーション島」Ⅲ、「拓かれた空地」８）、非現象的な場所を想像することの重要性が、『山査子の実提灯』のためのヒーニーの原点であった、とすれば、現象的な世界への奇妙にも新たな帰還――死後といってもよい観点からの――は、『ものを見る』の原点である。この詩集の中の理論詩（アイルランド年代記からとった物語の再話）において、超絶的なものと現実的なものは単一の認識の両面として定義されるようになる。天使の世界が私たちにとって奇跡と見えるように、私たちの世界も天上の人にとって奇跡――全くの他者、想像されたもの、これまで思いも及ばなかったものを表している――と見えるだろう。私たちは人間として、現象的環境をこのように――奇跡的なものの継続的顕現として――考え始めることができるのだろうか。これは理想的超絶的空間を「見上げる」、という宗教的慣行を逆転することであり、私たちがここで見得るものに究極的価値を見出すことである。「年代記によれば」、に始まる詩は「スクウェアリングズ」（形が「正方形の《スクウェア》」、五歩格十二行の詩）と呼ばれるヒーニーの連詩四十八の八番目にあたる。

年代記によれば、クロンマクノイズ(1)の修道僧たちが
祈祷室で揃って祈りを捧げていた時
一隻の船が彼らの頭上、空中に現れた。

錨をあまり深く下ろし引きずっていたので
祭壇の手摺に引っかかり
大きな船体が座礁したように動かなくなると、

乗組員が一人ロープ伝いに降りてきて
錨を外そうとしたが、駄目だった。
「この男はこの世には耐えられず、溺死するだろう、
私たちが助けてやらねば」と僧院長が言ったので、彼らは力を貸した。
解放された船は帆を揚げ、男は攀じ登り、戻って行った
——彼なりに味わった奇跡の世界から。

〔『ものを見る』、六二頁〕

この詩の示す二つの領域は、（ヒーニーの評論「執筆のフロンティア」によれば）「私たちが実際的なものと詩的なものと呼んでもよい、知識の二つの秩序……——その間のフロンティアは横切るためにある——」（『詩の擁護』、二〇三頁）を表わす。この詩が意味するのは、天上から来た男が地上の濃い空気の中にいると死に瀕するように、人

間が超絶的な世界の希薄な空気をある程度の時間呼吸しようとすることは同様に致命的であろう、ということだ。私たちは奇跡的な世界を垣間見るために上昇してもよいが、その後で現象界に戻らねばならない。『ものを見る』の題辞とエピローグにおいて、ヒーニーはこれと同じ主張をしている。題辞では『アイネーイス』〔訳注（7）参照〕、六九頁〕の「金枝」の節――人が冥界に降りて戻ることを可能にする――、エピローグでは『地獄篇』で、カロンが生きているダンテを死の船に乗せることを拒否するくだり――で、いずれもヒーニーの翻訳である。

ヒーニーにとっては、死の空白すら、人間を離れた自然美を壊すことはできない。彼の目、耳、舌は相変わらずその光景、音、味に熱烈に反応する。死後における現象界の再点検――それが『ものを見る』のタイトルの第一の意味である。第二の意味は擬似空想的な洞察、あるいは超自然的な戦慄、ワーズワス的想像力で「ものを見る」ことである。風景はヒーニーにとって記憶の強力な貯蔵庫なので、「スクウェアリングズ」の多くの詩は、意識的な成人としての青年期のある場面への帰還を表わしている。

孤独な大人として、沈黙を渡るものとして、
そして初回には引き下がるように感じた
明確な存在として、この世界に再び戻るのだ。
〔『ものを見る』、六九頁〕

これら帰還詩における作家自身の亡霊性が、彼の子供時代の以前の表現――「鶏が時をつくるささやかな農場が全世界であった頃」（『ものを見る』、三二頁）――と区別させている。今や書くことの自意識と死の存在を、避けることも見逃すこともできない。「スクウェアリングズ」の風景、家庭の情景が「重層的に重い」というより「空気のように軽」く、ダイナミックというより静的で、身近というより「距離をおき」、動画よりむしろスチール写真に似てい

るのはこのためである。「スクウェアリングズ」の初めの方で、ヒーニーはハーディ[2]がいかに「功成り名遂げた老年になって、パーティで」時々「自分を亡霊と想像し／、その新しい視点で動き回った」か、を思い起こしている（『ものを見る』、六一頁）。『ものを見る』の軽みは、ヒーニーが消滅の沙幕を透して、物質的なものを熟視しているため生ずるのである。

無視できない絶滅を洞察することによって、強烈に鋭敏になった目で見つめた現象界はどう見えるのか――これが本書の既定事実だ。このような既定事実はスタイルの変更を要求する――『ナチュラリストの死』の豊かな官能性ではなく、湿原《ボッグ》詩の歴史化された厚みでもなく、『北』の叙事詩に由来するヴァイキング的簡素性でもなく、『山査子の実提灯』の寓話的民俗性でもなく、むしろ現実的なもののシェーカー教徒様式といってもよい単純性。しかし、それは触ることのできない現実性――沙幕が接触を妨げる――なのだ。『フィールドワーク』の牡蠣のように味わうこともできない。性的でもあり得ない。それは見ること、聞くことの、かつて「高次」ないし「理論的」感覚と呼ばれていたもの――触ることなく対象に接する感覚――に主として依存する。ここでのヒーニーの関心は、物質的なものから非物質的なものへの敷衍《ふえん》――想像力の世界に延長される三叉熊手の物理的弧、「ゴールポストの代わりのジャケット四着」によってしか印されない仮の境界線、あるいは

ヒーニーとヴェンドラー（2000年頃、ドーチェスター、マックスゲート、トーマス・ハーディ邸でマリー夫人撮影）

牧草地にまっすぐ引かれた
想像上の線――一方の枕地に打ち込まれた杭から

反対側に打ち込まれた杭まで錨起こして作るべき

〔『ものを見る』、九頁〕

これら想像上の区画や線は、(W・スティーヴンズが「キー・ウェストにおける秩序の観念[3]」でふれたように)心性が世界を秩序づける緯線・経線なのだ。それらは亡霊のような帰還者としての詩人にとって、初めて出会った時よりもはっきりと見えるようになる。

もちろんこのように自己を意識した記録には、一次的経験へのノスタルジアがふくまれるに違いない。これが最も痛切に感じられるのは「鼓動」(「三枚の絵」の2)である。「水に入る/釣り糸の鼓動」が、触知されるものの最も束の間の例として喚起される(「掌が覚えている/小鳥の/心拍よりもかすかな」)。それから束の間のタッチに抵抗するタッチの感触がつけ加わる。

そこで糸が存分に延びるに任せてから

リールを巻き込み、
踵の先から竿の先まで
川の流れの絶え間ない引きと爪弾きに
繋がっていると感じる時の嬉しさ――

〔『ものを見る』、一一頁〕

しかし今、『ものを見る』に至れば、生きた流れの無意識の爪弾きへの回復の見込みはさらさらない。ヒーニーと物質性の間には、あたかも鬼戸が落とされたかのようである。彼は世界を見、享受し、反応する――しかし彼は一つに繋がっている、と感じた――

屋根のない、あからさまな――空《くう》と――
両腕が空《から》なのに驚きながら。

〔『ものを見る』、一二頁〕

「屋根のない」は実際、「スクウェアリングズ」の最初の詩を生み出す言葉である。詩人は――アイルランドに多く見かける、屋根のない、遺棄されて住む人の居なくなった小屋のイメージに――両親の死後、わが家に一人残された気持を見事に要約する。この詩の震える乞食――代行者は、ヒーニーが「個別審判」というキリスト教の虚構――人が死後、一人で神の視線に曝され、裁きを受ける時――を喚起するよう導くが、彼はその虚構を真実のために退ける――「次なる機会などない」のが真実なのだから。人がわが家の廃墟で直面するのは、ヒーニーの最終行によれば、「屋根のない余地」(「余地」scope は『蘇ったスウィーニー』の「僧職者」から思い出され活用された、空虚を表わす言葉)である。

移ろう煌めき。それから戸口に射し込む
冬日、戸口の石段の上に震える
乞食のシルエット。

個別審判はこのように始まるのかもしれない――

I

裸の壁の骨組みと雨の降り込む冷たい炉床――
魂のない雲の命が彷徨う明るい水溜り。

命じられた旅の後に、一体何が？
何ら壮大なものはなく、何ら未知のものもない。
はるか彼方から、一人目をこらすのみ。

個別でも何でもない、
古い真実に目覚めるだけ――次なる機会などないのだ。
屋根のない余地。知識を新たにする風。

〔『ものを見る』、五五頁〕

不穏にも対照的な言葉――煌めき・乞食、日・シルエット、裸の・明るい――が、読者に冷めた沈思の中心イメージ――もはや一次的な火の暖かみを持つわが家の炉辺ではなく、反映の二次的水溜りに映る、非人間的ながら美しい雲の命――を用意する。魂のない雲の自由な漂泊の美は否定できないが、水溜りは精神的なものに対して透明なことを拒否する。諦めの否定詞の洪水が続く――何ら、何ら、ない、次なる機会などない――が、「余地」と「風」に抑止される。「風立ちぬ、いざ生きめやも」――同様に死の誘惑を拒否して、ヴァレリーは「海辺の墓地」(4)で言う。

以前、ヒーニーの目的は言語をできるだけ物自体に近く引き寄せることであった――だから湿原詩は湿原のように響き、ヴァイキング船の詩はしなやかに響いた――とすれば、今度彼が考えている美学では、媒体は表現されるものから遠く離れている。この美学の理論的定式化はタイトル詩「ものを見る」に現れている。彼はヨーロッパのある大寺院の正面の石に刻まれた中世のイエス・キリスト洗礼図を描写する。イエスの立つ川の流れを象徴する「硬く疎らな波状の」線ほど、本物の水らしからぬものはない。

「クラリタス（明澄）」。この乾いた眼のようなラテン語は
石に刻んだ水の表現にぴったりだ
イエスは濡れていない膝の下まで浸かって立ち
洗礼者ヨハネがその頭上にさらに水を注ぐ。
この場面はすべて明るい陽光の下
大伽藍の正面にある。
硬く疎らな波状の線は
流れる川を表す。その線の間を
奇妙な小魚が一斉に泳ぎ下る。他に何もない。

字義通りではなく、象形文字的な表現様式はあるのか、とこの詩は問う。石に刻まれた線が液体を模倣する、というよりむしろ象徴するように。そうとすれば――ほんの指標にすぎないものが、見る者の心に水のあらゆる属性を喚び覚ますことができれば――、模倣的表象のあらゆる明暗配分を「石の」芸術の中に生ぜしめることができるだろう。私たちが石を見ると、以下のことが起こるのだから。

しかしかくも完全に見えていながら

この石は見えざるものによって生きている――
水草、浮き上がっては消えて行く砂粒、
影のようで、影を映さない流れそのもの。

詩人はこれに匹敵する言語の「完全な可視性」を――「硬く疎らな波状の線」に――信じ、読者が意味を供給できる、と信ずるよう自らを促す。彼の結論は、エジプト文字同様、詩においても、象徴的な「生命そのものの象形文字」――対象の「ジグザグ」の複雑性に忠実な――があり得る、という主張である。

午後の間中、石段に陽炎《かげろう》が揺れ、
私たちが目まで浸かって立っていた大気は
生命そのもののジグザグの象形文字のように揺れていた。

〔『ものを見る』、一七頁〕

従って、『ものを見る』は『ステーション島』のような描写的な詩集、というよりむしろ象徴的、直説法の象形文字――屋根のない壁の骨組み、刻まれた川――の詩集である。しかしそれは物質世界から象形文字を描き、それらを『山査子の実提灯』のやり方で寓話に挿入したりはしない。それは損傷――に、ではなく、によって――焦点を定めたヴィジョンの様式に関心を持つ。その模範的代表人物はヒーニーの叔母メアリーである。車椅子の彼女は、家の外の変わりばえしない場面しか見ることができない――いつも見ているのは、「雨風に背を向けた同じ小さな仔牛たち、／オグルマ草の茂る同じ一エーカー、同じ山」だ。彼女の不満をいわない辛抱強さは、門で塞がれることによって焦点を得た眺めのように、ヴィジョンそのものを抵抗しがたいものにする。

思ったより遠くまで田園を／見ることができ、
立ち続けていると、生垣の後の野原が一段と、
はっきり違って見えてくるのに気づく、
道を遮るものによって焦点を合わせ、引き込まれて。

［『ものを見る』、一二二頁］

『ものを見る』のすべてが、「道を遮るものによって焦点を合わせ、引き込まれて」いる。不在の虚《うつ》ろさが、最も単純で最も明確な言語で、存在を明るみに出す。私たちは「鮮やかにそれ自身の形に基づくもの」に今一度出会うが、それらはもはや一次的感覚経験の形ではなく、あるいはまた「半島」におけるように記憶の二次的回復の形（『闇への扉』、一二一頁）でもなく、むしろ三次的象徴的抽象の形なのだ――抽象のみが、感覚も記憶も同様に拭い去る死の滅ぼす力に対抗する強さを持つかのように。

ここで一息入れて、こういうべきだろう。ヒーニーの抽象への冒険からの反動が、泥と性の一次的物質性へのきりきり舞いに彼を送り込む、と。しかしこれらさえも、抽象への衝動には抵抗できない。「車輪の中の車輪」は泥に魔術を吹き込む。後に詩人に成長する子供は、自転車を泥穴に持ち込む。サドルとハンドルを下に埋め、逆さにして車輪を回すと、自転車は沈泥のシャワーを吹き上げる。

世界を一新させる、泥に浸かった後輪は
私の目の前で泥の泡をレースに紡ぎ、
私自身に再生のシャワーを浴びせて泥人形にした。

I

何週間も私は泥水の後光を作った。
それから軸がつまり、リムが錆び、チェーンが切れた。

〔『ものを見る』、四七頁〕

最後にチェーンが切れ、「後光」が消えて、ヒーニーは彼の最も野心的な願い——泥の領域をヴィジョンの領域に結びつけること——に別れを告げる。以前『山査子の実提灯』において、寓話詩「泥のヴィジョン」はそのような結合を企てた。そこに現れたのは

私たちの泥のヴィジョン、きらめく霧の中から
泥の薔薇窓が出現したかのように——
星雲状の泥の中心を共有する同心円の
蜘蛛の糸のように儚《はかな》い輪——汚れていながら透明な

〔『山査子の実提灯』、四八頁〕

ハムレットの台詞の「汚れた」(5)（'sullied'）と超絶的な語「透明な微光を伴う」（'lucent'）が補足と反意のバランスを求めて競うが、観客にはヴィジョンに対応できる力量がなかったので、それは消えてしまった。
しかし『ものを見る』の時点までに、泥は後光の明るさから水の上に聳える石切場の岩壁——物理的必然性の頑固な法則に支配される世界の新たな象形文字——へと硬化してしまった。今度の問題は汚れた肉体を透明な魂といかに調和させるか、ではなく、透き通ったヴァーチャルな水を、重く巨大な物質である岩といかに調和させるか——「スクウェアリングズ」x——である。

究極の可測性、究極の固い障碍性――
そこにある透き通ったものを、重く巨大なものと
調和させ得るか。

［『ものを見る』、六四頁］

想像力は、非人間的なものの固定性に対して、心の流動性を働かせるよう作用しなければならない。
泥が死を圧倒できないとしても、性ならたぶんできるだろうか。市《いち》で売り物を宣伝する、威勢の良い、牧神パンのような「綱売り」が現れ（「スクウェアリングズ」xviii）、その迫力で、より単調な地方農民の日常生活に挑戦する。結局彼らは挑戦を受けず、綱売りは彼の魔法を解除しなければならなくなる。市の日の陽は沈み、綱売りは自らの敗北を認める。男性的な旅回り商人の最後の姿はオーラを失っている。「盛りのついた、言葉の下品な大麻の神」は、「市の丘から人が去るや、無力」に終わる（『ものを見る』、七四頁）。泥のヴィジョン、盛りのヴィジョン――いずれも絶望からの一時逃れと見えるが、永続化はあり得ない。
『ものを見る』において、ほとんどすべての象形文字は、それ自体の内にそれ自身の消滅を刻み込む。「私の戻って行く場所は、私を迎えてはくれるが、／永続きはしない」（『ものを見る』、一〇一頁）。第二次大戦の暴力は、「舞い上がる塵ほどにも無害な、ニュース映画の爆弾命中」（『ものを見る』、七六頁）に分解される。詩人の父が癌で死ぬと、頑丈な親の家さえ、それもまた抽象性を帯びて範例《パラダイム》に転化するので、おのずからX線と化す。

彼の設計した家は
「単純で、大きく、真っ直ぐで、普通の――なあ――」、
厳密と修正の鑑、

装飾を排した限界の神殿、
それ自身のアイディアを一段とはっきり表わしていた
——X線写真がX線被写体を写し出すように。
〔『ものを見る』、九一頁〕

このような一節の見地からすれば、私たちはそれぞれの象形文字が「それ自身のアイディアを表わす」こと、これら象形文字における抽象そのものが「装飾を排した限界の神殿」であることが分かる。象形文字的な詩は、語法の単純性において（必ずしも構造や想像力の単純性が伴うわけではない）、パトリック・ヒーニーが恥じなくてもよい美学を表わす、ということができよう。ヒーニーが目指すのは「その心を知る芸術」——「飾らない、信じられるもの」（『ものを見る』、九七頁）——なのだ。

『ものを見る』は消滅の沁みわたった詩集なので、残されたものの象形文字——十全な感情の瞬間を再現する——は特に印象的である。最後の詩は「その極みにある水と土地」（『闇への扉』の「半島」におけるように）に立ち返り、「風／と光がぶつかり合う」『水準器』の「追伸」を予示する。それもまた、華麗な顕現《エピファニー》を記録する。

コルレーンの先の道で起こったように
突然私の上に光が射す時——
風の潮香が増し、空の動きはより慌ただしく
バーン川の流れ中程、ペンキを塗ったポールの間に

銀色のラメが震えた——
その日、私は私から逃れて行ったものと一つになるだろう。
〔『ものを見る』、一〇八頁〕

捉えがたい川の光（ワーズワスのものより冷たい）は得られるものというより、望ましいものである。その震えは恍惚の境地を示すが、寒々としている。対照的に、自然な充足へのヒーニーの賛歌である「スクウェアリングズ」xxivは、より豊かな幸福への感覚の常に存在する可能性の記録である。この「スクウェアリング」は『ものを見る』の中で最も静穏な唯一の見どころであるが、意味深いことに「人気《ひとけ》のない」（'Deserted'）の語で始まり、海辺の風景を社会から離れたものにしている。閑静な風景はそれ自身——大気と海の平衡——以外には何も提供しない。ここでは、石切場の切断面の威嚇的な「岩」（「スクウェアリングズ」x）が小型化して固い物質的存在のささやかなごみ——ザル貝、ガラス瓶の欠片、貝殻の破片、少量の砂岩——になっている。ヒーニーの望む象徴的静止性のため、ほとんど何の音もなく、突然閃く光もない。その代わり、ただあるのは象形文字の世界。

人気のない港の静けさ。どの石も
水底にくっきり姿を見せ、まどろんでいる、
岸壁は沈黙の石組み。
満潮。揺らめく光。満潮の大西洋
もやい船はほとんど動かず、
船板にあたるうねりのごく微かな音。

完璧なヴィジョン——回教寺院の尖塔のようなザル貝は
なめらかな緑のガラス瓶のかけら、貝殻の破片、
赤みがかった蕾状の砂岩と水底に捨てられている。

どちらが先行するとも知れない大気と大洋。
遍在、平衡、縁《ブリム》と
同格で。

〔『ものを見る』、八〇頁〕

ここでの幸福の印は、「回教寺院の尖塔のようなザル貝」と「赤みがかった蕾状の砂岩」における風変わりなものへのヒーニーの回帰である。また、詩人が目に見える一連の過去分詞——*deserted, clarified, perfected, consigned, known* ——、同じく目に見える一連の具象・抽象名詞——*stone, wall, masonry, silence, fullness, shimmer, Atlantic, moorings, clucking, swell, boards, vision, minarets, glass, debris, bud, sandstone, air, ocean, antecedents, apposition, omnipresence, equilibrium, brim* ——に知覚を一時停止する時、高揚した文法上の苦心の跡が認められる。最も物質的な名詞（stone, boards, glass）と最もはかない名詞（*shimmer, equilibrium*）とのシーソーに気づかない者はないだろう。この静まり返った詩においては、形容詞さえ、そのほとんどが形容詞的奉仕に動員された堅固な名詞（harbour, boat, cockle, bottle, shell）である。人は物質的港の場面——石組み、船、石——と同様に、そのオーラ——満潮、揺らぎ、平衡——の十全な存在にふれている、と感じる。言語のあらゆる要素もまたバランスを保っている——ラテン系の 'clarified and dormant' はアングロ-サクソン系の 'swell against boat boards' に均衡する。非物質的な大気と物質的な水

との最後の対決では、それぞれが他方に先行するものとなり、いずれも優先権を持たない。大気と海は、三つの風変わりな名詞——「遍在、平衡、縁（omnipresence, equilibrium, brim）」——最初は神学的、二番目は科学的、三番目は感情的——ともう一つラテン系の ‘apposition’ で同格関係におかれる。最初の二つは学識ある由来にふさわしく、ラテン系で、三つ目は感情の第一義性にふさわしく、アングロ–サクソン系である。‘Brim’ がラテン系の ‘-brium’ の u を落とし、中世英語の肉感的 ‘brim’ になる安易な「滑落」は、現在における恍惚とした充足感の印なのだ。

しかし——今一度言うべきことだが——、この恍惚的充足は肉体内部というよりむしろ精神内部で起こる。静止した、人気のない瞬間、ヴィジョンは「完成され」、大気と海は相互関係において「知られたもの」となる。肉体のダイナミックな生命はこの完成を破壊するだろう——従って、この感謝の詩もまた、あらゆる「完成されたた」ものと同様、死を表わす象形文字なのだ。

『ものを見る』における死を知る苦しみは、故意に無言の方法で表現されることが多い。しかしそれは「スクウェアリングズ」の二つの「本立て《ブックエンド》」にはっきり見ることができる。その一つ（xii）は死に瀕した、善良な盗人、もう一つ（xxxiv）はヴェトナムへ向かう一兵士——その死の潜在性が彼を亡霊のように見せる——である。盗人の十字架の苦しみは、キリストの約束——「この日、汝は我とともに天国にあらむ」——によって軽減される。天国のあるべき「虚空」を探る、善良な盗人の死の苦悶について、超現実的《シュールレアル》といってもよいヒーニーの描写を支配するのは、苦痛である。

　　丘の上、キリストの右手に彼を思い描け、
　虚空を見やり、身体の苦痛のあまり
至福にはとても手が届かないように見える

I

彼の頭脳の暗い側の釘傷火口によって
額の月面の縁が痛んで――

［『ものを見る』、六六頁］

十字架に架けられた盗人が死の肉体的苦痛の耐えがたい知識を表わすとすれば、兵士の蒼白な顔は死の反対の側で学ぶこと――人間的経験を空にする――を表わす。ヒーニーはその兵士をカリフォルニアの空港バスで見た。

それ以来忘れられない顔が

通路を通り過ぎる。
サンフランシスコ空港からバークレー行きのバスで
乗り合わせたもう一人が降りたのは

ベイ・ブリッジを半分渡ったところにある宝島軍事基地。
ヴェトナムへ向かうのに、
最近死んだ一人が亡霊として帰ってきたのかもしれない、
何事にも動じないが、まだ失望していて、
農場育ちの少年の自分を取り戻して生きねばならない、

彼の剃り傷、別世界の額。

〔『ものを見る』、九二頁〕

ヒーニーもまた、両親の死を通じて経験した変化を印すのに「別世界の額」のみで、「農場育ちの少年の自分を取り戻して生き」る生活に戻らなければならない。万事はかくも「正常」である——空港、バス、降ろされる乗客。しかしいったん死者を意識に受け入れたら最後、「別世界の額」が生まれる——ホーソーンの牧師の黒いヴェール[6]に匹敵する、まわりの人々に解釈できない印のように、身につけるべき——。

『北』の考古学的儀式、「ステーション島」の現実のアイルランド人や同時代の出来事、『山査子の実提灯』の政治的寓話が記憶に新しいヒーニーの読者の多くにとって、『ものを見る』の抽象的、非神話化された、大方は非政治的な象形文字に出会うことは大きな驚きであった。この詩集は、詩人にとって、新たな生命感が新たなスタイルを生み出さねばならない度合いを証明する。「同意により、また連鎖中断によって、印されるひととき」（『ものを見る』、七〇頁）——行動よりも認識留保の時間——、詩人はその間を堅持するに耐えるものの目録を作る。「屋根を葺き替えよ、宛木を当てよ、基礎を固めよ。」感覚の一次的震え、二次的記憶の挽歌風再生の代わりに、彼は言語における大人の認識である三次的明晰性を宣言する。

どの衝動もボルトのように打ち込め。
感覚の砦を固めよ。逡巡を
言語にするな。言語に迷うな。

〔『ものを見る』、五六頁〕

このような一節は誓約の厳しさを持つ。しかしヒーニーは、三次的象徴様式の軽妙さをアイロニックな喜劇様式に作り直すこともできる。

霧の上に高く突き出たマストから遠くを見ていた
道化の見張り——下へ降りて行った頃には
肝心の船が足下から盗まれていた、と喚《わめ》いた——

この見張りのようにあなたは自由だ。

〔『ものを見る』、二九頁〕

象徴的スタイルは——一次的模倣のスタイル、二次的記憶のスタイルとは対照的に——実際の船（記憶された船さえ）が、「時」によって盗み去られたことをあらゆる瞬間に容認する。船が象徴的レベルにまで持ち上げられなければ——すなわち、芸術にならなければ——、それは覚えている人々の死とともに死ぬであろう。しかし、再想像すれば、少しは長続きするだろう。

すべてを再想像する強力な努力——起こるとおりにそれを模倣的に表わすのではなく、記憶に留めて表現するのでもなく、それ自身をそのようなものとして示す抽象的象徴的レベルで表わすこと——これが『ものを見る』の象形文字の根底にあるしたたかさなのだ。そのような創作の美点は、貴重なものを、限定された個人的な場所、短い人生に束縛されることなく記録することである。詩人は最も根本的な条件——消滅の十全な知識の下に象徴化され、言語化された生命——においてものを見るため、自らを犠牲にする——自伝的ペルソナとして、自身の時代の語り手として、彼の階級や民族集団を代表する人間として。

ほとんどすべての人は両親が先立って死ぬのを見る。成人したすべての子供は、その悲痛の「屋根を剥がされるような」特性を感じる。（『北』や『ステーション島』におけるように）暴力的な死にこだわるよりも、「どちらが先とも知れない」、常に遍在する生と死の共存を純粋に見よう、と詩人は言う。この知識の均衡状態、中断、静止性が『ものを見る』に浸みとおっており――実際そのとおりなのだが――、精神が物質の上位に立ち、沈思が確信に先行するとすれば、ヒーニーは死の衝撃と断絶を尊重すべくして尊重したのである。悲しげな哀歌の慣行も超絶的な神格化の慣行も（ほとんど）差し控えて、彼は挽歌の歴史に新たな一章を書き加えた。その代わり、彼は時間を止め、「各場面に／前兆」（『ものを見る』、七五頁）を求める――見出だそうと希う。これらの詩が偶々アイルランドに関わっている――ネイ湖、クロンマクノイズ、コルレーン、イェイツにふれる――のは確かだが、政治的にも民族的にも、「アイルランド的」ではない。ほとんど死後の詩といってもよいものとして、それらは現在の差し迫った必要性のレベル以上でも以下でもない、そのような一時的カテゴリーを拒否する――そこで唯一問題なのは、生と容認された死の関係という根本的法則なのだ。題辞でアイネーアース[7]が冥府から帰還するように、またエピローグでダンテが地獄から帰還するように、ヒーニーも『水準器』において帰還することになる――しかし、以前のまま、変化していないわけではなく。

再考

さて、内面化された消滅の冷えを生き延びた後、人は再び一次的経験についてどう書くだろう。永遠に「別世界の額」を持ち続けることはできないが、当初の瑞々しい緑は再生不能である。「散歩」で、ヒーニーは焦げついた印の下に現れる自分たちの結婚を再検討する。過去には牧歌的楽園への遠出があった。「道、その日、彼、彼女は魅力にあふれ」、川床は「砂利が多く、浅く、水溜りがいかにも夏らしい」。しかし一次的経験の現在形の今、画面は「今度は陰画《ネガティブ》、目の眩む暗さ」。

君と僕の見分けがつくのは汚れと蒼白、
共々闘い、闘い抜いた我々自身、
互いの火を消耗した二体の亡霊、
白日の下、焼け焦がすことのできる二つの炎。

しかし夫と妻はまだ生きており、怒りで相手を焼け焦がすこともできるが、双方とも奇妙に亡霊めいてもいる。ダンテに話しかける亡霊たちに似て、二人は「無気力な空気の鬼火、余波、羽のようなエーテルの動き」のように見える。しかし、この肉体を離れた状態で静止しているのは、彼らの定めではない。彼ら自身も驚いたことに、彼らは

まだ突然再び火がつき、燃え上がるかもしれない、
もし、道の途中で焦げた草や木片、
昔の火の残り香、エロティックな木の燻り、
魔術、策謀……が見つかれば、

死の三次的沈思黙考の苛立ちの最中、原初の一次的欲望の説明しがたい復活は、分析するには根源的すぎる。証明し得るのみである。夫妻は「賢くなったわけではない、ただ／再び鋤を速め、炎を接《つ》ぐ用意がより整った」のだ（『水準器』、六二―四頁）。しかし、性的な語法――「香……／エロティックな木の燻り、魔術、策謀」――は蘇った。

ヒーニーが発せざるを得なかった、かの直接官能的な「地獄からホサナ（神を讃える）」（『水準器』、三頁）の一側面である。

訳注

（1）アイルランドの中心を流れるシャノン河沿いにある、現在では修道院遺跡。六世紀にアイルランドにおける六人の使徒の一人、聖キアランによって建立された名刹。
（2）Thomas Hardy（1840-1928）. 英国の小説家・詩人。『ダーバヴィル家のテス』や『日陰者ジュード』などの傑作を残した。いわゆる「ウェセックス物語」の優れた作品で知られる。晩年は詩作に没頭、最高の詩人と仰がれ、死去の際には国葬が行われた。
（3）"The Idea of Order at Key West" in *Ideas of Order*（1935）.
（4）Paul Valery（1871-1845）,"Le Cimetière Marine"（1920）.
（5）『ハムレット』の第一独白に出る言葉。テクスト・クリティシズムにおいては、sullied（flesh）が solid（flesh）と並べて論じられてきた。ここでは the transcendent word "lucent" と並べて論じられている。
（6）Nathaniel Hawthorne　(1804-64).『緋文字（*The Scarlet Letter*）』（1850）などの傑作を残したセーラム出身のアメリカ作家。ここでは、ある日黒いヴェールで顔を覆い、生涯外すことのなかった牧師を描いた短編小説 "The Minister's Black Veil"（1836）を指す。
（7）ウェルギリウス（前七〇–前一九）の晩年の大作「アイネーイス」、ローマ帝国の起源と発展を謳った叙事詩全十二巻中、六巻「冥府行」は特に圧巻。

第七章　その後――『水準器』

未来と過去をつなぐ梯子、
包囲する者、される者、
攻撃の足踏み車。

「ミュケーナイの見張り」[1]（『水準器』、三七頁）

I

IRA急進派とアルスター民間警備隊が停戦に合意した一九九四年九月、束の間の政治的希望が生まれた。その頃シェーマスとマリー・ヒーニーは、（一九七二年）ヒーニーが書いた最初の湿原発掘遺体発見の地、デンマークのトールンを訪れていた。「生活崩壊と精神的荒廃の四半世紀」（『詩の名誉』、二四頁）の後、北アイルランドにおける殺戮の重荷が突然肩から下ろされたように思われ、詩人は「トールン」を書いた。彼思うに、彼と妻は

足の向くまま、同胞から離れてくつろげる、
余所者《よそもの》というよりむしろ偵察隊気分で、諸国を歩いてきた、
光に動じない亡霊――出直し、新規蒔き直しのために、

生きて罪を犯しながら、
再び自分に返り、再び自由意志を取り戻す――悪くない気分。
［『水準器』、六九頁］

再び光の世界に解放され、自主性を獲得し、罪人ながら内紛の緊張から自由になり、家庭とプライヴァシーの生活に戻ることができる。「トールン」は――『水準器』の多くの詩がそうであるように――、災害後の時間における自らの反応を記す「その後」の詩の代表といえよう。その反応は（「トールン」におけるように）喜ばしく、（停戦後の連詩「ミュケーナイの見張り」のように）辛辣、（ヒーニーの弟礼賛の詩「持続」のように）勇敢に日常的、（結婚の詩「散歩」のように）時に生気を帯び、あるいは（「聖ケヴィンと黒鳥」のように）潜在的に苦悩を伴うものもある。大いなる何かが起こったが、その出来事の後も、生活は持続しなければならない。『水準器』は「その後」の生活の持続を究明する詩集である。

「トールン」の平和の夢は暴力の再発と停戦の不安定性に打ち砕かれたが、敵対行為が最終的に終わるかと思われた期間、フィールド・デイ劇場[2]のためにソポクレースの「ピロクテーテース」を翻訳していたヒーニーは、悲劇的連詩「ミュケーナイの見張り」の土台になるものとしてもう一つのギリシャ劇、アイスキュロスの「アガメムノーン」を取り上げた。この連詩はトロイア戦争の結果を通して、北アイルランドの四半世紀に及ぶ内紛のもたらした深刻な余波を顧みようとする。ミュケーナイの見張り――ヒーニーの代行者――は、アガメムノーンの宮殿の夜警である。父アガメムノーンが娘イフィゲネイアの犠牲に手を染めたことを知り、アガメムノーンのトロイア遠征中、妻クリュタイムネストラとアイギストスの不義に内々通じていた夜警は、帰還したアガメムノーンの殺害にも、犯されたカッサンドラの予言に対しても、同じ無力な傍観者にすぎない。その彼がついには、次なる帝国ローマに同様に血生臭い歴史を与える、ロムルスとレムス兄弟の残忍な対立を予見するに至る。「ミュケーナイの見張り」は感情的に、『水準器』の中核的位置を占める存在である。それは民間残虐行為の一斉攻撃に巻き込まれた一般市民の無力な立場から発言し、文化における暴力の風土的復活を予言するとともに、その暴力を清算しようとする文化の再三の試みをも代表している。こうした理由で、私は「ミュケーナイの見張り」——終結した紛争の要約として作用する——を「その後」の章を代表するものと考える。（停戦の散発的侵犯は、停戦の象徴した政治的結着を無効にするものではない。）

『水準器』の他の詩は主として「持続」、禁欲的「その後」に関わっている。これは社会的災害の後の通常活動の再開、あるいは単にホプキンズが彼自身の中年について「車のうんざりする回転と軋む音、／時の酷使[3]」と呼んだものに耐えることを意味する。大方は禁欲的で、時には喜ばしくさえあるこれらの詩群から始めたいと思う。それらの詩は日常活動に根ざしたもので、農場のヒーニー家のソファで汽車ごっこをして遊ぶ、子供時代の詩人と弟妹たち、土器を作るオランダ人陶工、牛の世話をする弟ヒュー——時折てんかんの発作中眩暈《めまい》に襲われながらも、「持続する」——手に巣ごもった卵が孵《かえ》るまで、不動の姿勢で立つ聖ケヴィン、勤勉な園丁としてほとんどの時間を過ごすキャドモン、「腫れた足を浸す」ヒーニーの母親、盲目の隣人ロージー・キーナンと彼女のピアノを弾く時間、妻の死後ますます冒険的になったマリー・ヒーニーの父親。

動力芝刈り機を苦もなく軽く操った。
戯れ、自慢話をし……
電子レンジの使い方を覚えた。

［『水準器』、六〇—一頁］

なかんずく、詩人の祖先、家から家を廻り、足を組んで座り込み、布を縫ったり裂いたりする職人仕立屋——「打ち解けず、嘘をつかず、学識を持たず」——がいる。

それが結局いくらになるのか、ならないのか、
彼は問うことがあるのだろうか？　あるいは

自分の頭を休める場所を、気にかけることがあるのか？
バナハーのわが仏陀よ、道は
あなたがそこにいるだけでその分開けている。

〔『水準器』、六七―八頁〕

ここに漲《みなぎ》る詩情は、座っては己が仕事に専念し、立っては保護したい親心に駆られ、絶え間なく動きまわり、盲目の身や寡夫の現状に活力を蝕まれることなく耐え、園丁キャドモンのように仕事の合間合間に唄う歌から生まれる。

禁欲主義はその定義からして劇的なものではない。それは進歩がせいぜい横這いで、未来には下降しか見えない中年の美徳である。（「散歩」の夫婦のように）共生するか、選択した範囲内で生きるかの問題だ。禁欲主義にふさわしい形式的美――堅実性、記念碑性、単純化――が、抒情詩で賛美されることはほとんどなかった（表現されることもさらに稀だった）。一つには、これは機会の問題であった。最上の詩人の多くは比較的若死にした。禁欲主義の詩はウォレス・スティーヴンズに見出だすことができるが、それは「そこにないものは何も見ず、そこにある無を」見る雪だるまの寒々とした詩(4)でしかない。ヒーニーの天性はスティーヴンズより楽天的、社会的で、希望、信頼、互助の可能性と結びついている。青年ヒーニーにとって、禁欲的人物は慰安、範例として存在した。彼は盲目のロージー・キーナンについて次のようにいう。

彼女と一緒にいることは
親密な御利益があった、
知らない内に癒されているように。

〔『水準器』、六六頁〕

特徴として言えることは、詩人は子供時代、ロージー・キーナンの存在によって知らず知らず伝えられた救いと癒しが何故必要だったかは口にしないが、彼の内なる何らかの悲しみが、彼女の安らかさと音楽によって軽減されていたのだ。（ずっと後になって、彼は子供時代の恩を、自分が書いた「キーナンの井戸にふれた」詩を彼女に朗読することで返している。「今その底に空が見えるわ」と彼女はいう。彼女の彼への贈り物が同様なものだった、という意味がふくまれている。彼女は暗い場所の底にある、道徳的に澄んだ空を子供に示したのだ。）ロージー・キーナンをソネット——情熱、衝動、若さ、「意気軒昂の文章」（'high sentence'）のかの最上の形式——に書き込むことで、ヒーニーはこのジャンルを拡大する。歴史的には、それは身体障害者を意識した形式ではなかった。ロージー・キーナンはこのように登場する最初のソネットのヒロインなのだ。「彼女の手は活発で、その目はあふれていた／開かれた闇と潤んだ光に」（『水準器』、六五頁）。ロージー・キーナンはまた「声の美しい、引きこもった音楽家」であるから、彼女の禁欲主義はあらゆる芸術家の自らの芸術への引きこもりに同化され得るし、結婚の貞節の禁欲主義にも適応できる。「水源で」の詩で彼女は目を閉じて歌う、（「貴女がいつもするように」）詩人の妻とペアを組んで、「目を閉じた人よ、はるかな声のヴェテランよ」（『水準器』、六五頁）。「ヴェテラン」という名称は禁欲主義者にふさわしい。ラテン語の語根は「古い」を意味するが、それにはどの分野でも、名誉ある奉仕の長い記録を持つ人、という含意が込められている。

ヴェテランの地位ないし禁欲的忍耐が、詩において（意味の説明とは区別して）形式的に表現され得る方法には、先行モデルが実に少ない。禁欲主義を形式においていかに「表現する」ことができようか。一つの方法は禁欲的姿勢が継続する不変性を模倣することである。ヒーニーが不動の奉仕の美しい二重詩、「聖ケヴィンと黒鳥《クロウタドリ》」で選ぶ道はこれだ。それは十二行の二つの「スクウェアリングズ」から成る。最初の「スクウェアリング」は外側から語られ、その間中ずっと、聖人は両腕を差しのべたまま庵の中で身動き一つしない。聖人は記述スペース全面を占めているので、そのモニュメント性においてキャンバス全体を占めるセザンヌの水浴する一男性像に似ている。聖ケヴィンの不動の姿のまわりに、伝説の語り手は口語の語りを構築する。平易な語法のみならず、'and' や連続する項目の繰り返しによって、単純性の印象が達成される。この詩の単純性に貢献しているもう一つの特色は、叙法義務を伴なう 'must hold'（十行目）まで一貫して直説法現在を維持している点である。

そしてその時、聖ケヴィンと黒鳥《クロウタドリ》がいた。
聖人は両腕を差しのべて庵内に跪いている。
ところが庵は狭いので、

上向きの掌が一つ窓外にはみ出す——横桁のように
ピンと張って——そこへ黒鳥が飛来して
卵を産んで巣ごもる。

ケヴィンは温かい卵、小さな胸、きちんと

すくめた頭、鈎爪を感触し、永遠の生命の
ネットワークに繋がった自分を見出し、

憐れみの情に駆られる。今や彼は手を伸ばしていなければならぬ——
日が照ろうと雨が降ろうと、木の枝のように——何週間も
そこで雛が孵り、羽毛が生え揃い、巣立つまで。

［『水準器』、二〇頁］

詩は七つの ʻandʼ に絡まれている。冒頭の ʻAndʼ でこの民話はあらゆる先行伝説にリンクする。次の二つは黒鳥を聖人に結びつける。四つ目は感覚と想念を、五つ目は好天・荒天を、六つ目・七つ目は雛の成長段階をつなぐ。項目間の従属関係はない。それらの項目は私たちの目の前、中世絵解きの平板な平面に置かれている。「そしてここにもう一つの伝説がある。聖ケヴィンと、飛来し、卵を産み、巣ごもる黒鳥。聖人は苦境を受け入れる。続く日照りと雨。雛の孵化、成長、巣立ち。」この ʻandʼ の語り——現在時制の動詞しかふくまないのであれば、説話というより物語になるだろう——は、禁欲主義を義務づけるケヴィンの憐れみの情によって説話化される。「今や彼は」、何週間も苦しい姿勢を保た「なければならない。」

ヒーニーの連続用法は語りの各瞬間を反復的なものに引き延ばすことによって、ケヴィンの禁欲主義に伴う苦痛の延長を形式的にも再現する。

聖人は　　a）何をしている　　跪いている、
　　　　　b）どのように　　　両腕を差しのべて、

c）どんな場所に　　狭い庵内で、

彼の掌は

a）どこに　　窓外に、

b）どんな具合に　　横桁のようにピンと張って、

黒鳥が

a）飛来する　　そしてそれから？

b）卵を産む　　そしてそれから？

c）巣ごもる

ケヴィンは感じる

a）温かい卵、　　そして他に？

b）小さな胸、　　そして他に？

c）きちんと引っこめた頭　　そして他に？

d）そして爪を

そして、永遠の生命のネットワークに繋がった自分を見出し、憐れみの情に駆られる。

今や彼は手を伸ばしていなければならない

a）どのように　　木の枝のように

b）どこで　　b1）日照り

b2）そして雨の中で

c）どのくらい　　何週間も

d）いつまで
d1）　雛が
d2）　孵り？
d3）　育ち？
巣立つまで

もちろんこのような分類は本能的に詩人の念頭に浮かぶ（彼のレパートリーには様式的対応物の型板がふんだんにあるので）が、ケヴィンの忍耐がいかに表現され、信じ得るものになっているかを見る時、私たちが答えを見出すのはこのような形式においてである。

ケヴィンの詩の第二の「スクウェアリング」において、語り手は長引く質問を通して、長い試練の間のケヴィンの内面的な気持ちを知ろうとする。聖人の内面で禁欲主義はどう実現されるのか。彼は「持続」の苦悶を感じるのか、あるいは、いわば大理石と化して我を忘れるのか。この「スクウェアリング」において不変の禁欲的忍耐の効果を生み出すのは、先ず質問の反復と聖人の身体の部位の列挙（美の「誇示」の禁欲的反転として）である。

I

そして全体がともかく想像されたものなのだから、
ケヴィンの身になって想像してみよ。彼はどちらなのか？
我を忘れているのか、あるいは恒常的苦しみの中にあるのか
首から外へ、下へ、彼の痛む前腕を通じて。

彼の指は麻痺しているのか。まだ膝の感覚はあるのか？
あるいは地下の眠りの空白が彼を伝って這い上がってきたのか？　彼の念頭に距離感はあるのか？

〔『水準器』、二〇頁〕

これらの質問を図式化すれば、それらが二つの欄《コラム》に分類され、苦しみが自己忘却の考察の間におかれるabbaの交差対句法を形成していることが分かる。

無私無欲　　　　**苦しみ**

彼はどちらなのか？

我を忘れているのか？　あるいは　恒常的苦悶の中にあるのか、
首から前腕を通じて？
彼の指は麻痺しているのか。
まだ膝の感覚はあるのか。

あるいは
空白が這い上がってきたのか？
彼の念頭に距離感はあるのか？

この詩の結末は二者択一の左欄——禁欲主義が抒情的死からほとんど区別できないものに変わる——を選ぶ。ケヴィンはその自己放棄においてアイデンティティを失う。彼はもはや彼の憐れみの対象を覚えていない。言語さえ忘れている。愛が彼をそこへ運び、そこに彼の姿が映る川の名前も覚えていない。

ただ一人　愛の深い川にくっきりと姿を映し、
彼は祈る、「労苦して、報酬を求めないことを」
専ら全身でなす祈り、
彼は自分を忘れ、鳥を忘れ、
川岸にあってその川の名前すら忘れてしまったから。

〔『水準器』、二〇―二一頁〕

ノーベル賞受賞記念講演で、ヒーニーはケヴィンを「自然の過程と垣間見る理想の交差点で、常識を覆すとはいえ、生命に忠実な」人と呼ぶ（『詩の名誉』、三三頁）。父親らしい雛の保護において、ケヴィンのこの上ない愛他主義はいかなる芸術家にとっても「垣間見る理想」に止まらねばならないだろう。しかしヒーニーの絶大な説得力によって、読者はケヴィンの苦しみと忘我の諸段階を通じて局面ごとに導かれ、最後には聖人の献身を賛美する。この詩の最後の表現形式は二つの「祈り」**'pray'/'prayer'**、二つの「川」**'river'**、三つの「忘却」**'forgotten'** の三重の禁欲的連続である。あたかも聖人の代謝作用が意識的意志の介入なしに、これらの連続的心拍と呼吸を生み出し続けているかのようである—— *river / prays / prayer / forgotten / forgotten / riverbank / forgotten / river.*

禁欲的忍耐を目に見える形にする一つの方法がモニュメント化し、単純化し、連続と反復に延長することであるとすれば、もう一つの方法は対照的反対物と連作にすることである。

「持続」は、詩人の弟の現在のスタミナを下敷きにした、六つの紹介場面を繋ぐ詩。兄の詩人のようにアルスターを離れ、共和国に移住するのではなく、弟ヒューは一家の農場を維持するため北アイルランドに残り、紛争の恐怖にめげず平静を保ち、隣人と平和に共存した。この詩は、その種の感情的スタミナを作るに至る特質の究明でもあり、また禁欲的反応を英雄的なものにする残忍極まる状況の概観でもある。詩の結びで、詩人は次ぎのように要約して呼びかける。

弟よ、君には豊かなスタミナがある。
こんな事件の起こる場所に君は住み続ける。大きなトラクターで
広場に乗り入れ、君は人々に手を振り、
エンジンの回転について叫び、笑い、新しい道路をドライヴし
古い道路を開放する。

逆さの椅子をバグパイプに、水漆喰用刷毛を［キルトの前に吊り下げる］毛皮の下げ袋に、スコットランドのパイプ奏者を装って、幼い兄弟たちの行進の先頭に立つ詩の場面１（幼少時、彼の抑えきれない上機嫌を表わす）から分かるように、これはすべて賞賛に値するし、ヒューの持つ特徴でもある。

君の丸い目と笑いではち切れそうに膨らんだ頬、
それでも息継ぐ合間、［バグパイプの］持続低音を

絶え間なく継続させて。

ヒューの中に生き続けているのは喜ばしさだけでなく、子供の頃から果たしてきた仕事への堅実な献身である。彼と未来の詩人が水漆喰用刷毛を本来の用途に当てて、一家のコテージに新しく水漆喰を塗る昔の場面2に、私たちはそれを見る。

……壁を塗る実際の仕事の水漆喰の撥《は》ね、
水を含んだ灰色が幅広の塊に叩きつけられ、
それが乾くにつれてますます白さを増していく、
すべてが魔法のように作用した。

I

詩人の幼少時代の世界では、汚れたものは何でも再漂白する刷毛の魔術で更新できるのだ。
この詩の場面3では、詩人が幼少時のキリスト教以前の迷信を思い出すので、雰囲気は暗くなる。死者が日暮れ、屋根の破風に集まる、という信仰、山査子の木（「妖精」の力を持つと考えられた）を伐った時ヒューが腕の骨を折った事実、「奇妙な鳥が牛小屋の屋根に何日も止まった時の／不安」。場面4では、（場面3の単純な迷信よりもむしろ）道徳的悪が農家の無垢に侵入する。詩人の母が中学校の「悪い少年たち」について息子に警告する時、マクベスと魔女たち、彼らの亡霊が背景にちらつく。さらに場面5で、党派殺人――以前のあらゆる異教的、シェイクスピア的悪夢と虐殺の暗示を現実のものとする――が町に起こる。殺人者の車が「広場」を横切って通り過ぎた後、壁に凭《もた》れて銃で撃たれ、殺された男の頭から出た「血の染みた粥のような灰白質」で汚れた漆喰壁を残して。犠牲者の流した血を、詩人は他の殺された亡霊たちに「供える」ウェルギリウス的神酒として表現している。

……彼は動かなかった、ただ全力を尽くして
寄り掛かった、それからタール塗りの帯を越えて倒れた、
夥しい血を溝に注いで。

弟ヒューが隣人らしい親しみを込めた陽気なジェスチャーでトラクターを乗り入れ、通常の用途にあらためてお披露目するのは、当の殺人現場、この「広場」である（場面６）。習慣を表わす現在時制を用いて、ヒーニーは日常、継続的なもの、習慣的なものを復活させる。それは暴力の不自然性を――単純な自然らしさによって――克服することを示す。

こんな事件の起こる場所に君は住み続ける。君の大きなトラクターは
広場に乗り入れ、君は人々に手を振り、
叫び、笑う……

ヒューの人生選択を好しとする判断の基盤は、品格、漲《みなぎ》る活力、勤勉を示すこの習慣的現在によって強調されている。弟が日常生活に平静を取り戻したことに対する、ヒーニーの深い賛美が感じられる。しかし詩人はこの回復力には限界がある、とも感じている。

I

君は水漆喰用刷毛をバグパイプ奏者の毛皮の下げ袋と呼び、
着飾って我々を台所中行進させた、
しかし君は死者を歩かせ、不正を糺すことはできない。

血で汚れた市《いち》の壁は、コテージの壁のように漆喰で塗りつぶすことはできないのだ。
詩人は、乳搾り中てんかんの発作（眩暈）に襲われるヒューの別の姿をつけ加える。

時に万策尽きた君を見る、
搾乳室で、発作の収まるまで
二頭の牛の間でふんばり、
それから糞の臭いで我に返り、
これだけか？　と思う。初めにかくありし如く、
今もこれから先もこうなのか？

こうした疑問は、ヒーニーが祖先の職人に問うた質問でもある。「彼はそれが結局何になるのか、問うことがあるのだろうか？」

個人の人生は世の中の大局の中ではほとんど取るに足らないものなので、焦点を遠くに置いてみても（「初めにかくありし如く……」）、何ら道徳的満足は得られない。その代わり、詩人はヒューが習慣的行動を再開することを許容す

るが、今度は（眩暈のくだりの文法的指示に従って）無限延長の現在分詞で、

　　これだけか、と思いながら……
　それから目をこすり、牛小屋の戸口に掛かっている
例の古い刷毛を見て、仕事を継続する。

〔『水準器』、一〇―一一頁〕

六つの場面の複合性――迷信に刺激されたシェイクスピア的血腥《なまぐさ》い殺人からアイルランド民俗生活における同様な古代迷信の持続性、それにもかかわらず、その同じアイルランド生活に弾力的に生きている陽気な日常性、党派的暗殺、ヒューのような禁欲主義者にすら訪れるためらいの瞬間に至るまで――を通じて、「持続」は禁欲的「その後」の持つ功徳を、過去と現在にわたる様々な場面に挿入する。ヒーニーはここで、禁欲主義が寓話や説話の中に見出される時以外、聖ケヴィンのそれのように文脈を欠くわけではないことを示すために、抒情詩を常ならぬ長さの語りに引き延ばす。北アイルランドの日常生活において、禁欲主義は過去と現在にわたり、多様な文化的内面的対抗勢力と闘っているのだ。

『水準器』には、時を経た忍耐のより幸せな側面が見られる。しかし「詩人の椅子」（彫刻家キャロリン・マルホランド作ブロンズ製椅子にちなんだ題名）(5)のような祝典詩においてさえ、この半ば有機的な椅子――その真っ直ぐな背もたれに、ブロンズの葉の茂った若木が二本生えている――は、詩の中程の場面で、死の儀式の道具立ての一部として想像される。市中にあって、ダブリン中のほとんど誰もが一度は腰掛けたことがある椅子なのだが。

　次に私が見るのは白い牢獄の中、

ソクラテスが座っている椅子……
　　　　　　涙はなく
毒が効いてくる今もない
　　　　　　　　　　　　　　　　　　　　　　　　　　［『水準器』、四六―七頁］

第三場面は日常の継続性、通常性、希望（「あらゆる意味でここにずっといる」思い）を回復するが、「詩人の椅子」の紛れもない眼目は範とすべきソクラテスの冷静な死である。ヒーニーの想像力は今や何とかして、ほとんどの詩においても、三段階のシナリオ――順に普通の生活、何らかの出来事によるその侵犯、「持続」によるその回復を示す――のための余地を見出さねばならない。

『水準器』の多くの詩が今日のリアリズムの慣行の枠内でこれら三段階を表現する一方、それらがヒーニー自身の歴史的時間に限定されるものではない、という確信故に、彼はソクラテスの死刑やトロイア戦争に関わる出来事のような神話的等価物の活用に向かう。ヒーニーが「ミュケーナイの見張り」で前例のない言語学的暴力を自らに許したのは、「アイルランドの」政治的紛争が終わり、理解を越える虐殺全体に――それを要約する連詩とともに――「幕」（fini）と書くことができるように思われたからだった。「隣人の殺人」（「葬式」）はいつもヒーニーには理解できなかった。（「刑罰」で言っているように、）彼は「文明人面《づら》した激怒に共謀しながら」、イギリス兵と情を通じた女たちの頭を剃った、カトリック教徒たちの「厳しく根深い」復讐を理解できたかもしれないが、殺人行為には理解も共鳴もできない。「ミュケーナイの見張り」におけるように、彼はせいぜい人間関係の、説明不可能ながら、明らかに止めることもできない繰り返しを認識できるにすぎない。

「ミュケーナイの見張り」の五節の語り手はすべて夜警である。アガメムノーンのトロイアからの帰還を待ちながら、彼の想像力はトロイア戦争の殺伐さで汚れている。

浅瀬に鮮やかな網状の血をよく夢に見た、
ずたずたに裂けた肉のように雨と降る死骸も――
眠っている俺の頭上に。

〔『水準器』、二九頁〕

（ヒーニーは血だらけの男が彼の方へ落ちかかるのを見る、同様の夢について語ったことがある。）夜警の最初の語りを、私たちがキーツの希望に満ちた田園詩（「眠りと詩」、「エンディミオン」[6]）を連想する行またがりの五歩格二行連句で書くことにより、ヒーニーは本来穏やかな英語の語り形式であったものから、冷笑的な「黒い鏡」（『水準器』、三〇頁）を創作する。カッサンドラの肖像を最短行（一歩格、二歩格）で書き、各行がほとんど始まらないうちにカットしてしまうことにより、アガメムノーンがトロイアから連れ帰った少女の誘拐と凌辱に、残酷にも調子を合わせている。「罪のない傍観などさらにない」と夜警はいう。

罪のない
傍観など
さらにない。

彼女の汚れた胴着、
小さな乳房、
刈られた髪、打ち

ひしがれた、かさぶたの
パンク頭、
焦げたような目
飢えたのろま——
輪姦されたように
見える

そして単純。

ヒーニーはこれまで、犠牲者の描写にこれほど残忍な筆致をあえて揮ったことがない。カッサンドラはアルカイズム（擬古主義）によって距離を置かれてはいない（湿原死体［第二章「考古学」参照］がブロンズ化し、擬似石化によって様式化されていたように）。彼女は夜警の目を通して私たちの前に立つ——そうあったかもしれないように受け身で、無防備に。自分の娘を殺したアガメムノーンも、帰還時と同様に暴力的に寸描される——彼の意志の結果に無関心なテロリストとして。

高慢な
老王

ご帰還
「子殺し、
来るものは
来い」王
アガメム
ノーンの太鼓を
転がす、雄鹿の
闊歩は戻った。

カッサンドラの予言――彼女の「千里眼の恐怖の泣き言」――は無心どころでない「傍観者たち」に彼女を再び犯そうという欲望を喚び覚ますだけだ。

そして結果は
彼女を犯そうという
傍観者たちの

I

欲望衝動

そこでその時。
彼らの罪の
小さな裂けた膣。

クリュタイムネストラとアイギストスが入浴中のアガメムノーンに網を被せ、彼とカッサンドラを刺す時、王の帰還の血腥い危機の局面全体は漫画の言語のトーンを帯びる。

彼らの罪の
小さな裂けた膣。

彼女は向かった、
短剣へ、
殺人者である妻の方へ、

彼女とその奴隷主、
トロイアの略奪者を
覆う網へ、と。

アイスキュロスから借りて、ヒーニーはこの非情な詩の最後の切りつめた言葉をカッサンドラに与え、彼女は歴史的出来事の非合理性を宣告するためにそれを使う。ある時代は光にあふれ、他の時代が闇に満ちていることは予測できない。確かなのはその宿命の時が過ぎれば、それぞれが「海綿の／一拭《ふ》きで」拭《ぬぐ》いさられることである。

　彼女は行った……

「海綿の一拭き、
それだけ」と
言いながら、

「影の蝶番が
予測不能に
揺れ、灯が

消える」。

〔『水準器』、三〇―三三頁〕

混沌が一つの時代に降りかかる時、闇はカッサンドラの最後の三行連句の欠けた二行に象徴される。
　夜警は明け方の幻想にいう。「俺たちがその内側に暮らしていた／巨大な時の傷が脈打つのを感じた。」「夜明け前の蜘蛛の糸」のある花々に触れようと身を屈めるが、彼の魂は最も無心な行動さえ悲劇の汚れで汚染させる「[自らの]手に泣いた。」彼の明け方の幻想はさらにロムルスとレムス[7]、争いの性的興奮に至り、兄弟殺しを見る。

小高い、不吉な場所、
少数の群衆が見守る中、男が一人
新しい土塀を跳び越え、もう一人が恋人のように
追いかけた、と思われたが、彼を打ち倒した。

[『水準器』、三四頁]

I

「ミュケーナイの見張り」のこの節におけるヒーニーの韻を踏む三行連句は、何かが始まるや（'a man'）押韻で結果が従い（'another ran'）、響き合う結果（'to strike him down'）は同様に、宿命的に最初の二行の弾みに駆り立てられている。夜警――クリュタイムネストラとアガメムノーン双方の腹心であり、子殺し、犯罪的性行為への耽溺、残虐な戦い、王殺しの目撃者である男――を彼の物語にふさわしい粗悪な言語に追いやるのは、この抵抗しがたい弾みなのだ。

戦争は男たちを皆狂気にした、
不義をされた者も、なぶられた者も、屋上で見張りをさせられた者も、
勝ち誇る者も、敗北者も。

[『水準器』、三六頁]

最後に、彼の結びの「水の夢想」において、夜警は破滅の宿命を覚悟していると同時に、希望も捨てていない。ヒーニーはあたかも暴力からの中断は中断にすぎない、という悲劇的確信を捨てきれないが、同時に流血はその清めの水を見出すことができる、という信頼に抵抗できないかのようである。悲劇的夢想は人類が

未来と過去をつなぐ梯子、
包囲する者、される者、
攻撃の足踏み車

に捕われていることを示す。

対照的に、この連詩は平和時、男たちが新しい井戸の心棒を沈めるところで終わる。

安全な土地を試している、除隊になった兵士たちのような、
新鮮な水の発見者、管理者、予見者たち
——鉄ポンプの豊かな円い口と
逆る蛇口に。

〔『水準器』、三七頁〕

夜警のヒーニーは『プリオキュペイションズ』で子供の世界の中心、オムパロスとして描写されたモスボーンのポンプへ、と立ち戻った。

ポンプはそこに立っている、ほっそりした鉄の偶像――鼻を突きだし、ヘルメットをかぶり――……男たちが来てポンプのシャフトを沈めたのを覚えている……あのポンプは土、砂、砂利、水へと当初の下降を跡づけた。それは想像力に中心を与え、杭を打ち、その土台を**オムパロス**それ自体の基礎にした。

〔『プリオキュペイションズ』、一七・二〇頁〕

「時の傷」から迸る血の代わりに、水を再びアイルランドの象徴にすることができれば、希望は帰還できる。ヒーニーの「その後」への善き願い、彼のラーキン[8]的な水の賞賛は、たぶんいかなる歴史的根拠をも凌駕するだろう。しかしその願いに対するもう一つの選択は絶望であり、それに抵抗することを彼は道徳的義務とみなしているのだ。

再考

詩人は一つの詩が絶望で閉じるのを許容している――(ナイジェリアの友人ドナータス・シオーガ[9]を偲んで書いた)「今宵、ウィックローでも犬が啼いていた」である。この詩は再話で語るアフリカの寓話で、蛙が神チュクウに「人類は死が永遠に続いてほしい、と望んでいる」と嘘をつく。チュクウはそのように定める。詩はヒーニーの最も荒涼とした「その後」、寂滅と哀歌のタブローで終わる。

偉大な首長たちと偉大な恋人たちは
消された灯の下で、蛙は泥の中で、

犬は屍の家の裏で一晩中啼き喚いている。

『水準器』、五六頁〕

ヒーニーは物質と精神の闘い——禁欲主義の対抗する絶滅、物質的なものに消されるヴァーチャルなもの——の両面を知っている。彼の詩が、経験の紛れもなく矛盾する諸相に対する彼の感覚を受け入れるに十分な長さと多様性を持つ一連の連続節《シクウェンス》の形——「ミュケーナイの見張り」、「持続」、六節からなる「飛行路」のように——を取ることが次第に必要になったのは、そのためである。彼が過去を現在に、最初の考えを再考に、絶えず組み入れていくことは、十年ごとに真実の語りを難しくし、適切な言語を見出す作業はより多くの精力と根気を要求する。生まれた場所と時代によって、彼は本来の使命である本質的に私的なジャンル〔抒情詩〕の枠内で、無視できない社会的次元の表象をとり入れることを余儀なくされた。

抒情詩のジャンルが抒情詩人に義務づける唯一のことは、彼自身の立場とそれに対する彼の反応を適切な想像力に富む言語で表現することである。彼の最も精力的な批判者でさえ、ヒーニーが彼の立場をいかに見、彼の感情がそれに対しどう反応するか、彼らに示してきたことを疑わないように見えるので、彼らは——彼の見解とみなすことに反論する時でさえ——彼の想像力の成功に対する最上の証人である。彼が政治やジェンダーの苦境を彼らが望むように見、それについて彼らと同じ感情を持つべきだ、という要求にはもちろん答えることができない。それは人が芸術に対してなすことのできる要求ではないのだから。

訳注

（1）ギリシャ南東部ペロポネソス半島アルゴリスの古都。青銅器時代ミュケーナイ文明の中心地。紀元前二〇〇〇—一五〇〇年頃最盛期を迎え、一一二〇年頃ドーリア人に滅ぼされた。一八七六ー七七年、シュリーマンにより遺跡が発掘された。

（2）フィールド・デイ劇団（Field Day Theatre Company）．新風を吹き込もうと、現代劇作家ブライアン・フリールと俳優のスティーヴン・レアによって、一九八〇年デリーに設立された劇団。ヒーニーはその重要性を認めて激励、彼自身も八三年頃からこの劇団の会長という肩書きを有していた。

（3）ホプキンズの詩「ドイチェランド号の難破」の第一部・二七、二行目から引用すると、

The jading and jar of the cart,
Time's tasking, it is fathers that asking for ease
Of the sodden-with-its-sorrowing heart,...

この詩の題辞には、「ファルク法（一八七一年に発足した新ドイツ帝国の宰相ビスマルクが制定した法律）によって追放され、一八七五年十二月七日の夜明けに溺死したフランシスコ会の修道女たちの幸せな霊に捧げる」とある（安田章一郎・緒方登摩氏訳『ホプキンズ詩集』春秋社、一九八二より）。

（4）One must have a mind of winter
To regard the frost and the boughs
Of the pine-trees crusted with snow;
…………
Full of the same wind
That is blowing in the same bare place
For the listener, who listens in the snow,
And, nothing himself, beholds
Nothing that is not there and the nothing that is.
"The Snow Man" *Harmonium*（1923）

（5）Carolyn Mulholland（1944- ）.現代アイルランドの彫刻家。

（6）『エンディミオン（*Endymion*）』の冒頭の五行は、

A thing of beauty is a joy for ever:
Its loveliness increases; it will never
Pass into nothingness; but still will keep

A bower quiet for us, and a sleep
Full of sweet dreams, and health, and quiet breathing.

（7）Romulus と Remus の両人はギリシャ神話の軍神マルスとレア・シルヴィアの間に生まれ、オオカミに育てられたという伝説の双子の兄弟。しかし兄弟は争い、勝ったロムルスが紀元前七五三年、ローマの建設者で最初の王とされる。

（8）Philip Larkin（1922-85）は長年イングランドのハル大学図書館に黙々と勤務した英国の詩人、小説家。若い英国作家たちが中心となって作品から感傷性を排除しようとした *The Movement* のリーダー。ラーキンの詩集 *The Whitsun Wedding*（聖霊降臨祭の婚礼）（1964）の中に「水（Water）」があり、そこでは宗教的な本質としての水を賛美している。

（9）Donatus Nwoga. ベルファストで学生時代を過ごし、現地女性と結婚した。ヒーニーは彼の訃報に接し、この挽歌を彼女に献じた。（村田辰夫他訳『水準器』［一九九九］訳注による）。

参考文献

A. シェーマス・ヒーニーの著作

他に断りのない限り、いずれもロンドンのフェイバー＆フェイバー社、またはニューヨークのファラー、ストラウス、ジルー社により刊行された。ヒーニー筆未収録論文、出演インタヴュー・ラジオ放送、ヒーニーとアイルランド詩に関する評論については、Michael Parker, *Seamus Heaney: The Making of the Poet* (Macmillan, 1993) 参照。ヒーニーの全著作の書誌は米国 Lenoir-Rhyne 大学の Randy Brandes が作成中［二〇〇八年刊行済み］。

I

1. 詩集

Death of a Naturalist（1966）

Door into the Dark（1969）

Wintering Out（1972）

North（1975）

Field Work（1979）

An Open Letter（Derry: Field Day Theatre Company, 1983）

Station Island（1984）

Sweeney Astray（1984）

The Haw Lantern（1987）

Selected Poems 1966-1987（1990）

Seeing Things（1991）

The Spirit Level（1996）

2．評論集

Preoccupations: Selected Prose 1968-1978（1980）
The Government of the Tongue（1988）
The Place of Writing（Atlanta: Scholars Press, 1989）
The Redress of Poetry（1995）
Crediting Poetry（the Nobel Lecture, 1996）

3．戯曲

The Cure at Troy: A Version of Sophocles' Philoctetes（1990）

4．ディスコグラフィ

The Northern Muse – with John Montague（Claddagh Records, 1968; out of print）
Seamus Heaney（Harvard University, 1987）
Stepping Stones: Selected Poems（Penguin Audio Books, 1995）
The Spirit Level（Penguin Audio Books, 1996）
Station Island（Penguin Audio Books, 1997）

B．シェーマス・ヒーニー研究書・選集

Agenda: Seamus Heaney Birthday Issue, ed. William Cookson and Peter Dale（London: Agenda and Editions Charitable Trust, 1989）
Allen, Michael, ed., *Seamus Heaney: New Casebook Series*（London: Macmillan, 1997）
Andrews, Elmer, *The poetry of Seamus Heaney: All the Realms of Whisper*（London: Macmillan, 1988）
Andrews, Elmer, ed., *Seamus Heaney: A Collection of Critical Essays*（London: Macmillan, 1992）
Bloom, Harold, ed., *Seamus Heaney: Modern Critical Views*（New York: Chelsea House, 1986）
Burris, Sidney, *The Poetry of Resistance: Seamus Heaney and the Pastoral Tradition*（Athens, GA: Ohio University Press, 1990）

Buttel, Robert, *Seamus Heaney* (Lewisburg: Bucknell University Press, 1975)
Corcoran, Neil, *Seamus Heaney* (London: Faber, 1986)
Curtis, Tony, ed., *The Art of Seamus Heaney*, revised edn. (Bridgend: Poetry Wales Press, 1994)
Foster, John Wilson, *The Achievement of Seamus Heaney* (Dublin: The Lilliput Press, 1995)
Foster, Thomas C., *Seamus Heaney* (Dublin: The O'Brien Press, 1989)
Hart, Henry, *Seamus Heaney: Poet of Contrary Progression* (New York: Syracuse University Press, 1992)
Haviaras, Stratis, ed., *Seamus Heaney: A Celebration*. A Harvard Review Monograph (Cambridge, Mass.: The President and Fellows of Harvard College, 1996)
Morrison, Blake, *Seamus Heaney* (London: Methuen, 1982)
Murphy, Andrew, *Seamus Heaney* (Plymouth: Northcote House, 1996)
O'Donoghue, Bernard, *Seamus Heaney and the Language of Poetry* (New York: Harvester Wheatsheaf, 1994)
Parker, Michael, *Seamus Heaney: The Making of the Poet* (Dublin: Gill & Macmillan, 1993)
Tamplin, Ronald, *Seamus Heaney* (Milton Keynes: Open University Press, 1989)

I

II

年譜（続）（一九九八―二〇一五年）

一九九八年	アイルランドの芸術家連盟エースドナにおける最高位の saoi（アイルランド語で賢者）に選ばれる。 ハーヴァード大学名誉学位を受ける。 **四月** 「グッド・フライデーの和平合意」が結ばれ、北アイルランド紛争終結への期待が高まる。 詩選集 *Opened Ground: Poems 1966-1996* 出版。翌年『アイリッシュ・タイムズ』文学賞受賞。
一九九九年	翻訳『ベーオウルフ』（*Beowulf*）出版。イギリスでベストセラー、アメリカで六万部の売上げ。
二〇〇〇年	アメリカ大統領（ウィリアム・クリントン）に招かれ、ホワイトハウスの聖パトリック・デー・パーティに出席。
二〇〇一年	詩集『電灯』（*Electric Light*）出版。 米国オクラホマ州タルサ大学第一回ダーシー・オブライエン（Darcy O'Brien [1939-98]）記念講演 "The Chair in Leaf: On Poetry and Professing" を行なう。翌年出版の散文選集に収録。 南アフリカ共和国グレアムズタウン、ローズ大学で「不寛容に抗う詩の力」（"Poetry's Power Against Intolerance"）と題する講演を行なう。 マケドニア・ストゥルガで「詩の黄金の花輪賞」（Golden Wreath of Poetry）受賞。
二〇〇二年	ケンブリッジ大学クレア・ホール主催「人間の価値に関わるタナー記念連続講演」（Tanner Lectures on Human Values）、最終日はハーヴァード大学ヘレン・ヴェンドラー教授他も参加してセミナー討論が行なわれた。

二〇〇三年

散文選集『ファインダーズ・キーパーズ』（*Finders Keepers: Selected Prose 1971–2001*）を出版、トルーマン・カポーティ文学批評賞受賞。

「輝く流れ—マクダーミッド追悼」講演（"The Shining Streams: A Tribute to Hugh MacDiarmid（C.M. Grieve）[1892-1978]"）.

リアム・オフライン（Liam O'Flynn）と共にアイルランド伝統音楽と詩のCD "The Poet and the Piper" を発売。

ベルファストのクイーンズ大学にシェーマス・ヒーニー記念ポエトリー・センター（The Seamus Heaney Centre for Poetry）設立。

二〇〇四年

ソポクレースの『アンティゴネー』（*Antigone*）に基づく劇『テーベの弔い』（*The Burial at Thebes: A version of Sophocles' Antigone*）を出版。アベイ劇場創立百周年を記念して上演。

パトリック・カヴァナ生誕百周年記念週末祭で基調講演。

二〇〇五年

アイルランド・ペン文学賞（Irish PEN Award）受賞。

二〇〇六年

詩集『郊外線と環状線』*District and Circle* 出版、T・S・エリオット賞受賞。

八月　軽い脳卒中を起こし、ダブリンのロイヤル・ホスピタルに入院。

二〇〇七年

ハーヴァード大学の「エマソン記念居住詩人」を辞職。

ポーランド芸術科学アカデミー名誉会員（Honorary Member of the Polish Academy of Arts and Sciences）に選ばれる。

限定版 *The Riverbank Field* を出版。

二〇〇八年

ロイヤル・アイリッシュ・アカデミー（Royal Irish Academy）からカニンガム・メダル（Cunningham Medal）を授与される。

ドリス・オドリスコル（Doris O'Driscoll）とのインタビューを記録した*Stepping Stones*を出版。

ベルファストのクイーンズ大学同窓会から生涯功績賞 Lifetime Achievement Award を受賞。

二〇〇九年

Spelling it Out を出版。

ロバート・ヘンリソン（Robert Henryson）の中世スコットランド英語による作品の翻訳 *The Testament of Cresseid and Seven Fables* を出版。

デイヴィッド・コーエン文学賞（David Cohen Prize for Literature）を受賞。

アイルランド人権委員会（Irish Human Rights Commission）で講演。

二〇一〇年

九月　十二冊目の詩集『人間の鎖』*Human Chain* 出版、「前進」賞（Forward Prize for Best Collection）受賞。

『オブザーヴァー』（*The Observer*）において、英国（Britain）のトップ知識人三百人の一人に挙げられた。ヒーニーは自らを「ブリティッシュ」とは考えていない、という理由で抗議、同紙はこれを取り下げた。

二〇一一年

歌手ポードリギーン・ニウラホーン（Pádraigín Ní Uallacháin）の歌のアルバム『写本筆記者の歌』（*Songs of the Scribe*）のために、古期アイルランド語の傍注（marginalia）の英訳を手掛けた。

一二月　アイルランドのナショナル・ライブラリー（National Library of Ireland）に自らの手稿や草稿などを寄贈。

二〇一二年

五月　ハーヴァード大学第三七五回卒業式で、一九八六年創立三五〇周年記念卒業式で朗読した "Villanelle for an Anniversary"（記念日のためのビラネル）を再び朗読、Richard Beaudoin 作曲、混声四部合唱歌として世界初演。

六月　グリフィン「詩の卓越」トラスト生涯顕彰賞（Griffin Trust for Excellence in Poetry's Lifetime Recognition Award）を受賞。

一九八八年以降に出版した詩集を基にした詩選集の準備を始める。これが死後出版される遺稿選集 *Selected Poems 1988-2013* になる。

二〇一三年

八月三〇日　死去。享年七四歳。

九月二日午前中　葬儀がダブリンのドニブルックで執り行なわれた。同日夕刻、両親や家族の眠るバラーヒィ（Bellaghy）の墓地に埋葬される。

一一月七日　ハーヴァード大学英文科主催ヒーニー追悼礼拝と詩の朗読会がメモリアル・チャーチで行なわれた。

二〇一四年

二月　米国ジョージア州アトランタ市エモリー大学は、*Seamus Heaney: The Music of What Happens* と題してヒーニーに関する初の包括的な展示を初公開する。

二〇一五年

三月　ヒーニーが在任中居住していた、ハーヴァード大学学寮アダムズ・ハウスの簡素なスイートルームが、ヒーニー記念室として改装公開される。

ヒーニー晩年の三詩集——日本語版への序に代えて

ヘレン・ヴェンドラー

一九九八年シェーマス・ヒーニーの詩作について本書を書いた時、私は一九九六年までに書かれた彼の詩——一九九五年ノーベル文学賞受賞に至る成果——を基にしていた。二〇一三年八月、急逝以前にヒーニーはさらに三冊の詩集を上梓しており、編訳者村形明子教授の依頼により、それらを含む彼の最晩年の詩に関する短評をあらためて試みることになった。

ヒーニーの詩学に驚くべき根本的変化が顕われたのは、『ものを見る』〔一九九一〕においてである。二年の間に彼は母と父に死別した——一九八四年マーガレット・ヒーニー、一九八六年パトリック・ヒーニー。『山査子の実提灯』所収の詩群はパトリック・ヒーニーの亡くなる前に書かれた。両親の死の衝撃が完全に認識されたのが、『ものを見る』であった。両親の家が空になった時、ヒーニーの詩世界は亡霊の棲み家となり、そこでは目に見えないもの——がらんとした家、不在の人々、伐採された樹木——の虚ろさが、目に見える世界のそれに劣らぬ容赦なき実体をそなえてくる。『ものを見る』の詩群は、私たちがその中で生きる、目に見えない状態（愛であれ、悲しみであれ、瞑想であれ）を活字にして実現することに捧げられている。その後の詩集『水準器』（一九九六）は回顧の書——アイルランド「紛争」が停戦に至って初めて、ヒーニーはそれまでの過去四分の一世紀の暴力に対して、彼自身の激しさを以て発言することが可能になった。一九九八年の私のヒーニー論が完結を見たのは、この時点でのことである。

『電灯』（二〇〇〇）はヒーニーの牧歌的な詩にヴァージル[1]（ウェルギリウス）の「牧歌」の影響をもたらす。彼は「牧歌第九歌」（年長の羊飼が土地を奪われたことを嘆く）を翻訳、詩人とヴァージルが子どもの誕生を待って祝う本来の牧歌を書く（ヴァージルが彼の「牧歌第四歌」でしたように）。「グランモア牧歌」はウィックローのシング家荘園、管理人コテージの所有者で批評家のアン・サドルマイヤーを賛える。彼女はヒーニー夫妻が北アイルランドを離れた時それを二人に貸し、後に売り渡した。ヒーニーは詩人、劇作家ジョン・シングに関するサドルマイヤーの著作を称賛する。彼女は「アウグスタ」、シング自身もラテン語名「メリボエウス」を名乗る。ヴァージル礼賛は、ヒーニーの最後の詩集『人間の鎖』にも明らかだ。その中の「ルート110」と題される自伝的連詩は、ヴァージルの「アイネーイス」[2]を範としている。息を引き取る前、ヒーニーはちょうど『アイネーイス』巻六の翻訳を終えたところで、亡父に会うための冥界下りを詳説していた。これらは魅力的な翻訳、翻案だが、ヒーニーを古典的価値の採用へと導く上で最も強力な効果を発揮している。

『電灯』の最良の詩群は依然として、ヒーニーの家族生活の機微を捉えた無比の詩表現に根ざしている。幼いシェーマスは、新生児が「カーリン博士の鞄」から生まれて来る、と聞かされていた。「鞄の中から」の連詩には、幼い詩人がカーリン博士の訪問を見守りながら、博士の診察室を赤子の小さな部位をぶら下げた工場として描く、子どもの想像力の不気味な垣間見がある。

……そして頭上に
天井近く張り渡されたロープからきちんと
垂れ下がる小さな乳首色の乳児の身体部位――
足指、足と向脛、腕、陰茎

博士のボタン穴の薔薇の蕾《つぼみ》にちょっと似た。　［八頁］

喜劇的だが不安を催させる、赤ん坊のアセンブリー・ラインの想定から、この詩は現実へと下降する。子どもが新たな弟を見に、連れて来られると、母親は彼に言う。「私が眠っている間に／お医者様が家族皆のために連れて来てくれた、新しいちっちゃな赤ちゃんをどう思う?」

「鞄の中から」の半ば辺は病《やまい》と癒し、アスクレーピオス(3)とルルド(4)に関する省察を続ける。詩人がギリシャの暑さに失神する時(5)、彼はヒーニー家の食器室の窓を曇らす蒸気に、カーリン博士が一群の原始的人形《ひとがた》を描く幻覚を持つが、それは奇跡のように次の詩行と符合する。「赤子の断片たちはみな泳ぐように集まって来た／彼の石鹸だらけの大きな衛生的な手の中へ」。

別の連詠は、複合的な成長のイメージを惹起する。「本当の名前」――思春期のグループがシェイクスピア劇を演ずる――は、むさ苦しい高校生がシェイクスピア劇中人物の名を名乗ることで、本来のアイルランド名による演技以上に真実性を帯びた男女登場人物に変身する様子を描く。「ヘラスからのソネット」は詩人の最初のギリシャ旅行(6)の記録である。六篇のソネット中特筆に値するのは、アテネの楯の下、ヘラクレスに清掃されるアウゲイアス王の汚らしい牛舎の物語を回想する。ヒーニーにとって、神話は現実の原型である。彼の自宅近くの殺人事件のニュースが伝わった時、彼はオリンピアの聖域にいた。「私たちがバラーヒィ・ゲール体育協会クラブの敷地におけるショーン・ブラウン殺害の報に接したのは、かのオリンピアであった」、と彼は言う。ゲール体育協会クラブの何の罪もない敷地は突然血で汚され、アウゲイアス王の牛舎に劣らぬ清掃の必要に迫られる。ギリシャで、ヒーニーの古典的なものへの愛着は、彼のローマに根ざす文学的ルーツを補足しながら、文明の黎明に遡る古代ギリシャ神話によって補強されている。

当然ながら、『電灯』には悲歌が多い。標題となった詩におけるヒーニーの祖母追懐をはじめ、個々の詩人への挽歌——テッド・ヒューズ（「英語での彼の作品に寄せて」）、ヨセフ・ブロッキー（「オーデン風」[7]）、ズビニェフ・ヘルベルト（「ズビニェフ・ヘルベルトの霊に」）——が全巻を通じて鏤《ちりば》められている。ヒーニーはまたスコットランド詩人群像のための挽歌「生きていてほしかった」（ノーマン・マッケイグ[8]、イアン・マクガバン[9]、ソーリー・マクリーン[10]追悼）を追加している。彼は標題（「病人を看る」）を、ホプキンズの「フェリックス・ランダル」[11]——詩人が死に瀕した蹄鉄工との深まる関係を「この病人を診ることは、彼を私たちに愛おしいものとし／私たちをも愛おしいものにする」と詠った——からとった、父親のための悲歌をもう一篇詠んでいる。ヒーニーとその家族は、癌で死に瀕している家畜取引商の父親を看取っている。先ず彼の肉体が弱り、次に精神が衰える。

査定者の目、勘定役の頭の中
何年にどの土地にどんな牛が……
しかしやがてそれさえ消えた。そして細心の注意。
彼の微笑は夏のドア半開き——外へ開いたり
閉じたり。一時しのぎの一条の光。
モルフィネ投与の効果に感謝するわれわれ。
［九四—九五頁］

この抜粋が示すように、『電灯』に目を見張るような作風の変化はない。むしろ、六十歳に達して中高年の境を越えた証拠に、その頁に影を落とす死亡例の数々。

『郊外線と環状線』（二〇〇四）において、ヒーニーは二〇〇一年九月十一日、ニューヨーク世界貿易センター高層ビルの破壊を記録する。「何でも起こり得る」で、彼はホラーティウス[12]（『オード』I、三四）から借用する。運命の女神は正義も功罪も知らない。

何でも起こり得る、最も高い二塔が倒壊とは、
高所にいた人々は怖じ気づき、見過ごされた人々は見守った。
嘴を研いだ運命が舞い降りて飛びかかり、息を切らせ、鶏冠を剥ぎ、次の獲物を血に染める。　［一一三頁］

北アイルランド紛争の暴力は、ヒーニーが自分の詩に暴力を許容するのを渋らせたが、それは『北』、『ステーション島』、「ミュケーナイの見張り」においても執拗に顕在化する。それらの詩は歴史的背景や歴史的因果関係を提示した。しかしヒーニーは今や、公然と暴力を人間の因果関係から分離する。ジュピターの血腥い気紛れ以外の引き金なしに、どこでも何でも起こり得る世の中である。（ヒーニーがこれを書いているのは二〇〇六年脳溢血発作後、言語能力・身体機能を回復しなければならなかった頃である。）『郊外線と環状線』の巻頭詩「蕪《かぶら》処理機」は、投げ込まれた蕪を暴力的に粉砕する機械を、神の眼から見た人間存在にたとえる。機械は語る。

「これが神の眼から見た一生——
苗の新芽から粉砕器に至る——」

ハンドルを廻すと
蕪の頭は落とされ、

汁まみれの内刃の餌に供される、
「これが蕪の一期《ご》」、

生の切片の塊が落ちると、
煌めくバケツ一杯分が続々。　　[三頁]

生の切片の塊は人肉、運命の女神の屠殺から零《こぼ》れ落ちた、その煌めく内蔵。この暴力は神与、私たちはその犠牲者。ヒーニーはこれ以上残虐な詩を書いたことはない。その不条理性、歴史的母体の欠如は特定の人間悪に関する省察ではなく、アレゴリーか原型、惑星の地球力のイメージとしてみる必要がある。標題詩——「郊外線と環状線」と称されるロンドン地下鉄路線にかけた洒落《しゃれ》と地域・周縁間のヒーニー的動揺の繰り返し——も、軽快な地下鉄乗車として始まりながら、詩人が亡霊群の中の一亡霊になりかけるにつれて、鋼鉄の柩《ひつぎ》入り地獄への輸送を匂わせて終る。

そして昼夜輸送される

彼らとともに回廊化した地下道を通り、
わが所属するすべての唯一の身一つ、
猛スピードで突進、
窓に映る姿の背景は
爆破された泪する岩壁。
明滅する灯に照らされて。　　　　［一九頁］

脅威を以て迫る産業社会の地下にあって、物思うヒーニーは自身を死んだ父親と一体と見る。

わが顔が薄れ、ためらううち、
わが父のガラス越しの顔が浮ぶ。　　　　［一九頁］

以上は、ヒーニーの想像力が歴史的というより悪夢に近い、地獄のような場面で解き放たれる、『郊外線と環状線』中圧巻の瞬間である。

『郊外線と環状線』の衝撃的な詩は、彼が育ち、彼の父親の農具が納屋で用心深く管理され、丁寧に注油され、保護されたであろう環境、農業環境全体の死を詩人に暴露する。米国アイオワで「猛烈な大吹雪に」遭った詩人は、捨てられた刈取機が「黒刃のギアの油の艶を消す」深い雪に埋もれているのを見る。神聖冒涜的比較を装う詩人は、廃棄された機械に父親の遺骸を見ながら、目撃したことを語る――受洗せざる非キリスト教徒がエルサレムで、磔刑に伴う現象に接するように――「暗闇／第三の刻、ヴェールがずたずたに千切れる」。大寺院の幕が引き裂かれ、不受洗者は寺院の奥に、新たな脱出口[13]ならぬ新たな洪水[14]が待ち構えているのを見る。

　一度アイオワで。湿った雪、唸りをあげて押し寄せる
　割れた海水ではなく、まるで洪水の只中。[15]　［五二頁］

これぞヒーニーの父親への痛切極まる悲歌、と私には思える。

『郊外線と環状線』は、絶滅の警告で幕が引かれる訳ではない。「回復した口語」（脳溢血後と推測）への感謝をこめて、ヒーニーは厳しい秋の銅色（copper）の「金庫（柩）」（coffer/coffin）と樺の幹の灰色に軍配を上げ、春の「樺の緑」（キーツ）[16]に別れを告げる。

　秋に、回復した言語を言祝《ことほ》ぎ
　その能力を回復して、私は歓声を上げた。
　「樺の緑の代わりに、この脛まで埋もれる金庫（柩）――
　銅色に灼けた枯葉の――この樺の幹の灰色」。
　　［「野道で《ローニング》」[17]、七四頁］

詩人の歓声（cry）と最終行を閉じる灰色（grey）の意義深い音韻[18]は、彼の次にして最後となる詩集『人間の鎖』を予見する。しかし灰色に全面的に譲る前に、ヒーニーは『コロヌスのエディプス』[19]の灰色を、行き帰りの彼に挨拶を送るお気に入りの鳥、生命原理そのものの黒鳥《クロウタドリ》との二度の出会いに鮮やかに包みこむ。

II

私が着くと、草の上に
静寂を生命で満たし、
……
去る時は蔦の中。

黒鳥よ、わが愛するのはそなた……

瀕死のエディプスの言葉と「中間期休み」の幼い亡弟の思い出を通して、ヒーニーは黒鳥の信頼性と弾力性への新たな礼賛に到る。

生垣跳びよ、私は絶対
そなたの味方、そなたの素早い口答え、
そなたの毎度遠慮がちな再来、
えり好みする神経質な黄金の嘴――
私が着くと、草の上、
去る時は蔦の中。

［「グランモアの黒鳥」、七五―七六頁[20]］

これは受けるに足る挨拶だ――臆せず、超然と、黄金の嘴で、高々と蔦の中でも、地べたの草の中でも、生き生きと。

ヒーニーの最後の詩集『人間の鎖』（二〇一〇）にはすべて、『ものを見る』以来お気に入りの形式となった、十二行詩で構成された忘れ難い数連がある。その一つ（「突発事件の歌」）は、二〇〇六年の脳溢血事件（救急車から部分的麻痺を経てリハビリテーションに至る）の諸段階を三行連句でスケッチする。長い「ルート110」（同じく三行連句十二行詩）は、少年時代から祖父になるまでのヒーニーの人生上の出来事を『アエネーイス』の事件に並行させている。三番目（「隠者の歌」「ヘレン・ヴェンドラーのために」）は、幾世紀にもわたる著書著作礼賛の四行連句十三行詩で構成される。語り手の声はヒーニー初期のスタイル、凝縮された音感豊かな詩行を離れ、より開かれた、気楽な調子、受容性においてほとんど怠惰に近い詩句へと向かっている。屋根裏の書斎で、七十歳のヒーニーは自らの加齢の衰えを実感しながらも、創造の微風が未だ内に生きている「己《おのれ》が屋根裏部屋に／島流しの男」、と見る。

齢を重ね人名を忘れ、
階段が危うくなるにつれ、
ますます目眩《めまい》に近づく――

初めてマストの横静索に上がったキャビンボーイの、
元通りにならない経験の底をつく
忘れ難い直面の瞬間

　未だ想像できないわけではない
　風が立ち、錨が上がる時の
　あのかすかな異変の亀裂と世界の傾きを。　［八四頁］

しかし『人間の鎖』において、インスピレーションをもたらす西風に先立つのは、ぞっとする死の予感である。巻頭の詩は、夜目覚めて外の風の猛威に気づく詩人を登場させる。それは彼を「電流の通った鉄条網のように生気づけ、秒刻みの鼓動に入らせる。」

　急使の突風はそこでその時
　鎮まり、平常に。しかし二度と再び、
　そして今も。　［三頁］

あの風の後、何も再び「元に戻る」ことはないだろう。『人間の鎖』全体が、迫る死の、かの「急使の突風」から停止状態の宙ぶらりん。それに対して、詩人は個人的、家族的人間生活のモニュメントを建てる――北アイルランド停戦後、政治戦線は後退した。生と死が彼の詩の多くを括弧でくくり、詩人は『アエネーイス』巻六のヴァージル的冥界に深く沈潜しながらも、それを超えて新たな命、最初の孫、孫娘の誕生を祝う。詩人は彼の過去の象徴的集成の贈り物を携えて登場する。

　私は庭の残り花を抱え、白頭の数人と連れ立って馳せ参じる

灯の消えない小蝋燭のように
彼女の地上の光が差し初め、私たちが周りを囲んで
赤ちゃん言葉を話す時。　［五九頁］

かの家族的絆の再生に伴い、言葉もまた生まれ変わり、最初期の形式へと退歩し、成人の応答の緊張から詩人を解放する。この抒情的放免は『人間の鎖』を通じて悲しみに引き戻されるが、老年期に遭遇するものは既にすべて予知されており、必要なのはそれに着せかける言葉のみであったかのように、同じ均衡が悲しみと喜びを支えている。

訳注

（1）Publius Vergirius Maro（前七〇―前一九）．ローマ最大の詩人。古来叙事詩『アイネーイス（Aeneis）』の作者として知られる。
（2）Aeneis．トロイアの英雄アイネーアースが第二のトロイアすなわちローマ建国の天命をにない、各地を放浪、辛苦の末ローマ建国の礎を築くに至る国民叙事詩。
（3）Asclepius．アポロの子で、医学の神。
（4）Lourdes．フランス南西部ピレネー山脈の麓にある巡礼地。「奇跡の泉」の癒しで知られる。
（5）一九六九年夏、ヒーニー夫妻がフランス・ピレネー、スペイン滞在前後、ギリシャ初訪問か？
（6）前掲注（5）参照。
（7）W. H. Auden（1907-73）．一九三〇年代を代表するイギリス詩人。スペイン内乱に参加、第二次大戦勃発直前アメリカに渡り、市民権を得てニューヨークに住み、各地の大学で教え、五六―六一年オックスフォード大学詩学教授をつとめた。
（8）Norman MacCaig（1910-96）．エジンバラ大学で学んだ後、人生の大半を同地で送ったが、母方の祖先の高地で夏を過ごし、その風景とゲール文化の伝統を愛した。英語のみで詩作したのは、彼の世代のスコットランド詩人として異例である。

（9）Ian MacGabhann, Iain Crichton Smith OBE（Gaelic: Iain Mac a'Ghobhainn）（1928-98）. グラスゴーに生まれ、ゲール語圏で育ち、英語とゲール語で書いたスコットランドの詩人、小説家。

（10）Sorley MacLean（1911-96）. スコットランドを代表する近代詩人。

（11）"Felix Randal", *Poems*（1876-89）, 53.

（12）Quintus Horatius Flaccus（前六五—前八）。ローマの詩人。

（13）旧約聖書「出エジプト記」。

（14）旧約聖書『創世記』、ノアの洪水。

（15）気象学的大暴風雪、いわゆる「ホワイトアウト」現象だが、ここではモーゼ率いるエジプト脱出、創世記「ノアの洪水」等聖書の比喩が用いられている。

（16）"Why do we never meet
Under the bowers of leaves
By the birch-green trees?"
"Relief"

（17）Loaning 北アイルランド方言。

（18）Spoken for in autumn, recovered speech
Having its way again, I gave a **cry**:
'Not beechen green, but these shin-deep coffers
Of copper-fired leaves, these beech boles **grey**.'

（19）ギリシャの悲劇詩人ソポクレース（前四九六頃—四〇六）の生涯最後を飾る遺作。

（20）ヴェンドラーの原稿の頁数書き込みはこれが最後、あとは編訳者がヒーニー原書を参照しながら補足した。

シェーマス・ヒーニーの「蘇ったスウィーニー」——そのプロットと詩——

ここで私はシェーマス・ヒーニーの「蘇ったスウィーニー」と呼ばれる連詩の描写と分析を試みたい。私の考察するのは、(一九八四年刊『ステーション島』に収録された二十篇の縮小版)、九八年刊の十五篇の連詩である。(注1) 十五篇の詩は、ヒーニーが『拓かれた土地』と題する分厚い選詩集に公刊した(縮小が全体のインパクトを引き締め、改善されている)。その連詩の検討において、私は個々の詩の諸相のみならず、一九九八年の改訂でヒーニーが並べ替えた順序(実は、元の詩から五篇の詩を排除した以外はそのまま)を解明したい。しかし、いやしくも「蘇ったスウィーニー」について語ることは、(J・G・オキーフ編アイルランド・テクスト協会訳)「スウィーニーの狂気」として知られるその原本、中世アイルランドの作品「狂気のスィヴネ」(1) のヒーニー訳に、その起源を再訪することである。一九七〇年代後半、ヒーニーに会う度に、彼は改訂中のスウィーニー訳稿を常時ブリーフケースに携えていた。ヒーニーの詩のさらなる手稿が待ち遠しく、また「スウィーニーの狂気」を知らずに、当時私はなぜ彼が年々この難解な仕事に立ち戻るのか、不思議に思っていた。(後になって、私はヒーニー自身のスタイルの拡大における翻訳の力を理解するに至った。) 漸く一九八三年になって、中世アイルランド作品のヒーニー版——抒情詩を交えた散

(注1) Seamus Heaney, *Opened Ground* (New York: Farrar, Straus and Giroux, 1998). この後、本文中括弧に入れたページ番号参照。『拓かれた土地』(1998) 収録「蘇ったスウィーニー」から排除された詩は、(スウィーニーが彼の妻が別の男と住んでいるのを目撃する「スウィーニーの帰還」を例外として、)スウィーニーの物語に関連の薄いものばかりである。排除された五篇の詩は連詩の順に、次の通り——「寛いで」(三番)、「警戒して」(八番)、「夢遊」(十三番)、「栗の木」(十四番)、「スウィーニーの帰還」(十五番)。

文で語られる——が、原本から多少縮小された形で、オキーフ訳より自由に意訳され、新たなタイトル「彷徨《さまよ》えるスウィーニー」の下に出版された。(注2)

「彷徨えるスウィーニー」へのヒーニーの序文（ii-iii）は、読者を当初の物語へ導く。七世紀のアルスターの武者王スウィーニーは、装飾詩編入り祈祷書を湖に投げ込み、召使いの一人を殺してキリスト教の僧ローナンの怒りを買う。モイラの戦いで、(2)ローナンの呪いはかつての荒武者スウィーニーを、苛酷な自然力に堪えつつ、長年彷徨い苦しむ渡り鳥に変えるが、別の僧の情により、やっと宗教と和解し、彼は懺悔して死ぬ。ヒーニーの序文は、彼のこの物語への愛着の理由を多少ほのめかす。「スウィーニーと私の基本的関係は、地誌学的なものだ。……三十年以上、私は彼の領土に接する境界、彼の居住地が見え、呼べば聞こえる範囲内に住んで来た。」ヒーニーはさらに、彼の関心を引いた他の要因を付け加える。この仕事は「新たに支配的となったキリスト教のエートスと、より古い御しがたいケルト的天性の間の緊張《テンション》」を具象化するもので、スウィーニーは「居場所を失い、罪を負い、自らの発言で自らを宥める芸術家の姿でもある。」ヒーニーは続ける、「この作品を自由で創造的な想像力と宗教的、政治的、家庭的義務の抑制の間の抗争の一局面と読むこと」もできる。

地誌学、文化的緊張、そして芸術家の困難は、当時ヒーニーに語りかけたテーマをなす関心事の一部であるが、もう一つの、技法的《テクニカル》な側面が中世アイルランド詩のアピールを強めた。ヒーニーは指摘する、「この作品は、抒情詩のジャンル——悲歌、対話、連祷、ラプソディ、呪——の手引と見なすことができる。」それはまた、原本において、多くの複雑な中世アイルランドの韻律形式のためのお手本である（オキーフはそれらを詩に付した彼の注で説明している）。ヒーニーは「最上の抒情的瞬間、詩的緊張点」から翻訳を始めた、と告白した。しかし、彼の結論は、「全体に取り組むことによって、頂点を扱う権利を獲得しなければならない、と次第に感じるようになった。」

「全体的取組み」において、ヒーニーは間を置きながらも規則的に、スウィーニーの文字通りの声の内部のみならず、追放されて彷徨う詩人としてのスウィーニーの窮境の中にも、想像を逞しくして幾年かを生きた。その窮境は思索の豊かな源泉であった。権威に呪われ、村八分に遭うとはどういうものか？　見知らぬ土地で飢え、渇き、雨露を凌ぐ軒端もないとはどういうことか？　戦に破れ、王や仲間を失うとはどういうことか？　翼を持ち、はるか高みから人間の争いを見渡すとは？　そして最後に、他のどこにもまして、特定の場所を最高に愛するとは？　彼の抒情詩において、スウィーニーは自らの日々の苦しみへの反応を暴露するが、彼の故郷、グレン・ボルクィン[3]賛美を詠う。彼は悪天候をこぼすが、その最も有名な抒情詩で、多くの異なる種類の樹木への親密な反応を列挙する。彼の魂の内で苦悩と賛美が交錯、敵に向けた毒舌と自らの状況への悲嘆が過去の夢や将来への不安な展望と隣り合う。聖ローナンの呪いの終わりなき帰結は、正常な過去と苦悶の現在との長々しい比較を喚び起こす。

ヒーニーがアイルランド語の詩句を再び声に出す時、彼はオキーフの古拙な言葉に新風を吹き込み、隠喩的《メタフォリカル》な発明を見出して、新たな英語詩を創造する。スウィーニーの「痩せた（thin）」スタンザは、ヒーニーに、——彼が最初の詩集『ナチュラリストの死』の豊かな、あふれんばかりの初期の作風を変える実験をした——『冬を凌ぐ』で始まった、あの涸れた、より「北らしい」音楽の継続を促した。しかし、ヒーニーの長年に及ぶ翻訳努力の最上の成果は、ヒーニーをスウィーニーに、あるいは逆にスウィーニーをヒーニーに変え、「蘇ったスウィーニー」において、ヒーニーにとって新たな一連のトーン——辛辣でドライ、嘲るような——を生んだことだった。この連詩の構成単位の一部は、元のアイルランド語の「彷徨えるスウィーニー」の示す諸相に直接関連する。主役は時に、鳥である。彼は彼の縄張りを荒らす僧に、敵対的発言をする。彼は通常の地域から追放されている。しかし主役はしばしば鳥ではなく、また必ずしもいつも、スウィーニーの物語を反映するわけではない。スウィーニーの仮面はヒーニーをあっさ

（注2）*Sweeney Astray*（New York:Farrar, Strauss and Giroux, 1984）. The original 1983 publication was by the Field Day Theatre Company, Derry, Ireland.

り解放し、初期詩集のヒーニーよりも辛辣で皮肉屋な別人（特に、彼自身の過去について）になり変わらせる。連詩の話者（私は便宜上、ヒーニーと呼ぼう）は自伝的に始める（詩一―五）が、住み慣れた土地から苛酷な自己脱出を開始する（詩六―八）。彼は詩の第三群（九―十二）において、審美的原則に注意を向ける。最後に最終群（詩十三―十五）で、彼は究極的話題――個人的救済――に取組む。「救われるために、私は何をしなければならないのか？」こそ、連詩全体が問い質《ただ》すべき疑問なのだ。

以上四つの詩群をもっと詳細に検討してみよう。「蘇ったスウィーニー」の最初の、自伝的な部分の多くは、繰り返し要点を述べる、要約の詩――中世には避けられないジャンル――である。第一群の五つの詩の標題は、（「山毛欅《ぶな》の隠れ家」を除けば）、過去の重大な局面を回顧的に振り返る年代順一覧を示唆する。「最初の注解」、「蘇ったスウィーニー」、「最初の王国」、そして「最初の逃避」。しかし読み進むにつれ、私たちは連詩の終わりにかけて思春期回顧の他の構成単位、特に「古いイコン」、“In Illo Tempore”（キリストは今）が登場することを知る。なぜ、これらはもっと前の詩に混じっていなかったのか、と私たちは訝《いぶか》る。（後で分かるように、それらの遅れた登場は連詩が完全に年代順ではなく、救済に関わる詩の第四群を形成することを語る。詩の第二群（「漂泊開始」、「聖職者」、「隠者」）は故郷を離れるか、背を向ける芸術家の疎外を思案する。彼は追放されたのか？　それとも、彼が見捨てたのか？　いかに再出発を図るのか？　どれほど過去を根絶できるのか？　彼の感情は悲歌そのものか？　彼は旅立ちに見合う対価を得たのか？

第三群の詩は審美的問題を、消極的（「写字生たち」）、積極的（「宗匠」と「芸術家」、模範的鑑に関する二篇、詩人と画家、いずれも匿名だが、チェスワフ・ミウォシュとポール・セザンヌと同定可能）双方向から検討する。審美的諸原則に関するこれらの抒情詩（四番目の詩、「柊」をふくむ）は、スウィーニーないし彼の物語と何の関係も持たないように見え、私たちはヒーニーがなぜ同じ連詩に入れたのか、尋ねる必要がある。

最後の三篇の詩は聖なるものに関わる。それらは先ず見捨てられた、過去の聖なるものがいかに保存され（「古いイコン」）、拒絶されたかを検討する。最後の詩「旅の途上で」は、現在崇められているかもしれないものへの鳥の姿での巡礼を目論む。この壮大な結びの詩は、人間の鳥への変容なしには考えられなかったに違いないが、スウィーニーの冒険のプロットをはるかに凌駕している。しかし「蘇ったスウィーニー」の詩の大半の声は渡り鳥スウィーニー、もはや戦場ではなく、その上に羽搏くスウィーニー、反逆者スウィーニー、彼の敵への容赦なき判事スウィーニー、そして疲労困憊と絶望すら経験するスウィーニーの物語の助長する頑固な無法者の特性を持つ。

ここで小憩、「蘇ったスウィーニー」の当初の二十篇の詩におけるヒーニーの形式的方法を指摘しなければならない。この詩群は諸々の作詩法（詩形論）上の構造（韻律、自由律とも）を示す。二十篇中七篇は三行連句、二篇は二行連句、三篇は四行連句、他の八篇は通常の連（たとえば五行）か不規則な長さの構成である。元の詩二篇（「蘇ったスウィーニー」と「栗の木」）は十四行で、不定型ソネットという解釈もあり得よう。最初に作られた構成単位は多くの三行連句かもしれず、その幾つかは『彷徨えるスウィーニー』の素材に最も近い。脚韻と内部脚韻の断続的登場はあるが、それが正則化されることはなく、この予想可能な脚韻不在が、行末の言葉が主に聴覚的理由でそこに配される（通常、ヒーニーにとって非常に大切な理由）ことがないかのように、詩の「真実性」を高める。行の長短により異なるが、定型性のより少ない詩においてヒーニーが自らに許した音韻上の自由について、同じことがいえよう。このやり方はまた、予め存在する音韻の鋳型に「伸縮」された、と思われる行がないことを意味する。スタンザを持つ構成単位の中には、同じ詩の内部で、スタンザの長さが異なるものがある。まるで各副題がその形をスタンザから強制されることなく、主張を通すことができる、と確認するかのように。そのような自由と無法性――いうまでもなく、遍歴のスウィーニーと詩の簡潔さ、しばしば風刺的な性格にふさわしい――によって、この連詩には一種の「非詩的性格」が授けられている。三行連句、二行連句、四行連句、五行連句、六行連句（それらを用いる詩における）

は、形式的支配の方策を意味するが、より不定形な詩はそれらの文体的効果を、目に見えるスタンザの形式、ないし循環する脚韻以外の方法で求めなければならない。

さて、ここで十五構成単位の縮小版の連詩に戻る。最初の五詩群は既に述べた通り年代順に配列、ヒーニーの思春期に関わる。「最初の注解」(247)で、写字生の話者は、勇を鼓してその道具(私たちが「土を掘る」から思い出すペン)の「軸」をつかみ、それを写字《スクライヴ》よりむしろ独立行動予約《サブスクライヴ》に用いる――欄外の法則からはみ出す(『ステーション島』の所見へのヒーニーの注のように、スウィーニー原話への注解にする)よう自らを促す。詩人はもはや手本の模写ではなく、それに評言を加えようとする。

ペンの軸をつかめ。
踏み出す最初の一歩を予約せよ、
正当な一行から
欄外へと。

修道院写本室の話者の仲間たちは、社会的に認可された宗教的散文の「行末の整った」写本を忠実に再生産する。独立した見解の筆者となることで、写字生は正しい余白を確《しか》と踏み越え、「是認されていない」行末不揃いの詩行へはみ出し、同輩からの疎外を確認する。ここで連詩に同様に現れるのは、自由の下に可視化されたある秩序である。つなぎの“*n*”が「欄外」へ迷い込む前に“*pen*”から“*taken*”,“*line*”へと移る際、筆記体の連結を失わないのである。この短い四行連句の警句《エピグラム》が精神独立の誓いを先導、連詩の残りに継承され、その超越的オリジナリティの強調で連詩の第三部を構成する審美的原則の詩群を予言する。

最初の詩群の次ぎの詩、この連詩がその標題を借りる「蘇ったスウィーニー」（248）は、一九七〇年ヒーニーのカリフォルニア到着、彼のアイルランド共和国移住に先立つ立退きを象徴する物語のようだ。彼の思春期のアイルランドは不在へと後退、影の薄い写字生のペン作業は失われた生垣に変貌した。

昔の木々は跡形もなく、
ペン作業ほど影の薄い生垣と
囲われた敷地全体が失われた、
舗装された小径ときつい勾配の家々の下に。

初期のヒーニーなら、これほど断定的《カテゴリカル》ではなかったろう。ノスタルジアと忠誠心が過去は「跡形もなく」、「囲われた敷地全体」が突然「失われた」という素っ気ない言い方を禁じたことだろう。しかし新しい国への到着の新奇さが、生国に「どっぷり浸かっていた」詩人の心を「解きほぐし」始め、自身の迷宮への鍵となる。外国人たちの中で、彼が皆に知られていた環境から遠く離れ、ヒーニーは自分語りに堕することを自戒する。

そこに私はいた、私自身にも信じられずに、
あまりに性急に、我れとわが話を信じようとする人々の中に、
偶々それが本当だったとしても。

この油断ない皮肉なヒーニーは、彼の移住から学んで、自らを外部から風刺的に描くことができる。「わが頭は濡れ

た撚り糸の球のようだ。」抒情詩の自伝的衝動はまだ生き残っているが、よく知らない雰囲気の中で、

　　別の臭いが
　　川から漂っていた。

スウィーニーの発想がこの詩に貢献するとすれば、それは異国の地の概観調査の困難な気配、消え去った故郷への懐旧の念に厳しく背を向け、新生活に入るための手早い総力動員にある。標題のラテン語とどっぷり浸かった頭との喜劇的対照が今後のさらなるアイロニーを示唆する。

心の撚り糸は次の詩「山毛欅《ぶな》の隠れ家」(249)の思春期まで解け、ヒーニーは彼が初めて意識的に孤独、プライヴァシー、独立を求めるようになったのはその梢であったことを思い出す。山毛欅の梢に隠れて、「中学卒業生は自身に触れる平安を発見した。」少年が彼の環境の正確な描写を試み始める時、性的プライヴァシーに付随して詩の最初の鼓動が生まれる。木の幹は自然の「円筒」か、隠喩的に建築形式、「円柱」なのか？ 木肌は樹皮か、石造か？ 近くに聳える煙突との正しい比較は？ そのほっそりした形は「雄蕊」と呼ぶことができるのか？ そして煙突職人たちを「山を背にした蟻」と見るのは正しいか？ 心の印象に言葉で迫るこうした試みは、少年の思春期仲間や彼の家族にとって共通の思いではない——ましてや、第二次大戦用戦車や航空機の演習で、近くの道路に展開するアイルランドの基地所属の米兵たちにとって、知る由もないことは確かだ。詩人志望の若者は戦車の軌跡の「刷新された帝国」に怯むが、彼の「空中耳張り台」ではどうすることもできない。「山毛欅の隠れ家」は、「境界の樹」で利用可能な平安と美の隠れ家への愛の詩、また少年が眼下の荒ぶる武者《マスキュリニティ》ぶりの表象にたじろぐ、性的不安の詩でもある。樹上の鳥少年は兵士の生活と農場の生活の間、「コンクリート道路」と「雄牛の隠れ場所」の間にかろうじて閉じこめられている。

両者のいずれも彼の性に合った未来を提供しないので、彼は静止状態に留まり、彼の「知識の木」から動かず、「定位置で忘れられた見張り番」として見張りを続ける。主人公はこの世における将来の場が未定のまま、前進できず、始まりと同じ樹上で終る。

「山毛欅の隠れ家」の静止は「最初の王国」(250)で、農場生活の中世的日常作業や懸念が強調され、少数派の地位を気にする老人たちの臆病な社会的付き合いや信仰の駆り立てる諦念を軽蔑して、辛辣に減少する「故郷」再評価によって、ドライに、怒りさえ伴って中断される。王家の血を引くという子どもじみた幻想は、田舎の地形、乳搾りの母、家畜商の父を貴族に擬した冒頭の戯画的描写でぞんざいかつ喜劇的に覆される。

　王道《ロイヤル・ロード》は牛の小径。
王母は床几《しょうぎ》に蹲り
ハープ弦を爪弾くように
ミルクを木桶に注いだ。
手だれの杖で貴族らは
家畜の臀部を手なずけた。

他の何処においても、ヒーニーはモスボーンの初期のロマン化をこれほどこき下ろしたことはない。彼はそこで爪弾かれたハープ弦の音《ね》を忘れてしまった訳ではない。その調べは“royal”, “stool”, “milk”, “pail”, “nobles”, “lorded”, “cattle”の潤い豊かな音に聞くことができる。しかし執拗な非理想化は、喜劇的でもあるが、熾烈だ。詩「最初の王国」中程で、家族の「限られた言葉」と狭い関心事は反クライマックス的な「巻戻し」と「逆行」の風刺《サタイア》となる。

秤の尺度は
荷車一杯、一輪手押車一杯、バケツ一杯。
時間は朔行する名前と災害――
凶作、火災、不公平な妥結――の暗誦。
洪水、殺人、流産による死亡。

ヒーニーは長男として、当然農場の跡継ぎに決まっていただろう。しかし――拒絶ムードの彼は尋ねる――その遺産は持つ価値あり、なものか？
彼は北アイルランドのカトリック少数派に一連の厳しい形容詞を適用して終る。

それに対するわが権利がすべて
彼らの大喝采のみで終るとしたら、一体どんな価値があろうか？
私はかっと怒るか、青く冷めるか。
彼らは二枚舌で取引上手、
そして生み、育て、代々の系図にまだ
とことんしがみついている、
信心深く、要求は厳しく、品位を落して。

「最初の王国」は鋼鉄に刻まれた絵画《タブロー》、言語学的名誉毀損、最後の審判である。嘲笑の対象は少なくとも、彼の家族、彼らの属する少数派と同じく詩人自身。過去のセンチメンタルな理想化を創作した時、彼は何を考えていたのか？家族の慎重な測量、彼らの終わりなき家族譚になぜ注目したのか？ それらの判断に、彼はなぜかっと怒ったり冷めたり、揺れたのか？ 彼は彼らの強靭さを賞賛し、彼らの品位を落とした地位への妥協を憎むのか？ 氷のように冷やかな三部構成のこの詩は、いかにも歴然と際立っているので、記憶の中に凍りつくようだ。スウィーニーはここでは蘇生を果たさないので、その姿はこのような詩の構成とどんな関係をもち得るのだろう？ 思うに、たぶん少年の山毛欅の樹上の観察に予告されて、彼が鳥瞰を可能にした。未だ家の中にいる者は誰も、この距離から「最初の王国」を判断できなかった。

生まれ故郷からの自己排除を目論みることは、その主人公が未だ郷里にいる間にとられる「最初の逃避行」（251-252）の行動を可能にする。この詩の不安定な三行連句は、一文一文落着かない構成単位に集められている――最初の文章に三行連句二つ、続いて三つ、二つ、四つ。鳥の話者は他の詩人たちから離れ、引きこもっているが、彼らはその「空き巣」に用心するよう彼を説得、彼を他人に中傷している時でさえ、彼の木から彼らの敵意あるキャンプへ呼び戻そうとする。スウィーニーの反応は、彼らを判断するのに十分な高度を飛び、彼らの謀議や新兵募集、彼らの臆病で防御的な詩を「手の届かぬ所から探る」ことだ。最後の、句読点のほとんどない文章は最も長文で、スウィーニーの傲慢で卑怯な仲間たちを痛烈に暴く描写である。

私は愛着にまみれていたが
やがて彼らは私を
戦場外食客と呼び始めた

そこで私は新たな天の梯子をものにし、
手の届かぬ所から探るため
彼らの丘の焚火、

宴会と断食、例のスコットランド召集兵、
そして呪い師たち［the people of art］――
風の猛攻を追い払うため

詠唱のリズムを変える――を
私は喜んで風に乗り
心ゆくまで登ってみたい

視察者兼判事、以前「愛着にまみれていた」スウィーニーは紛争の風を歓迎し、「新たな天の梯子」をものにする。この積極的で進取の気性に富むヒーニーは、彼の新たに発見された力に随喜するが、彼がその疎外された立場を永久に維持することはできないことを、私たちは既に感じとる。しかしこの最初の飛行の勇ましく前進する三行連句では、彼は未だ新たな自由を謳歌している。

「最初の飛行」の三行連句を承ける「漂泊開始」（253）で、第二詩群、主人公の決定的出奔と以前の愛着の根絶をとり扱う連詩が始まる。「蘇ったスウィーニー」はたぶん幾分あまりにプログラム要綱的に（これはリストの詩である)、他の鳥たちの中での彼の居場所と役割を見つけなければならない。他の諸鳥の特色(時に批判的な)検証になる。スウィーニーは彼より心身ともに強靭な鳥たちを羨み、どの鳥を信用すべきでないか、学ぶにつれて一部を過大評価、

水鶏《くいな》やパニックになりがちな
畑水鶏《はたくいな》のペーソスに
降参するばかり。

ホプキンスが隼の一種、長元坊を捕えたように、[4] 彼は時々美鳥を捉えそうに見える。

五色鶸《ひわ》か翡翠《かわせみ》が
通常のヴェールを裂いた時、
風切り羽が囁き、引き締まった、
私が不様にうずくまり
元気一杯、
拍車をかけようとした時。

次ぎの三行連句の詩「写字生」(254)で、スウィーニーは彼の土地を侵犯した聖職者に声を荒げて怒る。アイルラン

ドでキリスト教が勝利し、嘆く異教徒スウィーニーを排斥した。

彼の破風や尖塔に
旗を立てた歴史が
私を追い立てた

ここぞ隠れ、泣き言をいう行進に。

破門され、「追放」されたスウィーニーは、この物語の自己憐憫版の犠牲者だ。しかし、この連詩を満たすアイロニーはスウィーニーに自省を促し、彼は直ちにもう一つの物語を提案する。「ひょっとして私は脱走したのか？」聖職者による彼の追放は、彼には結局得策だった、と決め込む。

彼に当然の報酬を払おう、つまるところ

彼は王国へのわが道を開いた
かくも広大な規模と中立的忠誠、
わが空っぽが気の向くままに支配する。

この連詩における自己認識の最も強力な詩行を含む、この結びの三行連句は、「最初の王国」を次ぎの王国に置き換える。空中王国の範囲は、農場の小さな尺度をはるかに凌駕している。第二王国の政治的忠誠からの自由は、故郷の家族的忠誠よりすぐれ、以前の王国への社会的関わり合いは、第二王国の「気紛れ」の免許といとも無造作に交換される。そして最初の信仰心は、第二の「空虚」の範囲内の新たな潜在性に向かって開かれる。「スウィーニー」は今彼——すなわち、彼の疎外された空虚——の「統治する」個人的王国を持つ。しかし家族的、宗教的、政治的しがらみに対するこの大勝利は、生彩を欠く言葉、「中立的」、「空っぽ」、「気紛れ」でしか表現できない。その積極的内容が何であるか、は未だ発見されていない。詩人が「追放」と呼ぼうが、「脱走」と謳おうが、それは否定から生じた。しかし、それが王権を授ける「それほど広大な」新領土の所有を宣言するこれらの詩行は、何と素晴しい詩行であることか。

「中立的忠誠」は土地の明け渡しを伝える句である。いかなる新たな絆が結ばれようと、以前の情熱的な忠誠への中立性は、一エーカーずつ勝ち取らなければならない。ヒーニーは彼の愛したものを軽蔑して否定しようとは思わない。彼はむしろ、彼の愛着、思想、行為にこれまで気づかなかった力を及ぼして来たものから自らを解放したいと望む。「隠者」と題する彼の詩（255）の隠者は、三行連句一つずつ、総力を一つの文章に込め、「愛着の切株」一つ残さずに、彼の地盤を明け渡す。彼の天職は、彼が必要なら無情な力を以て、以前の生活と昔のしがらみから自らを切り離すことを要求する。隠者は社会からの離脱においてスウィーニーと同類だが、彼は「追放され」もしなければ、あるグループを「脱退」もせず、狂気でもなければ呪われてもいない。隠者が「とっておきの刃」で彼のフィールドを刈る時、彼は肉体労働の張りつめた弧一筋になり、努力と報酬の間に厳密な均衡があることを私たちは知る。

引きが残忍なほど、
押しが深いほど

II

　　更新の仕事は静かだ。

隠者の身を退く仕事は（ヒーニーの隠喩によれば）、鋤篦《すきへら》の押しと馬の引きの両方を要する。「力のフィールド全体」を創造した後、心に描かれるのは「愛着の切株」一つ残らない、過去を根こそぎ一掃された土地である。驚くべきことに、精一杯の努力や超俗的無頓着の後に訪れるのは精神的甘美、天職の禁欲主義が満たされる時の、深く静かな「刷新作用」である。思うに、私たちが感ずべきことは、究極的喜びの横溢は精一杯努力する隠者自身の完全に予想外であること、そしてその出現は以前の愛着からの自己遮断が完結したことを意味することである。この完結が、ヒーニーが新生活において予約する献身の方法を熟考する道を開くのだ。

「蘇ったスウィーニー」の第三の詩群——「師」、「写字生」、「柊」、「芸術家」——は審美的諸原則に関する瞑想である。最初の「師」（256）は年長の先輩の指導下、芸を学ぶ見習い詩人の物語。ヒーニーのかつての言によれば、彼が詩人として念頭においたのは、チェスラフ・ミウォシュ[5]だった。

　　屋根のない塔の山鴉《ミヤマガラス》のように
　　彼自身の中に巣食っていた。

ミウォシュは、ヒーニーのバークレー滞在中グリズリー・ベア・ピークに住んでいた。この試練の詩で、話者は師の「隠れ住む外角の隅石」に怯むことなく登らなければならない。師から得た数々の金言に報われたことは確かだが、

　　それは何も秘儀的なものではなく、

誰もが石板に書き込んでいた
ただの古い決まり。
……
真実を語れ。恐れるな。

ヒーニーは『ステーション島』の「蘇ったスウィーニー」第一刷出版後、幾つかの格言を追加した。教訓を信用できるようにするため、師の再筆がなされ、「古い決まり」が届くと、詩人はそれがいかに重みと重要性を帯びるか、証明しなければならない、と思った。彼は二つの方法でこれを行なう。生徒が石板に写しただけの決まりは重要に見えない。しかし師の提示したものは、羊皮紙に啓発者直筆で慎重に記入することによって、決まりに誉を添え、それは「量」と「空間」をそなえるように見える。

個々の文字がその量と尺度を伴ない
羊皮紙にしっかりと書き留められている。
それぞれの格言がその空間《ところ》を得て。

ミウォシュの詩の言葉の堂々たる配分と形から、若い詩人は最初の教訓を得る。第二の教訓は状況にめげず書くために必要な道具について、生徒が引き出す推量次第で生まれる。

耐久性のある、強固な観念、

石切工のハンマーや楔《くさび》のような。

道具が「妥協しない利用で試されている」というさらなる考察から、弟子は芸術に自己表現より高次の動機があることを学ぶ。道具とその用法は作家の良心に対する義務の例証であるが、それらは最後に、「古い規則」に関する四番目の予期していなかった教訓につながる。それに従えば、それらの教訓は奇跡的にも、処方箋からリフレッシュメントに変わる、

泉の香油に私たちが一休みする
笠石のように。

いったん教訓を学んだところで、弟子は（今や隠者のように、英気を恢復して）彼の試練を終えることができる。しかしながら、塔から下り始めるにつれて、彼はまだ自分を「浅はかに」感じる——まだ石造りではない構造のように、塔の生活に順応した人間ではない。彼の翼は師のそれのように、まだ一人前に成長してはいず、彼は師の抱く確信も感じていない。

降りながら、私は何と覚束ない自分を感じたことか——
壁に手摺のない階段を、
目的と冒険を聞きながら——
わが頭上の翼のはためきに。

指導を受けるため「人気なき城壁を登り」、「手摺のない階段」を地上に降りる寓話は、生徒が実際師に謁見する肝心の瞬間を除外する。しかし私たちは（石切工の道具に関する生徒の比喩から推論できるので）、師が弟子に彼自身の未来の塔の石を探し、形作る方法を語り、（「笠石」の究極の比喩で）完成作のリフレッシュメントを約束する。ヒーニーがその香油を師との謁見の最後の最後までお預けにするのは、試練が再三強調され、詩は教訓が力を補強するものであるように、との希望裡に漸く、詩人のものになるからである。弟子は生身の師の下を去らなければならず――二度と再会できないかもしれないが――、鑑と仰ぐ師が「目的と冒険」から撤退しないことを思い出させる翼の強いはためきを想起することができよう。ミウォシュの素晴しい抒情的自己顕示と政治的勇気はヒーニーの師としての登場を保証し、『山査子の実提灯』に証明されたヒーニーによる東欧の詩の認識を私たちに思い起させる。

「蘇ったスウィーニー」の初めに、新たな場所で目覚めた話者は、理解と疎外を見出すのに、過去を「解き《ほど》」さえすればよい、と感じた。「師」はより高次な目標――「妥協しない奉仕」を企て、恐れず、真実を語る大志――を掲げる。師の許を去った若い写字生は、写字室の仕事（「最初の注」に予告された）に参加したが、そこに見出したもの――難解な仕事で心理学的障害者となり、追放後の話者を嫉妬深く中傷する年長の写字生たち――に愛想尽かしされる。私たちが「写字生」（257）に見るのは、（「師」の積極的審美的諸原則と対照的な）作家の生活が産み出すかもしれない消極的範例である。ヒーニーは写字生たちの病める魂を、彼らの遅々として滞るペンに関連づける。

写字室の静寂の中で
黒真珠が彼らの中に凝固を続けている、
鵞ペンの内側に詰まった古い乾いた残滓のような。

賛美の詩文の余白に
彼らが引っ掻き、爪弾く。

このスタンザは、私たちがこれらの写字生たちもまた、ペンを余白に迷い込ませることを知る「最初の注」を振り返らせる。しかし彼らの注は新たな創作ではなく、注釈仲間への反論である。余白の場は写字生たちが書き写すべく遣わされた、至近の位置にある喜ばしい本文を汚染する卑劣な精神の戦場となる。彼らの怒りと怨みの感情は単一の一字の創作さえも損なう。

字体の臀部の下に
彼らは近視眼的怒りを追い集めた。
恨みの種は解《ほど》ける
羊歯の柱頭に落とし。

言葉の戦いにおいて、無法者写字生は礼拝式といってもよいラテン語のもって回った表現で仄めかし、それで「写字生たち」を結ぶ時、彼の嫉妬深い仲間たちより寿命が長いだろう。

この少なからぬ貢献を彼らに記憶させせよう、
彼らの嫉妬深い技《わざ》への。

博識の写字生のペルソナで書きながら、ヒーニーはこの詩に彼の語法の雄弁の限りを存分に注ぎ込む――「引っ掻き爪弾く」民衆文字から臀部、字体、種が蒔かれた恨みの混じり合う隠喩、結びのラテン語法へと。「写字生」冒頭の三つの文章は話者の「私」と第三者の「彼ら」の間で交互し、詩の描く相克を模倣する。

私は彼らに心を引かれなかった。
彼らは優秀だとしても気紛れ、
彼らのインクにした

柊のように棘《とげ》がある。
そして私が彼らの一員でないにしても、
彼らは私の居場所を拒否できなかった。

しかし次の十二行で、詩人はこの文法上主語同士の対向ダンスを放棄し、写字生の歪んだ性格描写への熱中が抒情詩を乗っ取る。詩の結びまでに対立の代名詞的構造は復活するが、それは距離と間隔を置いてなされ、無法者は主語の地位をしっかりと堅持する。「私は飛び上がった……［私は］見た／……［私は］感じた。」

時々、私は飛び上がった、
幾マイルも隔てて、そのわが不在の間
それぞれの屈んだ背中の曲線を見、

頁ごとに彼らの私への完全対峙を感じた。

彼の最終的警告——「彼らに記憶させよう」——で、無法者はその芸術に姿を消す。彼は「私の貢献」よりむしろ「この貢献」に言及する——それを書いた人ではなく、書かれたことに意味があるからだ。結局、写字生たちの保存されるであろうものは、追放された写字生の書いた彼らの敵対的操作と古く美しい賛美の本文の外観汚損——彼らの欄外引っ掻き書きによる——である。

審美的原則を示す第三の詩「柊」(258)は、幼年時代の失望に始まる。「雪の降るべき時に雨が降った。」それにもかかわらず、家族は濡れた溝を通り、柊狩りに出かけ、実こそついていないが、「壊れたガラス瓶のように」輝く枝を持ち帰った。今や詩人は苦もなく、家の中にいて柊を持つが、あまりに楽に手に入り過ぎた。

今ここ、部屋の中に私はいる、
赤い実と蝋の艶を持つ葉に飾られた柊と一緒に
そしてほとんど忘れている、
ずぶ濡れになったことや雪を待望した気持を。
私は一冊の本に手を伸ばし、信じられない者のように
それをわが手の周りに燃え立たせたい、

黒字の茂み、煌めくシールド壁
柊や氷のように切れる。

ここの美的原則は、情熱的な作品の創造に必要な冒険と切望である――一冊の本がその内部に閉じこめ、読者が受けとるべき焔、燃え上がる茂み、楯、荒削りの力――を究極的に内蔵するように。柊は、写字生がインクの製造に用いた。今、詩人は柊から彼自身の「黒字」作品を産み出そうとする――幼年時代の鋭い感覚を呼び戻して。

「師」を満たしていた確固たる雰囲気は、第四の、そして審美的原則を謳う最後の詩「芸術家」259)、ヒーニーの（匿名の）セザンヌ[6]へのオマージュに再び登場する。画家は「怒り」、「頑固さ」、「堅忍不抜」――スウィーニーを範とするかつての穏健なヒーニーが、自分自身もあえて示そうと企《くわだ》てている特質――故に賞賛される。詩人は彼自身の「自己満足の核心」（「石灰岩の欠片《かけら》」）に反対する立場をとっている。応諾《コンプライアンス》は芸術にとって、

常に感謝や賞賛を期待する
世俗性

と同じくらい危険なのだ。セザンヌの頑固な独立は、紛う方なく彼の内面生活に代償を払った。ヒーニーがそれを示す文章の堂々巡りによって示唆するように。

彼のあり方はそれ自身吠えているイメージに向かって
吠えている犬だった。

そして出来上がった唯一のものとしての作品を
彼自身全面的に容認することへの嫌悪。

芸術的誠実性のための秘訣《レシピー》は単純に、もう一つの「古い規則」——自己の能力を偽らないこと。

彼の堅忍不抜は維持され、さらに堅固になった、知っていることを実行したため。

his fortitude held and hardened

Because he did what he knew.

聴覚と音韻の交錯配列法《キアスマス》の亡霊がこの公式化を強化する。"fortitude : held : hardened : what he knew."「芸術家」におけるヒーニーの方法は容赦ない。「固い」言葉が続出、自然から採ったイメージ——「青い林檎」——が登場を許される時すら、それは「硬さ」に絞られる。「私は愛する」、ヒーニーはセザンヌについていう。

彼の強制、
青い林檎から本質の。

ヒーニーに頻出する「私は愛する」の対象は、温情あふれるイメージが通例であるが、ここで愛されるのは芸術家の厳しい意志、現実に対するその根本的本質開示の強制である。「老師」(The Master) において「浅はかな」青年であったヒーニーは今、わが身に鞭打って禁欲主義、頑固、他人の意見への無関心、自分への敵意にさえのめり込む(「吠えている自分自身に吠える」)——これすべて、信仰心と順応への文化的誘惑を乗り越えるため。

この詩群中の先行詩で、ヒーニーは師に教えられた良心の決まりに同意した後、香油のリフレッシュメントに与ったが、ここでは休息と安堵の言及は皆無だ。その代わり、審美的堅忍不抜の実践結果、生じたのは、ある未知の力によって次なる冒険へと「投げ込まれる」かもしれない、という恐怖感である。セザンヌは青い林檎を描いた。彼は名山モン・サン・ヴィクトワールを再三描いた。今また、新たなまっさらなキャンヴァスが彼を魅惑し、挑戦を投げかけると、彼の放たれた目標は狙い定めたミサイルのように、キャンヴァスの空白を貫通して彼の精神を運ぶ。

彼の額は放たれたブール(7)のように
まっさらな空間を貫き、飛んで行く、
林檎の背後、山の彼方へ。

彼の内なる鋼鉄の決意を、彼に「身の程を知り」、「従順で、唯々諾々になる」ことを教えた政治的宗教的訓練から解き放たねばならない、とヒーニーは悟る(「ステーション島」、Ⅸ、239-241)。無法者役のスウィーニーはヒーニーが疎外された武将、多くの点で彼自身に似ていない強情者(ミウォシュ、セザンヌ)の仮面をつけることを許した。もちろん、ペルソナの想定は、個人独自の人格と文化という覚束ない諸相に対する恒久的解決ではあり得ない(「渦が池を改造できるかのように」――「ステーション島」、241)が、ミウォシュとセザンヌの仮面の力を借りることで、ヒーニーは彼自身の想像力の真正な拡張部分を垣間見ることができた。結局、スウィーニーが栄枯盛衰の移り変わりごとに新たな歌を発明しなければならないとすれば、彼を蘇らせたヒーニーも同じ定め、新たな詩歌を捻り出さねばならない。

「蘇ったスウィーニー」の十五連詩版の最後の三篇――「古いイコン」、「In Illo Tempore」、「巡礼」――は救済に関わる。最初の二篇は隠者が根こそぎにしようと企てた「愛着の切株」を扱う。福音書の説話のお馴染みの冒頭[8]を仄めかすラテン語の標題 **"In Illo Tempore"**（　　　）において、詩人は今一度青年時代を振り返り、過去の受動性を否認することになる。彼と仲間たちがミサに出席した当時、彼らは個人的献身《コミットメント》ではなく、団体の儀礼《リチュアル》に従っていた。

　自動詞的に私たちは参列し、
　告解（懺悔）し、聖体を拝領したものだった。
　それらの動詞が私たちを魅了した。私たちは崇めた。

ヒーニーの動詞の集積は十分他動詞たり得るが、予め周知された儀式の文脈ではそうではなく、やや超現実性《シューレアル》を帯びる。「動詞は私たちを虜にした」——私たちを捉えたが、また私たちの召喚された存在を確信し、動詞そのものに変換《コンヴァート》（改宗）した。しかし儀式の文脈においてさえ、将来の詩人は聖なる言葉の審美的修辞学的鼓動に注目、それらは彼の若々しい心に感覚的色彩を添えた。

　そして私たちは名詞を見上げた。
　祭壇の石は夜明け、顕示台は真昼、
　朱書き《ルーブリック》題目の言葉はまさしく血染めの日没。

この「今昔（その時と今）」の詩において、聖なる「錯覚の時」が最初の三つの三行連句を占め、結びの二つの三行連句は今どこに確信が見出せるか、を問う。

今私は名高い浜辺[9]に住む、
海鳥が信じ得ぬ魂のように
丑三つ時に鳴く。

成人した詩人の生活から、儀式とその審美的光景は非存在の闇に消えたが、彼の身についた宗教的薫陶はその公表する信仰を排撃する時でさえ、彼の言葉から根絶されることはないだろう。ジョイスの浜辺に、「信じ得ぬ魂のように」海鳥が鳴く。彼が物理的世界の疑う余地のない堅固さに真実性を見出だそうとても、その世界はワーズワスすら失望させたように、彼の期待にも背く。

そして私が確信を求めて寄りかかる
遊歩道の境界壁さえ
その名に値する堅固さなどなきに等しい。

幼年時代の信仰の喪失後の寂しさは、詩人が成人後も意味深いイコンを身近に保持し続けたことで多少緩和される。救済の詩群の第二詩、「古いイコン」（260）で、ヒーニーは自問する。「万事終った後」、なぜ彼は未だに数点の絵を壁に掛けているのか、と。それらを見守るにつけ、彼は以前、ピューリタン的といえるほどに意を決して、根こそぎにした愛着の切株を植え直す。彼は今気づく、「古いイコン」が保持されたのはそれらが価値の残余、未だ肯定し得る価値を証明しているからだ、と。ロバート・エメット[10]のエッチングに彼は忠誠心を見る。厳しい刑罰時代の戸外ミサ用油絵風石版画に、彼は勇気を見てとる。一七九八年の愛国者たちを刻んだ銅版画に、彼は政治的自由を求める熱情を見る——彼らの大義は裏切りにより失われたのだが。私はイコンを同定（ヒーニーが私との会話で同定）したが、詩人が彼らを匿名のまま残すのは、たぶんアイルランドの読者が周知している、と推定して名前を挙げる必要を感じなかったのだろう。その他の読者にとって、イコンの無名性はこの詩を完全に内面的なものにする——詩人の省略した描写の仕方は、彼の青年時代のこれら「古いイコン」との長年のつき合いを意味する。最初の二つのイコンは、表象の純粋性において問題がない——死に直面する一人の若い愛国者。禁令下、脅迫の下ながら、宗教的共同体においては、油絵風石版画が未だに礼拝の対象とされていた。これらのイコンはいずれも、ヒーニーの孤独な自問の叫びに従って、三行連句にぴたりと収まっている。

万事終った後、私はなぜ、これら古いイコンにこだわったのか？

一条の光の下、腕組をした一人の愛国者。
独房の鉄格子の窓と死刑宣告を受けた彼の顔だけが
小さなエッチングのただ一つの明るいスポット。

雪景色の丘の油絵風石版画、破門された聖職者の
赤い祭服、英国兵《レッドコーツ》が背後から迫る
渓谷を狐のように越えて来る見張り。

最初の二つのこれらイコンは、文法的に変わらない名詞を連ねた形式で登場する。一条の光の下の一人の愛国者、聖職者と近づく英国兵たち。それらは記録された歴史の一こまとして、壁に掛かっている――最初のイコンは静止して立つ形式で、二つ目は一時停止の瞬間――英国兵士は永遠に行進中、見張りは永遠に接近中。

しかし、失敗に終わった一七九八年の叛乱時の愛国者委員会を描いた第三のイコンは、予想外の空間を生み出す。その意義を展開するためには、三行連句一個よりむしろ、三行連句三個が必要なのだ。先行二例と異なり、それはヒーニーの魅惑的な詩に、時、因果関係、そして破滅的な結果をもたらす。スパイに変じた愛国者仲間が一七九八年の蜂起を挫折させる。イコンは愛国者たちの知らないこと――彼らの只中にいて、その名簿を当局に手渡した裏切り者の存在――を明らかにする。このイコンに近づく時、詩人は彼の以前の神聖なイメージ――処刑された愛国者とその辛抱強い崇拝者たちの――が、この世の悪を寄せつけずにいることができないことを認める。あらゆる価値は、裏切りによって無に帰することがあり得るのだ。

そして昔の暴動屋たちの委員会、
留め金付きブローグシューズ(11)とチョッキの盛装、
彼らの名前一覧は密告者作成のリスト

後列、左から三人目、きれいなカフスの男が(12)用意、
他の委員より注目せずにはいられない、
彼の拷問と他の委員たちの破滅を招く行動の引き金を引いた

彼の名前のリズムそのものが
高くついた裏切り数々の登録
今や白日の下、代償は量りしれない。

第三のイコンに代表される概念は、愛国の不変不動の忠誠でも帝国とその臣民、英国兵《レッドコーツ》と破門僧の赤い祭服との間の永遠の対立でもない。それは「引き金を引いた（"pivoting" 枢軸で旋回する）」という動詞に表現された因果関係の原因力である。この描写に埋め込まれた因果の鎖は、政府のスパイとなる愛国者の一人の "turning"（変節）で始まる。銅版画そのものに、私たちは裏切られた叛徒たちを見る。私たちは裏切った愛国者の行動が「彼と他の委員たちの破滅だった」と知る。さらに未来へ広がり続ける結果の渦は、文字通り量りしれない。歴史は究極的に裏切り者は誰だったか、を「透明」にするが、それは裏切りに続く処刑に起因する家族単位、世代単位の損害をすべて記録することはできない。

「古いイコン」にスウィーニーへの明らかな言及はないが、『彷徨えるスウィーニー』で、スウィーニーは彼の武将たちが批准した協定を裏切る。モイラの戦いに勢揃いした軍勢は、決まった時間に戦闘を限定することに同意したが、無法者スウィーニーは約束を破る。「しかしスウィーニーはすべての停戦、休戦に違犯し続けるのが常だった……双方の開戦前に一日一人殺し、戦闘終了後一夜にもう一人殺す」(6) スウィーニーの約束違反は説明されない——彼は単に集団の規則に従おうとしないだけなのだ。どの集団にも密告者（アイルランド文学の古典的登場人物）がいるかもしれない。誰がそうなるか、誰に言えよう。幾世代にもわたり展開する、量りしれない結果を伴う裏切りと悲劇のイコンに固執することで、ヒーニーは政治的存在の持つ「黒く滲んだ汚点」（『ハムレット』、3. 4）を思い起こす。成人としての精密な吟味のこの瞬間まで、無意識に手元に置いてきた三点の絵は、かつてナイーヴに崇めた表象が、成人した本人自身によって未だに追認される内在的価値――忠誠、堅忍不抜、献身――を保持することを、ヒーニーに納得させた。その意味で、過去のイコンは神聖なるものの可能性を現在に復活させる。

「蘇ったスウィーニー」を、審美的原則として非妥協と堅忍不抜の薦めよりはるかに穏やかな詩で結ぶことで、ヒーニーは彼自身の声――もはや戦闘的ではなく、彼の良心にとって、かつてのクリスチャンのそれと同様、強力な救済の観念への憧れに立ち返る。彼の巡礼詩「旅の途上で」(262-264)において、彼は疲労から書くが、世俗世界には巡礼もいないし、祠もない。移動は徒歩ではなく、車による。巡礼者はどこに「香油の泉」を求めることができよう？ ヒーニーは彼の途方に暮れた、目的地の当てのない巡礼を、あらゆる道を一つにする「運転の恍惚」で始める。鳥の姿のガイドの訪れに(翻訳者の肩越しにスウィーニー、と言えるかもしれない)、詩人は自らを想像力で鳥の形で舞い上がらせ、教会の庭の壁の割れ目に飛び(追放されたスウィーニーのように)、願望気分でキリスト教布教以前の土地への移住を希望する。「有史以前の巨匠の絵画や彫刻に覆われた壁のある洞窟へ」。その洞窟の「深奥の玄室」に、詩人は水を飲むため身を屈めた鹿の「刻まれた輪郭線」を見つけて瞑想に耽る――その窮境は彼自身のそれに似ている。

刻まれた輪郭は
期待に緊張する鼻面と
広がる鼻孔へ
曲線を描く
干上がった源泉に。

これはジョージ・ハーバートの[13]「巡礼」にマッチする詩である。ハーバートが褒賞を期待する山頂に着くと、「一寸塩辛い湖」しかない。疲れ果てて、彼は叫ぶ、「道中も終点も泪とはひどすぎまいか?」『狂気のスィヴネ』の最後に、スウィーニーは親切な僧に教会との和解を仲介されるが、ヒーニーは教会の庭の隙間に仮の宿を想像することはできても、そこに逗留はできない。教会という手応えのないイコンに助けを見出すことはできない。そこでは何世代にもわたり、

　次から次へと　人の手で
　擦り減り続けている、
　冷たく、硬い胸をした
　願掛け花崗岩に。

先ず車で、次に想像上の鳥としてのヒーニーの旅を要約する上で、私はヒーニーの心中に鳴り響き続け、彼の語りの邪魔をした言葉を棚上げしてきた。

　師よ、救われるために私は何を
　しなければならないのでしょうか?……
　あなたの所有物を売り払い
　貧しい人々に与えなさい。

そして私に従いて来なさい。(14)

裕福な若者とイエスの間のやりとりは、ヒーニーの以前の作品にも登場した。「裏溝の王」(221-223)で、ヒーニーは少年時代、小枝を漁網に編み込んだ被《かぶ》りものでカムフラージュして、鳩狩りに連れて行かれたことを思い出す——「おかげで茂みの真ん中で／私の視界は鳥と同じだった。」鳩は現れなかったので、彼は収穫の秋に出直すよう勧誘される。彼はその時を自ら想像さえするが、他に先約があるので行けない、と気づく。

そして私は自分が
その偽装に応じて行動できるのが分かった、
頭飾りをつけ、麦束に顔を隠し、
鳥の落下を認めるまで。裕福な若者は
持てるものすべてを捨て
放浪の孤独へと。

今や中年に達したヒーニーは若者の問いを繰り返し、聖書の答を熟考する。「我に従え」——然り、しかし何処《いずこ》へ？そして教会の隙間や願掛け花崗岩がもはや考えうる目標でないとすれば(詩人が「ほろ酔い気分で」、「礼拝堂の切妻屋根に」登った時のように)、救済へのもう一つの道はどこに見つけられるのか? 「旅の途上」で、安全な地の探求が未だ実らないヒーニーは、自らを「ノアの鳩[旧約聖書、創世記八・八]/うろたえる亡霊」になぞらえる。仮寝の「流浪の石板」以上の一片の救済を願う時、彼が見出すのはノアの鳩のように、一かけらの高地である。

私は移住したい、
高地の洞窟の入口を通り
小麦色の、陽に温もる絶壁の中へ

しかし彼が「干涸びた源泉」を求める有史以前の鹿のイメージに出会うのは、漸く「深奥の玄室」に潜入してからである。洞窟は正当な献身の場――詩人が肯定し(彼の願望気分の延長で)、かの石の顔のような徹夜の瞑想に耽ろうとする――、そこで漸く彼の「長い間茫然自失していた魂」は自己を恢復、第二の洗礼の「泉」で今一度翼を羽搏くことができる。

長い間茫然自失していた
魂が漸く姿を現し
埃を立てる
干涸びた泉に

方向を持たないドライヴに始まるこの詩の冒頭で、ヒーニーがどんな状態であったかを示すのは、漸くこの結びの四行連句に至って初めてのことである。詩人が彼の魂を垣間見て以来、長い歳月が経った（と、今私たちは理解する）。あまり長いので、彼の心に浮かんだ絶望の唯一の適切な引用は、「救われるために私は何をしなければならないのでしょうか？」このような問いを発する時、人は自身が救済から見放された側の一人と感じる。この要求は、師匠たちの審美的決まり――**真実を語れ、恐れるな、地球の本質を強制して芸術に傾注せよ**――に従うだけでは応えることはできない。「蘇ったスウィーニー」の最後の訴えは、詩の創造よりもむしろ、人生全体に関わる。過去の精神的資源（蓄積／供給源）がその力と慰安を失った時、人は何処に救いを求めるべきか？

潜在的再生の場として有史以前の芸術に祈願することで、ヒーニーは聖なるものと審美的なものが一体であった、と思われる時に戻る。洞窟には、何らかの模倣行為――彫刻、絵画――による生命の表象への人間の欲求の最初期の証拠が見出される。誰かが壁の輪郭が臀部と首を想起させるような格好の表面を慎重に探した後、鹿を陰刻した。そしてその有史以前の芸術家はかくも心理学的共感を込めて制作したので、輪郭曲線の形状に期待の緊張感と水を欲求する鼻孔の拡大が伝わった。自らの喉の渇きを壁の鹿に投影して、その水飲み場には水がないことを決めるのは他ならぬヒーニーである。何世紀もの長期にわたり喉を渇かせた鹿の忍耐が、ヒーニーにも忍耐への決意を可能にする。彼は易経――「わが変化の書」――の私家版に瞑想をめぐらせ、やがて彼の翼が再び羽搏く。たとえそれが彼の干涸びた泉に「埃を立てる」にすぎないとしても。

「旅の途上」の「か細い」二歩格四行連句は、詩人の進行中の旅の諸段階を辿りながら、漸く有史以前への参入に鼓吹された温《あたた》かな母音語――小麦色の oaten, 陽に温《ぬく》もる sun-warmed, 柔らかな瘤のある soft-nubbed――に含意される蘇生に到達する。「最奥の玄室」へのこの鳥の飛翔の苦のなさは、師の塔への登攀《とうはん》の初期の試練に新たな照明を与える。初期の登攀の苦労もこの洞窟内の迅速な飛翔も、自己の天職に関わるヒーニーの二重の意味《センス》――困難でもあり、自然でもある――に対して忠実である。「師」において、若き詩人は彼の頭上の訓戒めいた「翼の羽搏き」を聴くことができたにすぎない。しかし鳥になった詩人が絶壁の洞窟に入り、人類が最初に芸術を制作した場所へ歴史を通して下降する時、彼自身の「翼の羽搏き」を私たちは聞く。「干涸びた泉」に――タイプのフォントにも――未だ水はなく、魂は可能な救済の光に生きる努力を再開したばかりだ。鹿は「牡鹿が水流に焦がれるように、わが魂は汝に焦がれる、おお　主よ。」（『聖書』詩編四二）の言葉故に、キリスト教の表象に含まれるイコンである。キリスト教の象徴を有史以前の洞窟内のキリスト教以前の存在に遡らせることにより、ヒーニーは、自然の象徴は常に制度的象徴に先行して来た、という真理を自らのために確認する。

「蘇ったスウィーニー」へのヒーニーの冒険を可能にしたのは、詩人が『狂気のスィヴネ』を彼の『彷徨えるスウィーニー』に翻訳するうち、スウィーニーの物語と歌に傾倒没入した（いわば、のめり込んだ）からに他ならない。しかしこの連詩は、その起源をはるかに越える。スウィーニーの苦境がヒーニーに堅固、目的、冒険、疎外どころか、無法の勇気のための範を与えたことは確かだ。スウィーニーの伝説的な冒険は「蘇ったスウィーニー」収録のヒーニーの寓話の一部――王国と写字生、逃亡と復讐、怒りと自省の寓話――を可能にした。しかし私たちが「蘇ったスウィーニー」を読む時、それが独自の四部構成に基づき、それ自身の論理と追求――幼年時代から故郷との離別へ、離郷から審美的原則へ、審美的原則からこの世における救済という究極的問題へ――と進行するように決定されていることが分かる。その順序はヒーニーがそのように宣言しているわけではないが、彼の連詩十五篇――今や「蘇ったスウィーニー」の正典と信ずる――を支配するものであることは確かだ。連詩として、「蘇ったスウィーニー」は、自伝的「ステーション島」から亡霊めいた「スクウェアリングス」に至る、ヒーニーの連詩形への他の素晴しい数々の挑戦の注目すべき道連れ《コンパニオン》である。『狂気のスィヴネ』を現代人の関心と鑑賞のために復活させることで、「蘇ったスウィーニー」は記憶さるべきそれ自身、その原典以上のものを文学世界に与える。

訳注

（1）James. G. O' Keeffe, *Buie Shuibhne*（The Frenzy of Suibhne）. Being the Adventures of Suibhne Geilt. A Middle-Irish Romance. Edited, with Translation, Introduction, Notes and Glossary（Irish Texts Society, 1913）.

（2）アイルランド語では、Battle of Magh Rath. A.D. 六三七年、アルスターのモイラ周辺で、アイルランドのHigh Kingであった王ドナル（Donall）と、その養子の息子でアルスター王であったコンガル（Congal）との間で行われた戦争。

（3）Glen Bolcain. スウィーニーが鳥にされて追放された時、避難していた場所の名称。このグレン・ボルクィンの地は、中世アイルランドにおいて、ユートピアとして理想化され、人々にとって安住の地と考えられていた。そのグレン・ボクィンに近いモスボーンがヒーニーの生地である。ヒーニーはアナホリッシュ小学校に通った。アナホリッシュ(anahorish)は「泉の湧くところ」という意味をもつ。ヒーニーはここで多くの想い出を内に秘めながら学んだ。スウィーニーは彼の「自己投影」された他我（Alter Ego）といえるかもしれない。

（4）G・M・ホプキンズの『詩集』（1876-89）の三六番と三七番の詩で隼への言及が見られる。

（5）本書第五章注3参照。ミウォシュの住まいは、カリフォルニア大学バークレー校の裏山上にあった。

（6）Paul Cezanne（1839-1906）. エクス−アン−プロヴァンスに住んだ後期印象派の画家。審美的諸原則の真意を体した行動をヒーニーが実践する動機となった、文芸・芸術上の二人の師――チェスワフ・ミウォシュとセザンヌ――ミウォシュにつき、前掲第五章注3を参照されたい。

（7）芝生ボウリングに似た、フランスの球技のボールか。

（8）ラテン語のミサで、福音書を読む前に唱える詞の一節から取られた。

（9）一九七六年、ヒーニーはダブリンの東南郊外、ジョイスの『ユリシーズ』に登場するSandy Strandのある海辺の高級住宅地Sandymount(マーテルロー・タワー[現在ジョイス記念館]を有するSandycoveに隣接)に移り、そこが最後の住いとなった。

（10）Robert Emmet（1778-1803）. アイルランドの共和主義者、ユナイテッド・アイリッシュメンの指導者。一八〇三年の反乱を率い、英国王に背いたとして反乱罪で処刑された。裁判中の演説で同朋の愛国心奮起を促した。

（11）元アイルランド人やスコットランド高地人が履いた粗革製の頑丈な編上げ靴。踵がなく、爪先や上部に飾り穴がある。

（12）ヒーニーによれば、ここで言及される裏切り者はレオナルド・マクナリー（Leonald McNally）. マクナリーは実際「古いイコン」に描かれた銅版画には登場しないが、この詩を書いた時、ヒーニーは彼がこの群像に入っていた、と思っていた（ヘレン・ヴェンドラーとの会話）。

（13）George Herbert（1595-1633）.

（14）富める若者が、師よ、われ永遠の生命を得るためには、如何なる善きことをなすべきか、と問うた時のイエスの答（「聖書、マタイ　一九・一六―二一」）。

本論文は *The Ocean, the Bird and the Scholar: Essays on Poets and Poetry* (Harvard University Press, 2015) より、著者と初出版元 Four Courts Press, Dublin, Ireland の許可を得て収録（「編訳者前書き」p. 8 参照）。

わが追憶のシェーマス・ヒーニー（「枝を張る魂」[1]）

ヘレン・ヴェンドラー

ダブリンにおけるヒーニーの葬儀はテレビで実況中継され、数日にわたりアイルランドの新聞一面を占める画期的イベントであった。詩人を称える賛辞の中で、ポール・マルドゥーンは葬儀参列のために空港に到着した時、入管で職業を訊かれた話しをした。「詩を教えている」と答えると、税関の係員は「ご愁傷様」と言った、という。説明は無用、詩人の死を悼む想いは至る所に浸透していた。彼はしばしば無報酬で、全国津々浦々の学校を訪れていた。何千人もがテレビで彼を見、ノーベル賞について新聞で読んでいた。彼の次の詩集はもう読めない、という侘しい事実は、彼の読者にとって悲嘆であるが、彼の仕事をこの上なくよく知っていた者たちさえ、詩人に劣らず彼その人を惜しんでいた。

シェーマスは見知らぬ人とでも、直ぐに親しい関係を築いた。九人兄弟の長男であった彼は、どこの誰の兄になることもできたのだろう。素早い理解と目立たない手助けは、自然に彼の内から湧き起こったものだったのだろう。彼には咄嗟のユーモアがあった。シェーマスがオックスフォードへ発った翌日、ケンブリッジでタクシーに乗ったことがある。その運転手曰く、「昨日、とてもウィットのある男を乗せたものだ。」シェーマスに会う度に、彼の認知力の卓抜さ、他人を理解する素早さに気づかずにはいられない。ハーヴァードで、彼と私はずば抜けた才能に恵まれた、同じ学生をそれぞれ教えたことがあるが、彼は夭折した。私のボイス・メールに届いた彼の学生評は、不思議なほど的確だった。彼がその学生を教えたのは、私より数年早かったが、彼は学生の断層写真《スキャン》を記憶から取り出し、一種の錬金術によって事実に即し、心の琴線に触れる言明に「読み取る」ことができたかのようだった。その時私が気づいたのは、シェーマスが明敏に人を「ざっと透視《スキャン》」し、その精神能力と天性を即時に深く理解することであった。

シェーマスの人物肖像のすぐれた特色は、感情を言葉に変えるこの透視法であった。（後年、交通事故に遭った四歳の弟の死を想起した）彼の詩「中間期休み」で、思春期の彼は通夜に、母の隣に座っている。母は、「怒りの泪の涸れた溜息を咳に吐き出す。」この言い回しは、その確信的奇異ぶりによって、芸術の提供する絶対的喜びを私にもたらす。「咳」、すなわち喉の制御不能の痙攣。「怒り」、すなわち外に向けられた強烈な怨恨。「泪の涸れた」、すなわち身体の自然な反応の暴力的な抑圧。「溜息」、すなわち呼吸の減退する量、その通りだが、「怒り」と結ばれる時、自らを駆り立て、抗議する制御不能の呼気は、絶えるや否や再び上昇する。母親の苦し紛れの無声状態の、忘れ難い過去の断層写真の周りに、「咳」、「怒り」、「泪の涸れた」、「溜息」等の言葉が、詩人の心中に群がり始め、埋もれた断層写真を言語に翻訳する。ヒーニーの特殊な言葉のモザイクは、人間的情動の独特の、複雑な、反復不能な輪郭――スティーヴンズが「私たちが見たものに、私たちが感じたこと」と称した――を保存する。かような言葉の連続は、人間の物語をその時々の生き方に応じて語る。忘れられる詩は、その瞬間の固有性を描くことができない。その言葉は半ば決まり文句、進行につれ自滅する。

彼の仕事をこの上なくよく知っていた者たちさえ、詩人に劣らず彼その人を惜しんでいた。

かくて、一冊一冊、十年また十年、ヒーニーは感情を鳴り響く言葉の群に翻訳した。北アイルランドの「内紛《トラブル》」のために、「隣人の殺人」。結婚初期のために、「美しい痛みを伴う／肉体の契り……」／「私たちの露に濡れた夢見る顔の休息」。共和国に移住した時、故郷の「北」からの選んだ上ながら、不自然な距離を表現するための「私は拘留政治犯でも密告者でもない／内なる亡命者」。母の死後、「枝を張り、永遠に黙す魂／となる、耳を澄ませて聞く沈黙の彼方に。」「双子タワー」の破壊のために、「何でも起こり得る」。そして長い経歴の過程で、群の周りにさらに他の群が群がり、ついには星座、そしてやがて銀河が集められた詩の群れから輝き、いわゆる詩人のスタイルを作り上げた。

（1）*The New Pepublic* 誌面版、「枝を張る魂」("A Ramifying Soul")(Oct. 7, 2013, p. 39).

Ⅱ

Articles

“The Usefulness of Tradition: Seamus Heaney’s ‘Mycenae Lookout.’” *Poetic Lines of Inheritance*. Ed. Allen Bewell. Toronto: University of Toronto Press, 1999.

“Seamus Heaney and the Oresteia: ‘Mycenae Lookout’ and the Usefulness of Tradition.” *Proceedings of the American Philosophical Society*. 143.1 (1999): 116-29.

“Seamus Heaney and the Oresteia: ‘Mycenae Lookout’ and the Usefulness of Tradition.” *Amid Our Troubles: Irish Versions of Greek Tragedy*. Eds. Marianne McDonald and J. Michael Walton. London: Methuen, 2002. 181-97. (Reprint of previous entry)

“Seamus Heaney and the Grounds for Hope.” San Francisco: Arion Press, 2004.

“*Under Milk Wood*: Lists, Made and Undone.” *Beyond the Difference: Welsh Literature in Comparative Contexts. Essays for M. Wynn Thomas at Sixty*. Eds. Daniel Williams and Alyce von Rothkirch. Cardiff: University of Wales Press, 2004.

“Seamus Heaney’s ‘Sweeney Redivivus’: Its Plot and its Poems.” *That Island Never Found: Essays and Poems for Terence Brown*. Eds. Nicholas Allen and Eve Patten. Dublin: Four Courts Press, 2007. 169-94.

“Trójgłosowy Lament.” *Poznawanie Miłosza 3: 1999-2011*. Ed. Alexander Fiut. Trans. Magda Heydel. Krakow, Poland: Wydanictwo Literackie, 2011. 855-74. (Reprint of article “Plus Minus” published in *Rzeczpospolita* , 2001, nr 52. Originally published as a review of *Laments: A Bilingual Edition* by Jan Kochanowski. Trans. Stanislaw Baránczak and Seamus Heaney. New York: Farrar, Straus and Giroux, 1995.)

“A Soul Ramifying: Seamus Heaney, 1939-2013.” *The New Republic*. 7 Oct. 2013: 39-41. “My Memories of Seamus Heaney ” (Web：4 Ot, 2013).

“Seamus Justin Heaney: 1939-2013.” *Proceedings of the American Philosophical Society* 159, no. 2 (June 2015): 1-8.

“Seamus Heaney: The Grammatical Moment ” in *The Breaking of Style*: *Hopkins, Heaney, Graham* (Harvard UP, 1995). 41-69.

Reviews

North by Seamus Heaney and *Buried City* by Howard Moss. *New York Times Book Review*. 18 Apr. 1976: 6, 22.
"Echo-Soundings, Searches, Probes." *The New Yorker*. 23 Sep. 1985: 108-116. (Review of *Station Island* by Seamus Heaney)
"Second Thoughts." *New York Review of Books*. 28 Apr. 1988: 41-46. (Review of *The Haw Lantern* by Seamus Heaney)
"On Three Poems by Seamus Heaney." *Salmagundi*. Fall 1988: 66-70.
"Ecco Press: Heaney on Wordsworth, Simic on Campion." *Erato*. Fall/Winter 1988: 2-4.
"'A Wounded Man Falling Towards Me': Seamus Heaney's *The Government of the Tongue*." *The New Yorker*. 13 Mar. 1989: 102-08.
"Choices." *The New Yorker*. 15 Apr. 1991: 99-103. (Review of *Selected Poems, 1966-1987* by Seamus Heaney)
"A Nobel for the North." *The New Yorker*. 23 Oct. 1995: 84-89. (Review of Nobel Prize-winning poetry collections by Seamus Heaney)
"Seamus Heaney's Invisibles." *Cambridge Review*. Nov. 1995: 1-6.
"Seamus Heaney's Invisibles." *Harvard Review*. Spring 1996: 37-47. (Reprint of previous entry)
"Heaney, the Survivor." *Irish Times*. 24 Mar. 2001: 71. (Review of *Electric Light* by Seamus Heaney)

＊ Heren Vendorā, Shēmasu Hīnī. Edited and translated by Akiko Murakata as revised memorial edition (Tokyo : Alpha Beta Books, 2016).

著者紹介
ヘレン・ヴェンドラー（Helen Vendler）
1933 年ボストン生まれ。ハーヴァード大学で博士号取得 (英米文学)、スミス・カレッジ、ボストン大学等で教え、1985 年ハーヴァード大学教授、1990 年女性初の同大学特任 A. キングスリー・ポーター寄付講座教授、現在に至る。1980 年 MLA 会長。
W. B. イェイツ、ウォレス・スティーヴンス、ジョージ・ハーバート、ジョン・キーツに関する初期の著作に続き、詩論を中心に、『ニューヨーカー』をはじめ英米一流批評紙誌に健筆を揮った成果を *Part of Nature, Part of Us* (1980), *Music of What Happens: Poems, Poets, Critics* (1988), *The Given and the Made: Strategies of Poetic Redefinition* (1995) 等に集成、懸案の大著 *The Art of Shakespeare's Sonnets* (1997) に 続いたのが、今回邦訳した *Seamus Heaney* (1998).
その後 *Invisible Listeners: Lyric Intimacy in Herbert, Whitman, and Ashbery* (2005), *Emily Dickinson: Selected Poems and Commentaries* (2010), *The Ocean, the Bird and the Scholars: Essays on Poets and Poetry* (2015).

編訳者紹介
村形 明子（むらかた あきこ）
1941 年札幌生まれ。1964 年東京大学教養学部教養学科卒、スミス・カレッジを経て、1971 年ジョージ・ワシントン大学 Ph. D (アメリカ研究)。京都国立博物館を経て、1978 年京都大学助教授、教授 (比較文学・比較文化)、2004 年～名誉教授 (人間環境学研究科)。1980 年日本フェノロサ学会創立幹事 / 編集委員、会長 (2003-09) 、現在名誉会員・顧問。
主著：『ハーヴァード大学ホートン・ライブラリー蔵フェノロサ資料』I−III (1982-87),『フェノロサ文書集成―翻刻、翻訳、研究』上下巻 (2000-01) ,『フェノロサ夫人の日本日記―京都へのハネムーン (1896)』(2008) 等。

シェーマス・ヒーニー ――アイルランドの国民的詩人

第 1 刷発行　2016 年 12 月 10 日

著　者●ヘレン・ヴェンドラー
編訳者●村形 明子
発行人●茂山 和也
発行所●株式会社 アルファベータブックス
〒 102-0072　東京都千代田区飯田橋 2-14-5
電話 03-3239-1850 Fax 03-3239-1851　E-mail alpha-beta@ab-books.co.jp

装丁●渡辺将史
印刷●株式会社 エーヴィスシステムズ　製本●株式会社 難波製本
定価はダストジャケットに表示してあります。

ISBN 978-4-86598-022-6 C0098